# 堀田善衞と
# ドストエフスキー

## 大審問官の現代性

高橋誠一郎

群像社

# 正誤表

| 頁 | 行 | 【誤】 | 【正】 |
|---|---|---|---|
| 40 | 8 | 美濃部亮吉 | 美濃部達吉 |
| 56 | 13 | ポワイエ | ボワイエ |
| 74 | 15 | 「詩人の山田喜太郎君」 | 「山田喜太郎君」 |
| 122 | 17 | 1917年 | 昭和17年 |
| 133 | 7 | 妻も呼び寄せことから | 妻も呼び寄せたことから |
| 139 | 14 | 「語らないひと」 | 「物云はぬ人」 |
| 158 | 11 | 『審判』 | 『零から数えて』 |
| 164 | 11 | 戦時中 | 戦前 |
| 171 | 9 | と根源的な問い | という根源的な問い |
| 188 | 4 | 信夫とを愕然とさせた。 | 信夫を愕然とさせた。 |
| 211 | 15 | 事務局長 | 事務長 |
| | | （のちの日本アジア・アフリカ作家会議では「事務局長」） | |
| 256 | 10 | 「良き調和の君」 | 「良き調和の翳」 |
| 294 | 1 | ロレンスの『黙示録論』を | 『黙示録』を高く評価した |

# はじめに　堀田善衛のドストエフスキー観　ドストエフスキーで現代を考える

## 『若き日の詩人たちの肖像』から

芥川賞作家の堀田善衛《ほったよしえ》は一九一八年に富山県射水《いみず》郡（現高岡市）伏木町で堀田勝文とくにの三男として生まれた。

生家は「二百年ほどのあいだ、北海道と大阪をむすぶ、いわゆる北前船の廻船問屋」で、堀田が五歳の時には「神戸の造船所で、金の斧で綱を切り、進水をさせてやった船」で、「父とともに浦塩（ウラジオストック）へ行って、シベリアでの鉄砲うちをしたこともあった」と自伝的な長編小説『若き日の詩人たちの肖像』（一九六八）に記されている。

しかし、シベリア出兵の後ではヨーロッパで流行っていたスペイン風邪が国内でも流行って約三九万人が亡くなったが、堀田が中学に入学した年に勃発した満州事変以降は戦争が続いて「事変という奴は終わりそうもない」と感じるような重苦しい日々が続き、堀田が受験のために上京した一九三六年には「昭和維新、尊皇斬奸」のスローガンを掲げた皇道派の将校たちによる二・二六事件が起きた。このような昭和初期の暗い時代に若き堀田が没頭して読んだのがドストエフスキー作品であった。

『若き日の詩人たちの肖像』第一部の題辞ではハンガリー出兵の直前に発表された『白夜』冒頭の文章が記されているが、この作品の発表後に作家は逮捕され、偽りの死刑を宣告された後でシベリア流刑になっており、ドストエフスキー文学の深まりを考える上で『白夜』はきわめて重要な位置を占めている。

ラジオから流れてきたナチスの宣伝相ゲッベルスの演説から「明らかにある種の脅迫」を感じて「いますぐ何かをしなければならぬ」と考えたこの長編小説の主人公は、美しい星空から『白夜』の「書き出しのところ」を思い出し、法学部政治学科からフランス文学科へ転入という決断をしていた。

真珠湾攻撃の翌日に作家の堀辰雄をモデルとした「成宗の先生」と出会って立ち話をした主人公の若者は、「ほとんど上《うわ》の空」で「ランボオとドストエフスキーは同じですね。ランボオは出て行き、ドストエフスキーは入って来る。同じですね」と「謎」のような言葉を語る。「卒業をするということは、それはすでに兵役に行くということ」であり、「遺書」のような重たい意味を持つ「卒業論文」のテーマとして堀田が選んでいたのが、『白痴』の主人公ムィシキンとランボオとの比較であった。

『若き日の詩人たちの肖像』では夏目漱石が『坊ちゃん』で用いた綽名《あだな》という手法を用いて、「富士君」や「成宗の先生」、そして「マドンナ」も登場させることにより、若き詩人たちや若き演劇人たちとの交友などをとおしてこの暗く重い時代を活写している。

『罪と罰』や『悪霊』の感想も書かれているこの長編小説では、『カラマーゾフの兄弟』を愛読し、「大審問官」の問題を論じる「アリョーシャ」と呼ばれる若者が「狂的な国学信奉者」となるまでの変貌も描かれている。『若き日の詩人たちの肖像』を注意深く読み解くことは、昭和初期におけるドストエフスキー（一八二一〜一八八一）の受容の問題に迫ることになるだろう。

## 『方丈記私記』、そして

しかも、堀田のドストエフスキー観は終戦間際の二つの体験からきわめて現代的な深まりを示すことになる。すなわち、三月一〇日の東京大空襲を体験してから同月二四日の上海への出発までの短い期間、ほとんど集中的に『方丈記』を読んですごした堀田は、鎌倉時代初期に書かれたこの作品が「精確にして徹底的な観察に基づいた、事実認識においてもプラグマティクなまでに卓抜な文章、ルポルタージュとしてもきわめて傑出したものであることに、思いあたった」と『方丈記私記』（一九七一）で書いている。

都を塵灰と化した安元三年四月二八日夜の大火を二五歳の時に体験した鴨長明は『方丈記』にその情景をこう書いていた。「火の光《ひかり》に映《えい》じて、あまねく紅《くれない》なる中に、風に堪《た》えず、吹《ふ》き切《き》られたる焔《ほのお》、飛（ぶ）が如くして一二町を越《こ》えつつ移《うつ》り行く。その中の人、現《うつ》し心ならむや。或は煙に咽《むせ》びて倒《たお》れ伏《ふ》し、或は焔《ほのお》にまぐれてたちまちに死ぬ。」

一方、東京大空襲を体験した後で国際文化振興会の上海資料調査室に赴任した堀田は、広島と長崎に原子爆弾が投下された後には「日本民族も放射能によって次第に絶えて行くのだ」という流言を聞いた頃に「第一の御使《みつかい》ラッパを吹きしに、血の混りたる雹《ひょう》と火とありて地にふりくだり、地の三分の一焼け失せ、樹《き》の三分の一焼け失せ、もろもろの青草《あおくさ》焼け失せたり」という記述のある『ヨハネの黙示録』を読み進めて行って、「ほんとうに身に震えを感じた」と書いている。

この時、堀田は『罪と罰』のエピローグでラスコーリニコフが流刑地のシベリアで見た、「知力と意志を授けられた」「旋毛虫」におかされ自分だけが真理を知っていると思いこんだ人々が、互いに自分の真理を主張して殺し合いを始め、ついには地球上に数名の者しか残らなかったという夢が、単なる悪夢ではなく、現実にも起こりうることを実感したはずである。

実際、「高利貸しの老婆」を悪人と規定して殺害していたラスコーリニコフに対して司法取調官のポルフィーリイは、「あの婆さんを殺しただけですんで、まだよかったですよ。もし別の理論を考えついておられたら、幾億倍も醜悪なことをしておられたかもしれない」とラスコーリニコフに語っていたが、ヒトラーの理論は実際にユダヤ人虐殺という醜悪な結果を招いていた。

堀田が上海で知り合った武田泰淳は帰国後に『ヨハネの黙示録』にも言及しながら、自分が犯した殺害の罪を深く考えるために現地に残るという『罪と罰』からの影響が強く感じられる短編『審判』を書き、その問題意識は中国の知識人の視点から南京虐殺を描いた堀田の長編小説『時間』(一九五五)や国策通信会社に勤める女性をとおして日本の知識人の問題を描いた『記念碑』(一九五五)などにおいてしっかりと受け継がれている。

## 大審問官へ

長編小説『零から数えて』（一九六〇）と同じテーマを扱った長編小説『審判』（一九六三）では、自分がかかわった原爆投下によって引き起こされた「黙示録」的な規模の悲劇が原爆パイロットの苦悩を通して描写され、核戦争が勃発すれば地球上の全人類が滅亡する可能性があることが示されている。ことに『白痴』における鋭い心理分析や複雑な人物体系を研究した上で描かれた『審判』では、登場人物との激しい対話をとおして登場人物たちの「罪」と「罰」が現代的な視点から具体的に描き出されている。

それゆえ、一九六三年に行われた「アンケートへの回答」で「現代のあらゆるものは、萌芽としてドストエーフスキイにある。たとえば、原子爆弾は現代の大審問官であるかもしれない」と記した堀田善衞は、美術紀行ともいえる『美しきもの見し人は』（一九六九）ではこう書いている。

「ブッヘンワルトの、またアウシュヴィッツのその『坑《あな》』で殺され、日も空も暗くする坑《あな》の煙となった数百万の人々の、血を吐く思い」のことを考えながら、「まことに、全人類を滅ぼしつくしてなおあまりあるという原爆水爆の鍵を与えた者はいったい誰なのだ、と言いたくもなるというものである。原爆水爆とブッヘンワルト・アウシュヴィッツ――現代も、ある意味では黙示録的時代であると言いうるであろう。」

大著『ゴヤ』（一九七四〜一九七七）でも堀田は国民軍が導入されたナポレオン戦争や「スペイン

における異端審問」の問題を文明論的な視点から深く分析しているが、異端とされたカタリ派の滅亡を描いた力作『路上の人』（一九八五）からは、なぜ堀田が学生の頃から『カラマーゾフの兄弟』で描かれている「大審問官」の問題に強い関心を持っていたかの理由も浮かび上がってくる。

兵士の視点からシベリア出兵の問題を描いた『夜の森』（一九五五）で日本におけるスペイン風邪の流行にも触れていた堀田は、『ミシェル 城館の人』（一九九一〜一九九四）では、宗教戦争が勃発しペストが猖獗《しょうけつ》をきわめる中で家族を連れて方々を流浪しながらも、『エセー』を書き和平への努力を続けたモンテーニュの思索と活動を描き出した。

堀田を「海原に屹立《きつりつ》している、鋭く尖《とが》った巌《いわお》のような人」と呼んだ宮崎駿《はやお》監督は、その文学について「これは強靭な文学です。強靭なものというのは、今これから始まってくる大混乱の時代、何かの形でものを考えたりする時の手掛かりになると思うのです」と語っている（『堀田善衞を読む――世界を知り抜くための羅針盤』）。

『若き日の詩人たちの肖像』をはじめとする堀田作品を考察することは、若きドストエフスキーと若き堀田善衞が味わった絶望や虚無感の深さを確認するとともにその克服の試みをも知ることになり、パンデミックや戦争の危機に直面している現代の問題の解決にもつながると思える。

# 堀田善衞とドストエフスキー　目次

【凡例】

一、一九七五年までの堀田善衞作品の引用は原則として『堀田善衞全集』(筑摩書房、全一六巻、一九七四〜一九七五年)により、引用箇所は本文中の( )内に巻数と頁を漢数字で示す。全集の解説の引用は該当箇所に＊と数字を付け、巻末注に示す。

二、本書で重要な位置を占める長編小説『若き日の詩人たちの肖像』(集英社文庫)と『時間』(岩波現代文庫)、および『方丈記私記』(ちくま文庫)については、頁数の確認が容易なように手に入れやすい文庫の初版より引用し、本文中の( )内に頁を漢数字で示す。

三、一九七四年版の全集に所収されていない『ゴヤ』と『ミシェル　城館の人』(共に集英社文庫)、『路上の人』(スタジオジブリ編、徳間書房版)はそれぞれの初版より引用し、本文中の( )内に巻数と頁を漢数字で示す。

四、その他の引用文献には引用箇所に＊と数字を付け、巻末注に示す。

五、引用にあたって旧かなづかいと旧字体は一部現代の表記に改め、周知と思われる漢字のフリガナは削除し、難しいと思われる漢字にはフリガナを振る。

六、文中のロシア人の姓名や地名の表記は、煩雑さを避けるために原則として統一する。

七、本文中では単行本化されていない短編も含め作品の題名はすべて『』で示す。

八、引用文中の(……)は中略を示し、文章内の引用文の最後の句点は省く。

(なお、本書においては敬称を略す。)

# 堀田善衞とドストエフスキー

大審問官の現代性

# 序章　芥川龍之介のドストエフスキー観——『罪と罰』の考察と悲劇の洞察

「彼は地獄のポオやボオドレエルを見るその眼で、ゲエテやトルストイやドストエフスキイの偉大を仰がずにはいられなかつた。彼はあらゆるものを見、愛し、理解した。」
（堀辰雄「芥川龍之介論——藝術家としての彼を論ず」[*1]）

## はじめに　問題の設定——二つの芥川龍之介観

芥川龍之介（一八九二～一九二七）は日中戦争直前の昭和二年七月二四日未明に「ぼんやりとした不安」を記して服毒自殺した。

一九一五年に『羅生門』を発表し、翌年には第四次「新思潮」の創刊号に発表した短篇『鼻』で夏目漱石の激賞を受けて颯爽と文壇にデビューし、『将軍』では突撃という作戦や英雄礼讃を批判するなど次々と鮮烈な作品を発表して文壇に確固たる地位を築いていた芥川龍之介の自殺は、当時の社会に強い衝撃を与え、多くの芥川論が書かれた。

たとえば、自殺する三ヵ月前に芥川から彼の『玄鶴山房』についての手紙を受け取っていた評論家の青野季吉は「何としても氏の生涯とその死とは、私の心をとらえて離さないものがある」と書き、自殺の報が新聞に載った翌日に作家の林房雄が突然訪ねて来て、「虚無的気持をかき立てられている」と語ったことを紹介し、「林君のような若い元気な人が、実にやはりそうなのかと思って、私は苦痛を感じた」ことを認め、その理由を「自分の中にも芥川氏があり芥川氏の死が在るからである」と書いた。[*2]

川端康成も一九二九年に書いた「芥川氏の死」で、「知識階級的な芸術受難の今日、われわれはその最高の代表者であつた」、「芥川氏が今も尚生きていたならば、谷崎潤一郎氏、志賀直哉氏、佐藤春夫氏——それら芸術至上派の大家の今日の有様とは比較にならない程、切迫した悩みを、われわれに示してくれるだろうと思う。それらの諸氏よりも、芥川氏は遥かに小心で、正直で、市民的な良心を持っていたからである」と書いた。[*3]

一方、評論家の小林秀雄は冒頭近くで「僕はどう云う良心も、芸術的良心さえ持っていない。が、神経は持ち合せている」という芥川の文章を引用した一九二七年の評論で、「彼は決して人の信ずる様に理智的作家ではないのである。神経のみを持っていた作家なのである」と記し、代表的な知識人と見なされていた「芥川氏は見る事を決して為《し》なかった作家である」と批判した[*4]（小林、二・三五、三八）。

このような小林の芥川観とは正反対の「芥川龍之介論」を書いたのが、雑誌「驢馬」（一九二六〜

一九二八）の同人で芥川に師事していた堀辰雄（一九〇四～一九五三）であった。「芥川龍之介を論ずるのは僕にとって困難であります。それは彼が僕の中に深く根を下ろしているからであります」と断りつつも、「芥川龍之介は僕の眼を「死人の眼を閉じる」ように静かに開けてくれました」と書き、こう続けていた。

「最初、彼の晩年の作品の痩せ細った姿を唯痛々しそうに見ていた一人」だったが、しかし師の死後に「彼をしてそのように痩せ細らせたものに眼を向けはじめました。そして、その彼の中のそのものが僕を感動させ、僕を根こそぎにしました。」

一九一九年七月三一日の芥川の書翰を引用した堀は、こう続けて芥川の広い視野と洞察力を強調している。「彼は地獄のポオやボオドレエルを見るその眼で、ゲエテやトルストイやドストエフスキイの偉大を仰がずにはいられなかった。彼はあらゆるものを見、愛し、理解した。」

芥川が自殺をした一九二七年に書き上げた『玄鶴山房』の「構成的な美しさ」を「佛蘭西浪漫派の大家バルザック」と比較した堀は、検閲の問題に鋭く迫っていた『河童』については夏目漱石の「文學評論」中のスウィフト論の一節を引用しながら「諷刺」の意義を説いた。ことに主人公が「ラスコルニコフを思い出し、何ごとも懺悔《ざんげ》したい欲望を感じた」と書かれている『歯車』を、ヴィクトル・ユゴーが詩人ボオドレールに贈った言葉を引用して「実に今日の「新しき戦慄」を創造したと言って好い」と絶賛した。

そこではキリスト教徒の老人から『罪と罰』を貸してもらった主人公がいざその『罪と罰』を読

もうとしたときに「製本屋の綴《と》じ違え」のために、「偶然開いた頁」に書かれていたのは『カラマーゾフの兄弟』の一節であり、「綴じ違えた頁を開いたことに運命の指の動いている」のを感じて読みだした主人公は「一頁も読まないうちに全身の震えるのを感じ出した」と描かれている。

なぜならば、そこは自分の言葉によって教唆されたスメルジャコフが父親殺しを実行したことを知ったイワンが悪夢で「悪魔」と「良心」について対話する場面だったのであり、『罪と罰』と『カラマーゾフの兄弟』とを結ぶ太いテーマが示唆されていたのである。

批評家の高橋英夫は、「同世代人小林秀雄、宮本顕治の論法に比べて『芥川龍之介論』はいかにもうぶ」のようにも見えるかもしれないが、「芥川への人間的親近感があっただけ、堀辰雄の方が心やさしく対象に寄り添っているのははっきりしている」と記している。[*5]

つまり、卒業論文という性格からこの論文は長く知られることはなかったが、堀は『歯車』という作品をきちんと読み解くことで、反語的な表現で「僕はどう言う良心も、芸術的良心さえ持っていない」と記した芥川がきわめて良心的であり、かつ洞察力のある作家でもあったことを示していたのである。

芥川はすでに『澄江堂雑記』(一九二三)で「某憲兵大尉の為にチャプリンが殺されたことを想像して見給え」と記していた。[*6] 実際、一九三一年には「一殺多生」を唱えて「極悪人」とみなした政党政治家や財閥の重鎮など二〇余名の殺害を正当化した井上日召の「血盟団」による連続テロが起き、五・一五事件では海軍の青年将校たちが、満州国の承認を渋っていた犬養毅首相だけでなく、歓迎式典に招待されていたチャップリンをも殺害しようとしていた。[*7]

それゆえ、本論に入る前にここでは堀辰雄の芥川観も視野に入れながら芥川の文学的な歩みをたどることで明治末期から昭和初期にいたる時代の流れとドストエフスキー受容を分析し、最後に芥川龍之介の自殺と若き堀田善衞との関りを見ることにしたい。

## 一　若き芥川龍之介と大逆事件の衝撃――『羅生門』の誕生

芥川龍之介のドストエフスキー観を考える上で重要なのは、日露戦争に勝利した後で帝政ロシアと同じように天皇を絶対化しようとする動きが強くなり、彼が第一高等学校に入学した一九一〇年に大逆事件が起きたことだと思える。数百人の社会主義者・無政府主義者が逮捕されて二六人が明治天皇暗殺計画容疑で起訴され、翌年の一月には幸徳秋水など一二名の処刑が行われた。

この時に修善寺で大病を患っていた夏目漱石は、『白夜』を発表したあとで捕らえられて「刑壇の上に」立たされたドストエフスキーが恩赦という形で死刑をまぬがれたことを「かくして法律の捏《こ》ね丸めた熱い鉛《なまり》のたまを呑《の》まずにすんだのである」と続けていた。[*8]

漱石の表現には「憲法」を求めることさえ許されなかった帝政ロシアで農奴解放や言論の自由、裁判制度の改善を求めて捕らえられた若きドストエフスキーに対する深い共感をとおして、言論が弾圧されるようになることへの強い危惧の念も現れている。[*9]

森鷗外も小説『沈黙の塔』において大逆事件の後では処刑された人達の略伝とともに、社会主義関係の文書だけではなく、トルストイやイプセン、バーナード・ショーなどの本とともにドストエフスキーの『罪と罰』も「危険なる洋書」として挙げられたと書き、こう続けていた。「どこの国、いつの世でも、新しい道を歩いて行く人の背後には、必ず反動者の群がいて隙を窺っている。そして或る機会に起《た》って迫害を加える」[*10]。

しかも鷗外は一九一〇年の六月一日発行の雑誌「スバル」に掲載された長編小説『青年』で夏目漱石をモデルにした平田拊石に講演で次のように語らせていた[*11]。

「なんでも日本へ持って来ると小さくなる。ニイチェも小さくなる。トルストイも小さくなる。（……）何も山鹿素行や、四十七士や、水戸浪士を地下に起して、その小さくなったイブ《(ママ)》センやトルストイに対抗させるには及ばないのです」。

学習院高等学科出身の武者小路実篤や志賀直哉などによってこの年の四月にトルストイの影響が強い雑誌「白樺」が創刊され、その翌月の五月に大逆事件が起きたことを指摘した須田清代次は、このようなエピソードを書き込む鷗外の「同時代を見る作家としての目の確かさには注目しておいていい」と書いている[*12]。

比較文学者の平川祐弘はこの記述には「乃木将軍の教育方針」に対する批判もあると指摘し、学習院で教えていた乃木が「白樺派に代表されるような若い世代が、外国思想にかぶれて忠君の念を失うことを嘆き、山鹿素行の著書を対抗的に引き出そう」していたと説明している[*13]。つまり、森鷗外が平田拊石に語らせた「なんでも日本へ持って来ると小さくなる」問題は、日本におけるトルストイやドストエフスキーの受容の問題につながっており、さらに、それは第二章で見るような「日本化」の問題にもつながっているのである。

この事件に対して最も激しい怒りを表明したのが、かつては平民主義を標榜して「国民之友」を創刊し、ドストエフスキーの『虐げられた人々』など多くの外国文学をも紹介していた徳富蘇峰の弟の蘆花だった。「教育勅語」が渙発された後で起きたいわゆる「人生相渉論争」で北村透谷を厳しく批判した蘇峰は、日清戦争の後では「帝国主義」を標榜して長州閥に近づいていた。[*14]

幸徳秋水たちが非公開裁判ですぐさま死刑に処せられたことを知ったあとで第一高等学校において「謀叛論」の講演を行った蘆花は、「新思想を導いた蘭学者」や「勤王攘夷の志士」は、みな「時の権力から言えば謀叛人であった」ことに注意を促し、「もし政府が神経質で依怙《えこ》地になって社会主義者を堰《せ》かなかったならば、今度の事件も無かったであろう」と激しく糾弾した。[*15]

芥川龍之介の日記などには大逆事件についての記述はない。しかし、研究者の関口安義は「吾人未だかつてかくの如き雄弁を聞かず」と書いた矢内原忠雄だけでなく、芥川龍之介の親友・井川恭も「その日記に、蘆花の演説を詳細に記録して」いたことを明らかにしている。[*16]

芥川の第一高等学校の友人で後年の「新思潮」グループの同人たちは、たとえば松岡譲（旧名・善譲）は「大いに感激し興奮してきいた」と記し、成瀬正一もその日記で「私は幸徳に同情する」と記すなど徳冨蘆花の「謀叛論」を聞いた時の強い印象を記していたのである。[*17]

そして、ロマン・ロランの『ジャン・クリストフ』を英訳で読んだ芥川龍之介からそのすばらしさを聞いた成瀬は早速この長編小説を読んで感激し、第一次世界大戦中に反戦論を唱えたために祖国にもいられない状態になっていた作者に手紙を書いて伝記『トルストイ』翻訳の快諾を得て、雑誌「新思潮」の同人でもあった久米正雄・松岡譲と豊島与志雄などの協力で翻訳し、芥川も「アンナ・カレニン」と「老人」の章を担当していた。[*18]

日本の文壇では自然主義的な「真」の理想の後には、唯美主義的な「美」と人道主義的な「善」が君臨したが、芥川も属した雑誌「新思潮」の世代の特徴はこの「三つの理想を調和しよう」とする綜合的な傾向をもっていると指摘した堀辰雄は、その調和が破れたことが芥川の悲劇につながったと考察しているのである。

興味深いのは、一九一五年に発表された『羅生門』には『罪と罰』からの影響が強く見られることである。たとえば、倉田容子は先行研究を踏まえて、死者の髪の毛を取る老婆の「肉食鳥のような、鋭い眼」「細い喉」などの表現が、内田魯庵訳『罪と罰』における「高利貸しの老婆」のネガティブな描写に酷似していると指摘している。[*19]

ロシア文学者の江川卓はロシアの民話では魔女ババ・ヤガーの家は「にわとりの脚」の上に建っているが、『罪と罰』では高利貸しの老婆の骨張った細長い頸のことが「にわとりの脚」になぞらえられていることや、老婆がかっとなって義理の妹の指に噛みついたと記されていることに注意を促して「ここにはロシアのフォークロア、おとぎ話のコンテキストが読みとれる」と記している。[*20]

つまり、ラスコーリニコフの意識では、「高利貸しの老婆」の殺害は、英雄による「魔女退治」にあたっていたのである。

国文学者の宮坂覺氏も「ある日の暮方の事である。一人の下人《げにん》が、羅生門の下で雨やみを待っていた」という文章で始まる『羅生門』の文章が『罪と罰』の書き出しと「多くの類似性を持つこと」に注意を促している。[*21]

さらに宮坂は、ラスコーリニコフと下人の類似性についてもこう指摘している。

「下人は〈四五日前〉に屋敷から解雇されているにもかかわらず、〈下人〉と呼称され、ラスコーリニコフは既に大学を退学しているにもかかわらず〈学生〉と呼称され、社会からの視線を避けている。（……）二人とも、都市空間を〈彷徨〉し、大地ではなく〈階上〉において〈老婆〉に加害する、さらに〈階段〉を上り下りする男である。」

こうして、「老婆」に加害した「下人」も、「非凡人の理論」を編み出して「高利貸しの老婆」を「悪人」と見なして殺害したラスコーリニコフと同様に自分の行為を正当であると考えていたのである。ただ、登場人物との激しい議論や夢をとおしてラスコーリニコフの苦悩が描かれている『罪と罰』とは異なり、短編『羅生門』にはそのような描写はない。

それは芥川龍之介のドストエフスキー理解の浅さをしめすものではない。芥川は一九一三年の手紙で『罪と罰』について、「このラスコルニコフと言う人殺しとソニアと言う淫売婦とが黄色くすぶりながら燃えるランプの下で聖書（ラザロの復活の節―ヨハネ）をよむ scene は中でも殊に

touchingだと覚えている」と書いており、彼の視線はすでに「非凡人の思想」による犯罪の悲劇的な結果をも視野に入れていたと思えるのである（芥川、一〇・一〇六）。

## 二 「英雄礼讃の思想」の批判——『趣味の遺伝』から『将軍』と『桃太郎』へ

長編小説『罪と罰』には戦闘の描写はないが、ナポレオンを賛美していたラスコーリニコフが「モスクワ遠征に五十万もの人間を浪費」しても、「その男が死ぬと、銅像が建てられる。つまり、いっさいが許されるんだ」と考えたことが描かれている。[*22] この思想を『罪と罰』で他の登場人物との激しい議論などをとおして詳しく検証したドストエフスキーは、ことにエピローグの悪夢をとおして多くの「敵」を殺した者こそが英雄として褒め讃えられる戦争や軍隊の制度を厳しく批判していたのである。

同じように日露戦争に勝利した後の日本でも憲法や法律が疎まれて検閲が強化される一方で、将軍や戦死者が讃えられるようになっていた。そのような傾向を厳しく批判したのが芥川龍之介が師事した夏目漱石であった。

たとえば、日露戦争直後の一九〇六年一月に発表した短編小説『趣味の遺伝』の冒頭近くで漱石は、軍の凱旋を祝す行列に新橋駅で出会った主人公が、「大和魂を鋳固めた製作品」のような兵士たちの中に、亡友浩さんとよく似た二八、九の軍曹を見かける場面を描いた。そして、「狙いを定めて打ち出す機関砲」によって射殺され、「沢庵の如く積み重なって」死んでいる友人への思いを、「日露の講和が成就して乃木将軍が目出度《めでた》く凱旋しても上がる事は出来ん」と続けていた。[*23]

こうして、戦死を強いるような「大和魂」の使用法に批判的だった漱石は、『吾輩は猫である』でも、主人公の幼い娘に「御ねえ様も招魂社がすき？　わたしも大すき。一所に招魂社へ御嫁に行きましょ」と語らせて、戦死者を祭る招魂社（靖国神社）の美化の危険性を指摘していた。[*24]

しかし、大逆事件の二年後には天皇主権説（神権説）を唱えた憲法学者・穂積八束《やつか》の弟子の上杉慎吉教授が、美濃部達吉教授の憲法論を「国体に関する異説」として激しく攻撃した。日露戦争で軍神とされ、唱歌でも取り上げられた広瀬中佐の銅像が神田須田町の万世橋に建てられると、一九一三年にはその銅像の前に「『桃太郎』と大書した旗」をたてて街頭演説を行い、「日本神話にもとづく日本人の生命観、使命観を説き」、「真の維新を断行」を求める渥美勝のような人物も現れた。[*25]

大本教（当時は皇道大本）の出口王仁三郎も、一九一七年に日本は「治国安民の経綸《けいりん》を普及して地球を統一し、万世一系の国体の精華と皇基を発揚」すべしとするラジカルな皇道論「大正維新について」を発表して、知識人や海軍士官などにも急激に信徒を拡大していた。[*26]

一方、日本がシベリア出兵に踏み切った後では国内でもスペイン風邪が流行ったが、[*27]その際に「見かへるや麓の村は菊日和」（芥川、十・四八三）という辞世の句を書くほどの大病を患っていた芥川龍之介は、一九一九年三月に海軍機関学校の教職を辞し、他国が撤兵する中で日本だけがまだシベリアに出兵していた一九二一年には大阪毎日新聞社の海外特派員として中国を視察した。

上海で面会した民族革命家の章柄麟（太炎）から「予の最も嫌悪する日本人は鬼が島を征伐した桃太郎である。桃太郎を愛する日本国民にも多少の反感を抱かざるを得ない」と語られた芥川は、「先生の一矢はあらゆる日本通の雄弁よりもはるかに真理を含んでいる」と記した（芥川、六・三六〇）。

そして、芥川は一九二二年に発表した『将軍』で、日露戦争の際に結成された決死隊の兵士たちの会話をとおして突撃を礼讃する思想を批判している。すなわち、「聯隊長はじめ何人かの将校が「最後の敬礼を送っている」のを見た田中一等卒が、「白襷隊《しろだすきたい》になるのも名誉だな」と語ると、それを聞いた堀尾一等卒が、「何が名誉だ？」と問い返し、「こちとらはみんな死《しに》に行くのだぜ。してみればあれは××××××××××××そうっていうのだ。こんな安上がりなことはなかろうじゃねえか？」と反論したと書かれている（芥川、五・一四四）。

しかも、『将軍』の最後の章では「N将軍」の殉死が若者の視点から厳しく批判されているが、当初は戦死者でなかったために招魂社（靖国神社）に入ることのできなかった乃木将軍を祭る神社が小説『将軍』が発表された翌年に東京に創建され、「活躍した偉人を祭神とする神社の先例」となった。[*28]

同じ年に発表された芥川龍之介の『神神の微笑』ではキリスト教の布教のために来日していた宣教師オルガンティノの体験と苦悩が描かれている。

南蛮寺の内陣で祈禱をささげていた時に天岩戸神話場面を見て失神したオルガンティノは、日本の古代の神々の服装をした老人から日本では大日如来でさえも大日孁貴《おおひるめむち》（引用者注＝天照大神の異称）に変わっているように、我々の力は「造り変へる力」なのだと告げられたのである（芥川、五・一七三〜一八八）。

この作品を論じた日本文学者の三好行雄は、江戸時代初期のキリシタン弾圧の時期に来日したポルトガル人司祭の苦悩をとおして神と信仰の問題を長編小説『沈黙』（一九六六）で描いた遠藤周作が「芥川龍之介っていう人は、実に、いろんなものを残してくれた人だと思う」と評価していたことを紹介している。[*29]

ただ、三好が「あらゆるものを同化、変容させていく」日本の「調和的な精神」を強調しながら「芥川龍之介は日本の近代化の原理そのものとかみあう重い主題を手にした」が、「おなじ錘しに呻吟した夏目漱石や鷗外にくらべて、かれの表情ははるかに楽天的である」と書いているのには疑問が残る。堀辰雄に師事した作家の中村真一郎が指摘しているように、この作品では「日本」の特殊性を賛美する一方で、「外国の思想や宗教を変形して『日本化』してしまう、独特の風土」[*30]の否定的な側面が指摘されているというべきだと思える。

エッセイ「プロレタリア文芸の可否を問う」で、崇神天皇の頃の「四道将軍とシベリア派遣軍の将軍諸公といずれが進歩せる人間なりや、常に判断に苦しむものなり」（芥川、六・三二）と書いた芥川は、『桃太郎』（一九二四）では、桃太郎を英雄とする一般的な書き方に反して、「平和を愛していた」鬼たちの住む「鬼が島」に攻め込んだ桃太郎の侵略を描いている。しかも、「鬼が島」から拉致されて日本に連れて来られていた「鬼の子供」が猿を殺して逃亡し、復讐を企てていることも記されている。

文化記号論者のロトマンはおとぎ話や神話における「テキストの内的空間を区切る境界線の性格」に注意を促して、おとぎ話においては境界の内側にいる「自分たち」は、「怪物的特徴」を持つ外側の「敵」と対立していると指摘している。[*31]

つまり、おとぎ話の構造において英雄は、境界を自由に越えて外の世界の「怪物的特徴」を付与されている敵対者を倒すという役割を与えられており、ナショナリズムが高揚すると外国人を「鬼」と見なして、外国との交流を主張する者も「鬼」の仲間とされ、排外主義的な主張を唱える政治家が英雄視されるようになる。

『罪と罰』が書かれた頃に勤王派と佐幕派の間で激しい争いが続いていた日本でも天誅の名のもとにテロが横行しており、幕府の通訳として諸外国を訪れていた福沢諭吉も開国派の知識人として暗殺の対象にされていた。

それゆえ、外見や思想の違いから他者を排除するおとぎ話『桃太郎』の危険性をよく認識していた福沢諭吉は、自分の子供たちのために書いた教科書で「たからのぬしはおになり。ぬしあるたからを、わけもなく、とりにゆくとは、ももたろうは、ぬすびとともいうべき、わるものなり」と桃太郎を厳しく批判していた。[*32]

しかし、日清戦争の直前に日本国民の戦意が大変昂揚していた一八九四年七月には巌谷小波が『日

本昔噺　桃太郎』で「鬼が島」を次のように描写した。[*33]
「我皇神《おおかみ》の皇化《みおしえ》に従わず、かえってこの葦原《あしはら》の国に寇《あだ》を為し、海原遥《はる》かにて隔てた他に、鬼の住む嶋が御座ります」。
さらに、日露戦争の際には西方にいるロスキー（露西鬼）を桃太郎が退治しに行くという筋の石原和三郎著『桃太郎のロスキー征伐』が出版されていた。
ドストエフスキーの『罪と罰』の内容や人物体系を研究して長編小説『破戒』（一九〇六）で日本における教育制度や差別の問題を鋭く描き出した島崎藤村も、長編小説の結末近くでは、女の生徒たちが歌っている「桃から生れた桃太郎、／気はやさしくて、力もち――」という唱歌を聞くと、「思はず涙は丑松の顔を流れた」と描いて感傷的な形で『桃太郎』を取り込んでいた。[*34]
一方、芥川龍之介は「進め！　進め！　鬼という鬼は見つけ次第、一匹も残らず殺してしまえ！」という桃太郎の命令で攻め込んだ家来の「犬」や「雉」は残虐な殺害を行い、「猿」も「鬼の娘を絞殺《しめころ》す前に、必ず凌辱《りょうじょく》を恣《ほしいまま》に」したと描いたのである。
こうして、桃太郎が鬼たちから「宝物」を「一つも残らず献上」させたばかりでなく、鬼の子供を「人質」に取って引き上げたと描いた芥川は、そのエピローグでは「人質」に取られていた鬼の子供が猿を殺して逃げ、桃太郎への復讐を企てるようになったと記した（芥川、七・四八〜五六）。ここには『罪と罰』のエピローグにおける「正義」と「復讐」の問題に対する深い理解が感じられる。

## 三　雑誌「驢馬」と芥川龍之介の『僕の瑞威《スキツツル》』

芥川龍之介にとって衝撃的な出来事は、大日本帝国憲法が公布された一八八九年に創刊されて、夏目漱石の盟友・正岡子規などが記者として働き、内田魯庵訳のトルストイの『復活』も連載していた日刊紙「日本」（一九一四年廃刊）が、一九二五年（大正一四年）に治安維持法を制定した司法大臣の小川平吉によって「日本新聞」として再創刊されたことであろう。

さらに、社会ダーウィニズムの理論を援用して、「人種の価値に優劣の差異があることを認め、そしてこうした認識から、この宇宙を支配している永遠の意志にしたがって、優者、強者の勝利を推進し、劣者や弱者の従属を要求するのが義務である、と感ずる」[*35]と記したヒトラーの『わが闘争』の第一部が第一次世界大戦終結後の一九二五年に、翌年には第二部が出版された。

一九二五年には蓑田胸喜などと「右翼団体・原理日本社を結成」して、滝川幸辰教授や美濃部達吉教授を激しく非難することになる三井甲之が、人間の内なる「生命の波動」を強調しながら、「『欧州動乱』を『文化史的見地』から、『理知』に対する『精神の戦い』と意味づける」論文を書いていた。島崎藤村の親友・中津臨川も、ベルクソンを「直観の世界」「潑剌たる生命の世界」の発見者と強調して、「ベルグソンの戦争観を紹介しつつ、〈戦争〉を一つの生命現象として認識する視点」を提示していた。[*36]

芥川死後の一九三〇年に創設された「生長の家」の創始者の谷口雅春は、「『今の一瞬に久遠《くおん》の生命を生きる』という事が日本精神」であるとし、「上海事変の爆弾三勇士」などに言及して、「あれは死んだのではない、永遠に生きたのであります」と『生命の實相』で説明し、ベルクソンに言及しながら、「生命の実相《ほんとうのすがた》は動《どう》であって静《せい》ではないという事が判《わか》って来るのであります」と主張していた。[*37]

シベリア流刑から帰還したドストエフスキーは、兄ミハイルと共に創刊した総合雑誌「時代」に内外の文芸作品だけでなくジャーナリズム的な視点からの論考も掲載した。芥川も雑誌「改造」の一九二七年四月号から八月号に連載した文学評論『文芸的な、余りに文芸的な』では、「僕はプロレタリアの戦士諸君の芸術を武器に選んでいるのに可也《かなり》興味を持って眺めている。諸君はいつもこの武器を自由自在に揮《ふる》うであろう。（……）ハイネはこの武器に抑えられながら、しかもこの武器を揮った一人である。ハイネの無言の呻吟は或はそこに潜んでいたであろう」と記した（芥川、九・七九〜八〇）。

『西方の人』冒頭で「わたしはやっとこの頃になって四人の伝記作者のわたしたちに伝えたクリストと言う人を愛し出した」と書いた芥川は、「我々は唯我々自身に近いものの外は見ることは出来ない。少くとも我々に迫って来るものは我々自身に近いものだけである」とし、「クリストはあらゆるジヤアナリストのようにこの事実を直覚していた」と書いて、ジャーナリストとしてのキリストを強調した[*38]（芥川、九・二三〇、二四一）。

さらに、『続西方の人』で「クリストはあらゆるクリストたちのように共産主義的精神を持っている」と書いた作家は、「彼に先立ったヨハネさえ「二つの衣服《うわぎ》を持てる者は持たぬ者に分け与えよ」と叫んでいる」とし、[39]「しかしクリストの中にあった共産主義者を論ずることはスキツル《ママ》（引用者注＝スイスのこと）に遠い日本では少くとも不便を伴っている」と続けている（芥川、九・二五九）。雑誌「驢馬」の最終号に掲載された芥川の詩の連作が『僕の瑞威《スキツツル》』と題されていることを考慮するならば、この言葉は日本の現実に対する芥川龍之介の悲観的な見方をも示しているように思える。すなわち、「驢馬」の最終号に芥川の遺稿として掲載されることになる『僕の瑞威《スキツツル》』という題の短い連詩には、勲章を愛好する皇帝を揶揄する詩や「君は僕等の東洋が生んだ／草花の匂のする電気機関車だ」とレーニンを称えた詩などがある。丸山珪一は『僕の瑞威《スキツツル》』におけるレーニン考や軍人の批判に注目して、晩年の芥川が自分を「詩人兼ジャーナリスト」と認識していたと指摘している。[40]

堀田善衛の『若き日の詩人たちの肖像』第二部ではレーニンの言葉が題辞として引用されているのは、「驢馬」第一一号のこの詩を強く意識して書かれたことはたしかだと思えるが、本書との関連で重要なのは「手」（芥川、九・四七三）と題された次の詩である。

諸君は唯望んでいる、
諸君の存在に都合の善い社会を。
この問題を解決するものは

諸君の力の外にある筈はない。
ブルジョワは白い手に
プロレタリアは赤い手に
どちらも棍棒を握りたまえ。
ではお前はどちらにする?
僕か? 僕は赤い手をしている。
しかし僕はその外にも一本の手を見つめている、
——あの遠国に飢え死にしたドストエフスキイの子供の手を

この詩は大正一五(一九二六)年九月一八日付朝日新聞の三面記事紙面に載った「文豪ド氏の息子餓死 モスコーで」という記事[*41]を受けて書かれたものだが、芥川がシベリア出兵の問題にも言及したエッセイ「プロレタリア文芸の可否」で、「唯僕の望むところはプロレタリアたるとブルジョアたるとを問わず、精神の自由を失わざることなり。敵のエゴイズムを看破すると共に、味方のエゴイズムをも看破することなり」と記していたことに留意するならば、芥川は治安維持法によって反論を封じ込めて、無謀な戦争に突入することになる当時の政府の危険性だけでなく、共産党独裁の悲劇をも見据えていたようにさえ思える。

政治活動から身を引いて「『罪と罰』の殺人罪」を書いた評論家の北村透谷は「已れの身を宗教上のキリストの如くに政治上に尽力せんと望めり、この目的を成し遂げんには一個の大哲学家となりて、欧洲に流行する優勝劣敗の新哲派を破砕《はさい》すべしと考えたり」と「石坂ミナ宛書簡草稿」に記していた[*42]。

そして、雑誌「平和」の「発刊之辞」で透谷は「武器の進歩日々に新《あらた》にして、(……)以て全欧を猛炎に委《い》する事、易々《いい》たり」と世界戦争への強い危機感を示していた[*43]が、芥川龍之介も「手」と題された詩の直後には「生存競争」と題された次の詩を掲げていたのである。

優勝劣敗の原則に従い、
狐は鶏を噛み殺した。
さて、どちらが優者だったかしら!

## 四　芥川龍之介から堀田善衞へ——黒澤明『蝦蟇の油』を手掛かりに

一九三六年に二・二六事件の起きる前日に上京した若き主人公の生活や友人たちとの交友が描かれている堀田善衞の自伝的な長編小説『若き日の詩人たちの肖像』では、一九二七年に「ぼんやりした不安」を記して自殺した芥川龍之介の遺書『或旧友へ送る手記』に対する強い反発が記されているが、一九二七年から一九三六年にいたる期間については、ほとんどふれられていない。

一方、一九五〇年に芥川龍之介の『羅生門』と『藪の中』の二つの短編を組合わせた映画『羅生門』でヴェネツィア国際映画祭金獅子賞を受賞することになる黒澤明は、芥川が自殺した翌年の一九二八年以降の日本社会についてこう記している。

「三・一五事件（共産党大検挙）、満州某重大事件（張作霖暗殺）が起る。そして、その翌年には世界恐慌が起こった。（……）経済を根底からゆすぶられた日本を不景気風が吹きまくり、プロレタリア運動は先鋭化し、プロレタリア芸術運動も盛んになる。[*44]」

一九二八年に二科展に入選した黒澤は最初、画家への道を志したが、「世の激動をよそに、静物や風景を描いているのに、あきたらなくなって」、翌年にはプロレタリア美術同盟に入り、上海事変が勃発して満州国が成立した一九三二年まで政治活動にも従事したが挫折し、一九三六年にPCL映画製作所（翌年に東宝に合併）に入社していた。

それゆえ、ここでは黒澤明の『蝦蟇の油——自伝のようなもの』をとおして、この時代の日本の社会状況をみるとともに堀田善衞と「日本のドストエフスキー」と呼ばれた作家・椎名麟三との関係や堀田と演劇人とのつながりを簡単に見ておきたい。

「黒澤明が京華中学を卒業した一九二七年四月から一九二九年三月の間に、『どん底』は『夜の宿（小山内薫演出）という題名で三回上演されている」ことを指摘した映画研究者の槇田寿文は、黒澤が「最も驚異の眼で見たのは、小山内薫の築地小劇場の演劇であった」と書いているのを受けて「黒澤明が『どん底』を築地小劇場で観たのは、多分、間違いないであろう」と記している。[*45]

一九三二年に書いた評論「現代文学の不安」で小林秀雄は「この絶望した詩人たちの最も傷ましい典型は芥川龍之介であつた。多くの批評家が、芥川氏を近代知識人の宿命を体現した人物として論じている。私は誤りであると思う」と書いた。[*46] その一方で、ドストエフスキーについては「だが今、こん度こそは本当に彼を理解しなければならぬ時が来たらしい」とし、その理由をこう説明していた。『憑かれた人々』は私達を取り巻いている。少くとも群小性格破産者の行列は、作家の頭から出て往来を歩いている。ここに小説典型を発見するのが今日新作家の一つの義務である。」（小林、一・一五二〜一五三）

注目したいのは、同じ一九三二年に評論家のストラーホフの文章を引用した小林が、「世人が顰蹙《ひんしゅく》する性格上の業苦を、複雑な絶望感から見事に逆用して、広大な文学表現を完成した、ドストエフキイの様な天才」と讃美していたことである（小林、一・三二八〜三二九）。ここで「天才」という単語を用いていた小林は、第三章で見るように一九四〇年に書いた『我が闘争』の書評ではヒトラーについて「彼は、彼の所謂主観的に考える能力のどん底まで行く」とし、「これは天才の方法である」と称賛することになる。

一九三三年の一月にはドイツでヒトラー内閣が成立し、三月には日本が国際連盟から脱退するなど混迷の時代を迎え、二月には特別高等警察（特高）の拷問で小林多喜二が獄死した。彼の労農葬が築地小劇場で執り行われたのは三月一五日のことだったが、ロシア文学だけでなく外国映画についても精通しており、黒澤明が強い影響を受けた兄・丙午もこの年の七月に自殺していた。

労働運動に関わって一九三一年に特高に検挙され、その後何度も自殺のことを考えていた椎名麟三は、警察で受けた拷問の「不快な記憶」について堀田善衞との公開の往復書簡でこう記している。

「あの拷問は、人間にとって許しがたい魔術をもっていました。この世界において何が正義であり、何が真実であるかという自分の事実が、しばられた後手を竹刀で強くこじ上げられることによって、簡単にとび超えさせられてしまうのです。」[*47]

椎名の手紙を読んだ堀田は「お手紙を拝見して、私は少し身上話をする必要を感じました。それはあなたの仰言る「不快な記憶に」関することです」と返信し、従兄の検挙と拷問、そして転向という出来事から受けた激しい衝撃について「私は子供心に深く尊敬していただけに、この経緯にはどうしても納得出来ぬ、今様にいうならば不条理なものを感じ、子供は子供なりに苦しみました」と記し、その後の自分の行動を次のように描いている。

「右に述べました事件のあった後、私はキリスト教に凝り（といったらクリスチャンのあなたから叱られるかもしれませんが）、米人宣教師の家で一年ほど暮らしました。が、洗礼はうけませんでした。それから音楽に凝り、耳を悪くして音楽の方は諦め、詩を書き出しました。（……）十八歳（昭和十一年）で上京して、矢張り政治、あるいは社会的正義、そういうものを遮断した詩を書きつづけました。」

ドストエフスキーは自分の体験をもとにして描いた『死の家の記録』の第二部第三章で、笞刑を行うことに慣れた刑吏の心理を分析して、「他者」を「もっとも残酷な方法で侮辱する権力と完全な可能性を一度経験した者は、もはや自分の意志とはかかわりなく感情を自制する力を失ってしまうのである」と指摘していた。[*48]

さらにドストエフスキーは先の文章に続けて「他の人間に対する体刑の権利がある人間にあたえられるということは、社会悪の一つであり、（……）社会を絶対に避けることのできぬ崩壊へとみちびく完全な要因である」と書いている。

出獄してドストエフスキー文学と出会った椎名は作家となるのだが、「血と権力は人を酔わせる」と記したドストエフスキーの記述を椎名も自分の身体で確認させられたといえよう。

堀田は「ドストエフスキーの忠告を唯一の頼りとして」書き、自殺の問題にも言及されている椎名麟三の長編小説『邂逅』の方法についても次のように評価している。

「いちばん意義を感じるのは、それが方法的に各人物それぞれの独白の交叉による対話が実現されている点です。（……）そしてこれら各人の純粋主観としての時間意識は、実は縦にも横にも歴史的な時間意識に浸透されている筈で、この両者の同時成立が、現代の人間のリアリティを保証しているものです。」

この手紙を受け取った椎名は「報道の自由」の問題をとおして新聞記者の主人公の孤独と決断を描いて芥川賞を受賞した堀田の『広場の孤独』（一九五一）に言及しながらこう記している。

「僕の貴兄に対する共感と尊敬は、この主体的な問題から、この社会へのアンガジュ（引用者注＝政治や社会活動に参加すること）を誠実に追及されているということなのです。『広場の孤独』から、広場へのアンガジュを確立されようとしておられることなのです。」

この言葉は主人公の深い「孤独」だけでなく、主人公とさまざまな他者との関りを描いた『若き日の詩人たちの肖像』の方法についてもあてはまるだろう。

拷問と堀田善衞との関連でその後の流れを先に見たが、再び一九三三年に戻ると五月にはトルストイの『復活』を論じた京都帝国大学法学部の滝川幸辰教授の法律論が非難されて文部省から罷免が要求されるという滝川事件が起きた。

敗戦直後の一九四六年に黒澤明は滝川事件をモデルにした映画『わが青春に悔なし』を公開したが、滝川教授が罷免を要求された際には芥川龍之介の親友だった法学部教授の恒藤恭（旧姓・井川）もこれに抗議して辞表を提出していたことを考えると、この作品で黒澤は芥川龍之介とその文学の意義について映画『羅生門』に先立って考えていたと言えるだろう。*49

一方、一九三三年に『未成年』の独創性」（「文藝」）を発表した小林秀雄は、翌年の一九三四年に「『罪と罰』についてⅠ」を発表し、「重要な事は、告白体といふ困難な道からこの広大な作品を書かうと努めたほど、ラスコオリニコフといふ人物が作者に親しい人物であつたといふ事である」と記した小林は、弁護士ルージンや司法取調官ポルフィーリイとの白熱した会話などを省いて、主人公の内面的な苦悩に肉薄しようとした（小林、六・三三～六三）。

この評論で「思うに超人主義の破滅とかキリスト教的愛への復帰とかいう人口に膾炙したラスコオリニコフ解釈では到底明瞭にとき難い謎がある」と「謎」を強調して、「殺人はラスコオリニコフの悪夢の一とかけらに過ぎぬ」と解釈した小林は、「罪の意識も罰の意識も遂に彼には現れぬ」と続けて、エピローグにおけるラスコーリニコフの「復活」を否定し、「『白痴』についてI」でも、そのような人物としてムィシキンを解釈した。

それまで正当とされてきた美濃部亮吉の学説が排斥された天皇機関説事件が起きた一九三五年から一九三七年まで小林は『ドストエフスキイの生活』を連載したが、そこではドストエフスキーの『白夜』（一八四九）についての考察はなされていない。

堀田善衞が法学部政治学科から文学部仏蘭西文学科に転科したのは、一九四〇年の四月のことであったが、『若き日の詩人たちの肖像』では「白柳君」という綽名で登場する白井浩司（後にフランス文学者）は転科して来た若き堀田についてこう記している。

「堀田は法学部から移ってきたため、親しくなるには少しばかり時間が必要だったし、いったいなにを考え、なにをしようとしているのか、私たちにわからなかったのは致し方がない。／君たちは堀辰雄みたいのが好きなんだろう、とか、甘い菓子みたいなフランスの小説なんかなんだ、とか、思い切ったことをいうので度肝を抜かれた」が、「ドストエフスキーと酒が好きだったことが、私たちをいっそう近づけたともいえよう。[*50]」
この記述からは「ドストエフスキーに心酔して」いた堀田が、一九三〇年に「私はこの書を芥川龍之介先生の霊前にささげたいと思う」という献辞を付けるほど師との思い出が色濃く反映されている『聖家族』を発表し、一九三六年から翌年にかけては「序曲」「春」「風立ちぬ」「冬」「死のかげの谷」からなる中編小説『風立ちぬ』では主人公と節子との恋愛を叙情豊かに描いた堀辰雄をあまり高く評価していなかったことがわかる。
しかし、堀田が彼の家の近所に住んでいたことや『若き日の詩人たちの肖像』に「富士君」の名前で登場する中村真一郎など多くの学友が、作中では「成宗の先生」と描かれている堀辰雄に師事、あるいは私淑していたこともあり、[*51]自作の詩一五編をまとめて堀の家を訪れた際には「いろいろと忠告を頂き生涯の夜であった」と友人あての書簡に書くようになる。[*52]
実は、リルケの「レクイエム」を『風立ちぬ』の終章「死のかげの谷」で引用した堀辰雄は、「リルケ年譜」で詩人が「ドストエフスキイを愛読し、その『貧しき人々』の翻訳などを試む（未定稿）」ことを紹介している。[*53]
堀田などとともに「いつ召集令状が舞いこむかもしれないと思いながら、動揺する心を抱いて飲み屋を梯子酒して歩いた」この頃の心情を白井はこう記している。
「この無謀な戦争がいつ、どのようにして終るのか予想することもできず、軍部の横暴を憎み、文官の勇気のなさを情けなく思い、政府の方針に無反省に追随する民衆の浅はかさを慨嘆し、にがい酒を痛飲するだけだった。あのころ以上に、無力感や孤立感を覚えたことはなく、それだけになんでも話せる友人たちの存在が貴重だった。」

司馬遼太郎（一九二三〜一九九六）は、昭和初期のこの時代を「別国」あるいは「鬼胎」の時代と呼んだが、[*54]堀田善衞は夏目漱石が『坊っちゃん』で用いた綽名という手法を用いて、「富士君」や「成宗の先生」、そして「マドンナ」も登場させることにより暗く重いこの時代を若き詩人たちとの交友などをとおして活き活きと描き出している。

この長編小説について父親の福永武彦が登場人物のモデルともなっている池澤夏樹は「この作品は、自分のものの考え方、思想を支えてくれる大きな柱となっています」と述べ、フランス文学者の鹿島茂氏も「これは若い人が非常に自己投入」し易い、「自分や同世代の友人たちの詩人時代、青春時代を描いた素晴らしい作品だと思います」と続けている。[*55]

明治の文学者たちや芥川龍之介の手法や文学観を受け継いだ『若き日の詩人たちの肖像』をはじめとする堀田作品をドストエフスキー文学との関連で詳しく考察することは、現代の日本にも続いている問題点を明らかにすることにもつながるだろう。[*56]

# 第一章　絶望との対峙――『白夜』の時代と『若き日の詩人たちの肖像』

「驚くべき夜であった。親愛なる読者よ、それはわれわれが若いときにのみ在り得るような夜であった。空は一面星に飾られ非常に輝かしかったので、それを見ると、こんな空の下に種々の不機嫌な、片意地な人間が果して生存し得られるものだろうかと、思わず自問せざるをえなかったほどである。これもしかし、やはり若々しい質問である。親愛なる読者よ、甚だ若々しいものだが、読者の魂へ、神がより一層しばしばこれを御送り下さるように……。」

（ドストエフスキー『白夜』[*1]）

## はじめに　堀田善衞と『白夜』

上京した翌日に二・二六事件に遭遇した主人公が「赤紙」で召集されるまでの日々を描いた堀田善衞の自伝的な長編小説『若き日の詩人たちの肖像』は一九六六年一月号から一九六八年五月号にわたって「文芸」に発表され、一九六八年九月に単行本として新潮社から刊行された。[*2]

序章と四部からなるこの長編小説の、「扼殺者の序章」と題された序章ではヴェルレーヌの「語れや君、若き日に何をかなせしや?」という詩の一節が原語と日本語の訳で題辞として記された後で、記憶の扼殺について書かれた一九四七年の堀田善衛の詩が引用されている。長編小説全体を引き締めるような非常にインパクトのある詩だが、引き揚げ船で上海から帰って来たばかりの頃に書かれている。記憶の扼殺の問題については第二章で考察することとし、ここではまず第一部の題辞で引用されている『白夜』冒頭の文章に注目しながら、堀田作品における『白夜』の重要性を確認しておきたい。

『白夜』冒頭の文章は一九五〇年に発表された堀田の短編『一二月八日』で引用されているばかりでなく、一九七〇年に書かかれたエッセイでも「少年の頃、私はこの『白夜』という短編を愛した。とりわけて、その書き出しを愛した。(……)こういう文章に、少年の頃に出会うことが出来たことを、私は自分の人生の仕合わせの一つとしている」と記されている。[*3]

『若き日の詩人たちの肖像』(以下、『若き日の…』と略す)ではラジオから流れてきたナチスの宣伝相ゲッベルスの演説に「明らかにある種の脅迫」を感じた主人公が「空には秋の星々がガンガンガラガラに輝いていた」のを見て、「つい近頃に読んだある小説の書き出しのところを」思い出したと書かれ『白夜』冒頭の文章が引用されている。

作家の堀辰雄をモデルとした「成宗の先生」が住んでいる「その家の書斎にも灯がついている」のを見た時にも若者が「ガラガラの星を見上げていると、自然、ある小説の冒頭が口をついて出て来る」と書き、その文章を引用した作者は厳しい帝政ロシアの検閲下で書かれた『白夜』と『白痴』

とのつながりを若者にこう指摘させている。

「ぶつぶつと口のなかでとなえてみていて、こういう文章こそ若くなければ書けなかったものだったろう、と気付いた。二十七歳のドストエフスキーは、カラマーゾフでもラスコルニコフでもまだまだなかったのだ。けれども、この文章ならば、あるときのムイシュキン公爵の口から出て、それを若者が自分の耳で直接公爵から聞くとしても、そう不思議でも不自然でもないだろう……」（上・三一二）。

一九七〇年に発表された小文「『白夜』について」で堀田善衞は、「ドストエーフスキイの後期の巨大な作品のみを云々する人々を私は好まない。それはいわばおのれの思想解明能力を誇示するかに、ときに私に見えて来て、そういう「幸福」さが「やり切れなく」なって来るのだ」と記している。そのことは彼がハンガリー出兵の前に発表された『白夜』という作品が持つ重みを深く認識していたことを示していると思われる。

なぜならば、エッセイ「砂川からブダペストまで――歴史について」（一九五六）で、砂川町での基地反対運動についてだけでなくソ連軍によるハンガリー動乱の鎮圧についても言及した堀田は「歴史を重層的なものとして見る」ことの重要性を強調しているからである[*4]（一五・一〇四）。

以下、本章では「重層史観」とも呼ばれる堀田の歴史観にも注目しながら、まずドストエフスキーの『白夜』と時代との関りを簡単に見る。その後で各章の題辞にも注意を払いつつ『若き日の…』を詳しく読み解くことで堀田善衞のドストエフスキー観を明らかにしたい。なお、この長編小説では主人公には名前は与えられず、「少年」から「若者」を経て第四部では「男」へと呼び方が変えられている。

## 一　堀田善衞の「重層史観」とドストエフスキーの『白夜』

『若き日の…』では交通規制で足止めされていたために二・二六事件の翌日に友人宅から戻った兄から「大変なんだぞ！」と「昭和維新、尊皇斬奸」のスローガンを掲げた将校たちによるクーデター未遂事件が起きたことを告げられるが、主人公は受験勉強を理由に家からの移動を拒否したと描かれ、その理由がこう記されている。

「〝大変〟ということばについては、少年は曾祖母からすでにある種の心構えのようなものを教えられていた。北国の小さな港町に、二百年ほどのあいだ、北海道と大阪をむすぶ、いわゆる北前船の廻船問屋をいとなんで来た家の曾祖母は、米をめぐっての民衆の騒乱のことを知悉《ちしつ》していたものであった。」（上・一五）

そして、作者が生まれた一九一八年に起きた大正の米騒動が少年の港町にも波及して来た時にも「曾祖母は、直ちに家の者、店の者の先頭に立っててきぱきと指示」をして、民衆に粥をくばり騒ぎをおさめたと記している。

『若き日の…』の冒頭近くで記されたこの文章はロシアの船員も行き来する街の廻船問屋の家に

生まれた堀田の視野の広さをも物語っているだろう。晩年の大作『ミシェル 城館の人』（以下、「ミシェル」と略す）で堀田はミシェルの祖父や曽祖父が自由都市・ボルドーで廻船業に携わっていたことにもふれて、「つねに外国と接触を持っている者は、頑迷固陋であったりすることは、本質的に出来なかった」（ミシェル、一・八七）と書いているのである。

第一次世界大戦（一九一四〜一九一八）の最中にロシア革命が起きると日本はアメリカなどの連合国とともにシベリア出兵に踏み切っていたが、堀田は長編小説『夜の森』で主人公の巣山二等兵が現地で受け取った日本の新聞を読んで、八月二日にシベリア出兵が宣言された後で米の価格が高騰したことで始まった米騒動が瞬く間に全国各地に飛火して一六日からは九州各地で炭鉱労働者の蜂起も起きていたことを知ったと記した（三・一七一〜一七二）。

そして、巣山からロシア革命について尋ねられた明治の民権運動家の息子で通訳の花巻に「戦争と米価騰貴に疲れ、不平不満の民衆一揆みたいに立ち上って、これと職工や兵隊がいっしょになって米騒動が革命になったのですよ」と説明させたばかりでなく、一九一九年には「人の数でなら米騒動の上をゆくような大騒動」が韓国でも起きていたと三・一独立運動についても伝えさせている（三・二四三、二四五）。

ことに注目したいのは、『夜の森』では「今度の出兵は、日清日露などとはまるきり性質のちがう（……）日本の王道主義を世界にひろめる思想の戦争」（三・二五九）なのだとシベリア出兵について熱弁をふるう少尉をとおして、シベリア出兵が「五族協和」などの「満州国の理念」を讃えて行われた満州事変にもつながっていることを示唆していたことである。

一九六三年に発表したエッセイで『ベールキン物語』を書いたプーシキンを「世界の近代文学開祖の一人」と讃えた堀田善衞は、決闘が描かれているプーシキンの短編『その一発』では「銃口は読者の心理にぴたりと狙いをつけている。ドストエフスキーにいたって大成するものの種子がまかれている」と指摘していた(一四・三九二〜三九四)。

ドストエフスキーが亡くなる前年の一八八〇年六月にプーシキン像除幕式で有名な講演をしていることに留意するならば、堀田は過酷な体験を経て巨大な作家へと成長することになるドストエフスキーのプーシキン観の重要性を的確に把握していたと言えるだろう。

次章で考察する堀田の短編『国なき人々』では上海に住む主人公の棍がかつてはプーシキンの銅像が立っていたが何者かに盗まれてしまった「空しい台石に腰を下ろして」考えこむ場面が描かれ、続く長編小説『祖国喪失』では主人公・杉はロシア人からプーシキンという綽名で呼ばれているのである。

『白夜』でも言及されている多くのプーシキンの作品や理念は、作家ドストエフスキーの誕生と成長とも深く関わっているので、ごく簡単に若きドストエフスキーとプーシキンとのかかわりを見ておきたい。

プーシキンは代表作『エヴゲーニー・オネーギン』でロシアに侵攻したナポレオンにも言及して、現代の人間は「他人をすべてゼロと考え、自分だけが価値のある単位だと思っている。誰も彼もがナポレオンを気取り、数百万もの二足獣を道具に過ぎぬと見くびっている」と書いた。[*5] この言葉が『罪と罰』で考察されるナポレオンの考察と深い関りを持つことは明らかだが、貧しい聖職者の息子だったドストエフスキーの父ミハイルはフランスとの戦争に備えた医学生の募集に応じて一八一二年の「祖国戦争」にも参加し、戦争で知り合った軍医の紹介でモスクワ商人の娘のマリアと結婚して、ロシアの皇室との関係も深かったモスクワの聖マリア慈善病院の医師となっていた。[*6]

一方、「祖国戦争」で奇跡的な勝利をおさめた後で皇帝アレクサンドル一世は「諸国民の解放戦争」（一八一三〜一五）にも加わってポーランドを併合したが、戦争で荒廃したロシアの内政を放置した。そのために皇帝が亡くなると専制政治を批判して憲法の制定を求めた青年将校たちによるデカブリストの乱が一八二五年に起き、そこには南方に流刑になっていたプーシキンの友人たちも多数参加していた。その反乱を厳しく鎮圧したニコライ一世はフランスなどの外国からの影響を防ぐためには「ロシアにだけ属する原理を見いだすことが必要」と考えて秘密警察や検閲を強化し、「祭政一致」の原則に基づく「正教・専制・国民性」を厳守するように求める「道徳綱領」を一八三三年に出したのである。[*7]

「暗黒の三〇年」と呼ばれるこのような時代にプーシキンの作品を愛読していた若きドストエフスキーは、父のミハイルが横死した後で「人間は謎です。その謎は解き当てなければならないものです」と記して作家になるという決断をした。[*8] ドストエフスキーのデビュー作の『貧しき人々』（一八四八）について、劇作家の井上ひさしは「あれは最高ですね、何ともいえないですね、あれはもう僕にとってですけど、世界の文学のトップですね、あんないい小説ないですね」と語っている。[*9]

実際、往復書簡の形式で記されているこの作品でドストエフスキーは詩人プーシキンの短編集『ベールキン物語』の中の短編『駅長』やゴーゴリの『外套』を巧みに組み込むことで「自己」と「他者」との複雑な「関係性」ばかりでなく、人間関係を規定している「教育」や「法律」などの「制度」を深く考察しているのである。

一八四八年に捕らえられたミリュコーフは、ドストエフスキーがペトラシェフスキーのサークルで、農村の自然の素晴らしさを讃える一方で「ここではうら若い娘たちが花ひらくのも／無慈悲な悪人の気まぐれのため」と乙女たちの悲劇を歌って、農村の二重性を鋭く指摘していたプーシキンの政治詩「村」を朗読したと記している。[*10] それは作家が貴族となり地主となった後では農民に対して横暴にふるまっていた自分の父ミハイルの倫理感をも厳しく批判していたことをも意味する。

それらのことに留意するならば、街を散策することが好きな「夢想家」の若者が白夜の季節にふとしたことから知り合った乙女に恋をするという一見、ロマンチックなエピソードが描かれているかに見える『白夜』も、デビュー作『貧しき人々』と同じように検閲をのがれるための「奴隷の舌（ことば）」とも呼ばれるイソップの言葉で書かれている可能性が高い。

実際、ロシア文学者の法橋和彦が指摘しているように、『白夜』の主な登場人物は『エヴゲーニー・オネーギン』の登場人物を連想させるし、[*11] 作家の後藤明生が注意を促しているように、『白夜』第二夜における「ナースチェンカの物語」で語られている「身の上話」の形式は、『貧しき人々』における女主人公ワルワーラの「手記」の形式ときわめて似ているのである。[*12]

しかも、初版の『白夜』には詩人プレシチェーエフへの献辞が記されていたが、「進め！　おそれることなく疑うことなく／止むにやまれぬ行為に向かって、友よ！」という詩句を持つ彼の詩「進め！」はペトラシェフスキー・サークルで愛唱されていた。[*13]

この作品にはプーシキンの短編『コロムナの小家』についての記述もあるが、サークルの主唱者ペトラシェフスキーの家があったのはコロムナ地区だったのである。こうして、文学という方法で農奴の解放や言論の自由などを訴えていた国民詩人プーシキンを深く敬愛していたドストエフスキーが、フランス二月革命の影響がヨーロッパ全土に及んでいた一八四八年の一二月に発表した小説が『白夜』だったのである。

この作品が発表された直後にドストエフスキーはペトラシェフスキー・サークルの「集会に出席し「出版の自由、農奴解放、裁判制度の変更の三問題に関する討論」に加わったこと、およびロシア正教を批判した「ベリンスキーのゴーゴリへの手紙を朗読」したとの容疑で逮捕された。

ドストエフスキーが入れられたペトロパブロフスク要塞監獄のアレクセーエフ半月堡の独房では、ここに収監されている間に精神の変調を訴えたものが何人も出ていた。この監獄に八ヵ月にわたって収監されたドストエフスキーは、監獄での厳しい尋問に対して文学は「民衆の生活の表現の一つであり、社会を写す鏡である」とその重要性を主張し、さらに「現在のような酷しい検閲のもとでは、グリボエードフやフォンヴィージンのような作家、いやプーシキンでさえ存在できません」と著名な作家たちの名前を挙げて当時の検閲制度を真っ向から批判していた。[*14] その言葉は弁明というよりも尋問という場を借りて予審委員会の委員たちに新しい理念を高らかに説いているといった趣きすらある。

しかし、この作品の発表後に逮捕されて刑場で偽りの死刑を宣告されたドストエフスキーは、恩赦という形で極寒のシベリアに流刑となった。堀田はそのことを踏まえて先の小文「『白夜』について」では、この「空想家」はやがて「『地下生活者』となって逆転し、ラスコーリニコフにまで到るのである」と続けている。[*15]

一九五〇年に『家庭画報』一二月号に掲載された短編『一二月八日』の冒頭で『白夜』の文章を引用した作者は、「私もまたこう云いたいのだ、驚くべき夜であった。親愛なる読者諸姉よ」と続けている。そして、真珠湾攻撃が行われた夜に左翼崩れのたまり場になっているバー・ナルシスに集まった演劇青年たちの会話やその後の男女の思いつめた行動、さらに翌月に行われた会合のことをデッサン風に描いた後でこう結んでいるのである。

「それから五年間、あの戦争のあいだに、これら登場人物たちがどういう運命を辿ったかは、作者も知らない。しかし作者は若きドストエフスキーとともに、また読者諸姉とともに、彼らがいかに恐しい地方にやられ、非道な目にあったり、また逆に人を非道な目にあわせたにしても、せめて彼らに一面星に飾られた空を見上げ、「こんな空の下に、種々の不機嫌な、片意地な人間が果して

生存し得られるものだろうか?」と、思わず自問させるような機会を与えられんことを神にお願いする。」(一・二二一~二二二)

この文章は戦地に派遣されて飢餓に苦しんだり、拷問で痛め付けられて自殺した自分の友人たちを描いた『若き日の…』の内容だけでなく、ドストエフスキーが監獄で受けた厳しい試練とそこから得た新しい視野をも示唆しているように見える。

これらの文章に留意するならば、このとき堀田善衛はドストエフスキーが『白夜』を書いた時期と昭和初期の日本の類似性を強く意識していたように思える。

## 二 『罪と罰』のテーマと「メクラ」の馬

『若き日の…』の冒頭では音楽に魅せられてドイツから帰国した新進の指揮者によるラヴェルのボレロとベートーヴェンの運命交響楽を聞くために早めに上京していた主人公は、友人宅から戻った兄から前日にボレロを聴いた軍人会館が「戒厳司令部」になったと告げられる。

二・二六事件についての記述はこれに留まることはなく、軍国主義と「国体明徴」運動を批判したことで知られる河合栄治郎が「帝国大学新聞」に載せた記事では、「削除は多いにしても、筆者の怒りと批判ははっきりと出ていた」が、「中央公論」に寄稿した巻頭論文は伏字ばかりとなって「この方は、バッテンばかりで、さっぱり見当もつかなかった」ことが当該部分も掲載されて詳しく引用されている（上・五三）。

さらに、原宿にある学友Mの広大な邸に行った際の描写でも、「Mの父は陸軍大将で、軍内の派閥の、その一方の頭目であるといわれていた。二・二六事件のときにも、世間の注視のまとになった人である」と描かれ、その前年に起きた相沢事件との関係も記されている（上・一一一）。

第二部でも「まったくの偶然であったのだが、若者が引っ越したこのアパートの隣室に二・二六事件のときの首謀者中の首謀者であったI（注＝モデルは磯部浅一）という男の未亡人が住んで」おり、夫の死後に軍首脳部を弾劾し非公開で弁護人なしで行われた特設軍法会議の違法性を批判した遺書を入手した夫人は、「これをある右翼の新聞記者とはかって写真で複写をし世上に流布させよう」としていたと記されている。こうして、「二・二六事件の前日に、受験のために上京してきた若者に、二・二六は最終的な落着におちつくまで接着してはなれなかった」のである（上・一三五〜一三六）。

『罪と罰』と同様にこの長編小説でも大学の法学部政治学科の予科に入った少年を主人公にすることで、法律だけでなく拷問などの問題を考察の対象とし得ている。

たとえば、第一部の冒頭近くでは、大学の保証人になってもらうために従兄のもとを訪ねて行った少年は、「幼いときからなじんでいたこの従兄の表情の険しさに、ほとんど声を出さんばかりに愕《おどろ》いた」が、「日本共産党の関西関係の、かなりに重要なポストにいたらしかった」従兄は、「思想犯ということで、長く警察にとめおかれ」て「怖ろしい拷問」を三週間も連日受けていた。

「少年の母が司法省の高官の紹介をもって面会に行ったとき、従兄の顔は腫れあがり、手には真新しい軍手をはめさせられていた」が、それはおそらく「指、爪、指のつけ根をいためつけられていたから」であり、母がそのことを少年に詳しく語ったのは、「母にしても、あまりにむごい、警察の非道に就いて、誰かに何かを訴えたかったのかもしれない」と続けている（上・二三～二六）。

シベリアの監獄でも貴族に対する体刑は行われなかったことを考えるとその陰惨さには驚かされるが、強大なロシア帝国が革命によって打倒されたことで特高警察による拷問はいっそう激しくなっていたのである。

一方、『若き日の…』で『罪と罰』への言及が最初にあるのは、被差別部落出身の踊り子・百合文子が黄色一色のワンピースを着てきたのを見て、主人公が「つい近頃彼が読んだドストエフスキーの『罪と罰』の殺人の場面」を思い出して「ちょっとぎょっと」した場面である。

「殺人者のラスコルニコフも、また殺される高利貸の婆さんの顔も、またその現場の全体もが黄色一色に塗りつぶされていることに、小説作家というものの心配りの仕方を読みとっていたのである。」（上・七五）

たしかに、米川正夫訳では高利貸しの老婆の「あまり大きくない部屋は、黄いろい壁紙をはりつめて」あったばかりでなく家具類も「古びた黄いろい木製品で」、安っぽい絵も「黄いろい額入り」と記されている。しかし、主人公と老婆の顔は黄色で描かれてはいない。それゆえ、これは最初に読んだ際の主人公の少年の印象によるものだろう。

島崎藤村は長編小説『破戒』で『罪と罰』の登場人物の体系をうまく取り込むことによって被差

別部落出身の主人公の問題を描いていたが、[*16] ここでも「彼の母が水平社運動に力添えしたために、警察から文句が出たこともあったし、母が二六時中部落へ出入りすることで、彼自身もが幼い頃に友だちからトーナイと呼ばれたことがあったのである」と描かれている。

「芸事の手はじめに、母の手で箏をかなりしっかり教え込まれ」たので、三味線やピアノも弾くことができた若者は、その後、百合文子に頼まれて病気のピアニストの代わりに花月劇場でピアノを弾くことになって「大川の向う」の文子の家に一週間も泊まり込むことになった。その理由は「ラスコルニコフは言うまでもなく、あのスヴィドリガイロフなどという怪異な人物は、東京で言えば必ずや大川の向うに住んでいる筈であって、山の手にも下町にも決していはしないだろうと思っていたからであった。」(上・八七)

第一部の終わり近くでは、主人公の「生涯にとってある区分けとなる影響を及ぼす筈の、一つの事件」が描かれている。すなわち、ラジオから流れてきたナチスの宣伝相ゲッベルスの「日本国民への挨拶」に過ぎない演説から「明らかにある種の脅迫」を感じた主人公は、続いて流れてきたフランスのリュシエンヌ・ポワイエが歌う「パルレ・モア・ダムール」という恋の唄に「異様な感銘」を受けて、「いますぐ何かをしなければならぬ」と思って背広を着て外に出た(上・一一五〜一一七)。

『若き日の…』では主人公がいつゲッベルスの演説を聞いたのかは記されていないが、一九三六年の一一月二五日には日独防共協定が調印されたので、おそらくその前後のことだろう。しかも、一九三三年一月にヒトラーがワイマール憲法下の「大統領緊急措置権」で絶対的な権力を得たドイツでは五月にユダヤ知識人の書物が大量に焚書にされたが、その際にもゲッベルスが扇動的な演説をしていた。

ただ、「聞かせてよ愛の言葉を」という邦題で知られる「ただの流行歌」に「異様な感銘」を受けたというのは理解しにくいかも知れないが、「中学生としての男は、文学少年といったものではなかった。むしろ音楽少年といったものであったかもしれない」という文章で始まっているこの長編小説では、ボレロを生まれて初めて生《なま》の演奏で聴いた際には、強烈な印象で身体が反応してしまったという音楽の力や生命の不思議さが観じられるエピソードが冒頭で記されていた。

さらに、上京してからギターも習い始めた主人公の若者が、ロシア帝国によるポーランド併合と日韓併合についての類似性について、「ショパンの音楽は、たとえば朝鮮のアリラン節を洗練したようなものであり、ポーランドの旋律のもつ、あるあわれさとポーランド自身の運命は、東方における朝鮮のそれに酷似していた」という感想を抱いたことも描かれている（上・四〇）。そのような音楽的感性はそれ以降の人生において自殺の誘惑から主人公を救うなど重要な役割を果たしているのである。

こうして、ナチスのゲッベルス宣伝相の演説でドイツ語が嫌いになった若者は、フランス語の習得に専念することになるのだが、それ以前からジイドの小説や「フランシス・ジャムの詩なども読んでいた」ことがここでさりげなく記されている（上・一一五～一一六）。

このことは後に見る堀田善衛の『白痴』理解を知る上でも重要だろう。なぜならば、堀辰雄は中野重治と窪川稲子（佐多稲子）について記した「二人の友」で、同人雑誌「驢馬」の題名の由来についてカトリックの詩人「フランシス・ジャムの詩から」思いついたと書いているからだ。[*17]
「柊《ひいらぎ》のいけがきに沿って歩いてゆく／やさしい驢馬がぼくは好きだ。」という句で始まる詩を大岡信訳で抜粋して示すと、[*18]
「僕の恋人は驢馬をお馬鹿さんだという、／馬が詩人だからという。／馬はいつも思案顔。／眼はビロウド製。」と歌い、こう続けている。
「でも驢馬はくたびれて、うちひしがれて、／うまやのなかにいるのだよ、／かわいそうな四本の足を／使いに使いはたしたので。」
長編小説『白痴』でも外国でのさまざまな印象が神経に作用して打ちのめされそうになっていたが、「ロバの鳴き声が、ぼくの目を覚ましてくれたのです」と語ったムィシキン公爵は、そのロバのおかげでスイスという国全体が気に入って、「それまでの寂しさもすっかり消えてしまったのです」と続けている。[*19]
キリスト教の文化的な背景を知らないとここでなぜロバの話が出てくるのかは分かりにくいが、井桁貞義はこのロバの話が『マタイによる福音書』（第二一章五〜九節）に基づいていることを指摘し、「驢馬が、笑われる道化・白痴とキリストの双方に関わる重要なシンボルである」と書いている。[*20]
背広を着て外に出た少年が「空には秋の星々がガンガンガラガラに輝いていた」のを見て、「つい近頃に読んだある小説の書き出しのところを思い出しながら坂を下りて行った」（上・一一七）と書いた作者は、第一部の題辞でも引用していた『白夜』の冒頭の文章を引用している。

作者は「小説は、二十七歳のときのドストエフスキーが書いたものの、その書き出しのところであった」と簡単に説明しているが、すでに見たようにこの作品が発表された後でドストエフスキーの運命は暗転していたことを考えるならば、この言葉の意味はきわめて重い。

その後で若者の気持ちを激しく動揺させた出来事が起こる。転向したはずの従兄から預けられた風呂敷包みには、二・二六事件の批判や党再建の問題などが書かれた八月一日付けの「赤旗」が五部入っていたのである。従兄は「四日ほどの後に」その包みを受け取りに来てその際には何事もなくすんだのだが、包みの中身を知った時の恐怖感がまざまざと伝わってくるのは、映画研究会の主要なメンバーであった若者の同級生二人が、「学校での授業中に呼び出され」、「そのうちの一人が警視庁の地下留置場で急性肺炎になり、無慙に死んでいた」ことを思い出したことも記されているからである。

授業の帰りに「ナチス成立以後の、ドイツ人民の怖れを、あるいはフランスの怖れを」伝えているフランス映画「巨人ゴーレム」を見た後も帰宅する気にはなれなかった若者は、「冬の皇帝」や「ルナ」などの詩人たちがいる新宿の喫茶店に行った（上・一四二〜一四三）。

そこには『カラマーゾフの兄弟』中のスペインの町に再臨したイエス・キリストが何故に宗教裁判、異端審問にかけられねばならなかったかという難問について、限りもなく喋りつづけていた「アリョーシャ」もいた。

『若き日の…』の人物体系を詳しく考察した丸山珪一は、ことに作者（語り手）によって名前を与えられている登場人物の「ほとんどが明日の身も知れぬ戦時下に詩や学問や演劇に生命の火を燃やしている、主人公の同世代の友人たち」であり、彼らが「三つのグループ」に分類されることに注意を促している。

すなわち、第一のグループがこの喫茶店に集まっていた「冬の皇帝」「アリョーシャ」「ルナ」「良き調和の翳」「詩的彫刻家」などがいる「新宿の詩人」たちであり、同じ二階の喫茶店の別の片隅には、詩人グループよりも「二つ三つ年上の、この、左翼文学や左翼演劇の残党とでも言うよりほかにない」グループがいた。

そして、三つ目のグループが仏蘭西文学科に転科することで出会うことになる「同人誌を中心とした「新橋サロン」の仲間たち（「光りを厭う黒眼鏡の君」「浜町鮫町君」「澄江君」「白柳君」「胸紐君」、そしてもちろん新橋サロンの主の「汐留君」、およびこの同人誌に外から加わって来た「冨士君」「ドクトル」「日伊協会の詩人」などの帝大生たち）である。」[*21]

注目したいのは、「新宿の詩人」たちは「左翼演劇の残党」とでもいうような「このグループを、極端に嫌忌していた」が、若者は「両方ともが必要なのだが……」（上・一八五）と思っていたと記されているように、主人公が主義や主張に捉われずにこれらの友人たちと分け隔てなく交際しており、そのことがこの長編小説に重層的な深みを与え得ていることである。

一方、「大川の向う」の百合文子の家にしばらく住んでも『罪と罰』に登場するような人物には会えなかったので、「あれはやっぱりドストエフスキーという作者の頭のなかの闇でだけ生きている」のかと若者が考え始めた頃に『罪と罰』と同じような世界を体験することになる。

すなわち、突然、逮捕された若者は何の理由も告げられずに「物品のように」どさりと留置場へ放り込まれて一三日間拘留されることになるのだが、そこでは「時間はよどみきって毒ガスのように滞留したままであり、その上に、その滞留する時間にかてて加えて、被留置人各人の濃密きわまりない反覆思考がそこに加わり、その空間も時間もが真黒になるほどに重く重くなっているのである。」（上・一五二）

「警視庁の地下室で殺されてしまった学友」が「長門峡に、水はながれてありにけり。／寒い寒い日なりき。」という中原中也の詩「冬の長門峡」をよく朗誦していたことを思い出した若者は、自殺した芥川龍之介が『或旧友へ送る手記』に記した「けれども自然の美しいのは、僕の末期の眼に映るからである」という文章に「勃然たる怒りを感じた」。

留置場で詩人プラーテンの「美しきもの見し人は、／はや死の手にぞわたされつ、／世のいそしみにかなはねば」という「甘美な詩句」を思い出した若者は、「おお城よ／季節よ」という小林秀雄訳のランボオの詩句に「氷のように透み渡った美しさ」を感じていた（上・一五八）。

一九二六年に書いた評論でランボオは「逃走する美神を、自意識の背後から傍観したのではない。彼は美神を捕らえて刺違へたのである。恐らくここに極点の文学がある」（小林、二・一三八）と記した小林秀雄は、その翌年に芥川が自殺すると「彼は美神の影を追い宿命の影を追って彷徨《ほうこう》した」と同じ用語を使って厳しい評価を下していた（小林、二・三八、三九）。

それゆえ、この引用からは堀田善衞も小林秀雄と同じように芥川龍之介には批判的かと思えるが、一九五七年に書かれた『インドで考えたこと』を読むとそれは『或旧友へ送る手記』の文章を引用した川端康成の一九三三年の「末期の眼」と題する随筆に対する反発であったことが判明する。ただ、それは日本の近代化の批判とも深く関わっているので、第三章で詳しく考察することにする。

『罪と罰』との関連で最も注目したいのは、留置場の取り調べ室で若い巡査に目配せして「若者の真横からどすんと頬の下を拳骨」で突かせた後で、「わが国は皇国であって、国体というものは」というような「長々しい説教をはじめた」老眼鏡をかけた中年の男についてこう記されていることである。

「彼が自分の言っていることを、自身でほとんど信じていないということは、明らかに見てとれた。検事などにときどき見られる、異様にねじ曲がってニヒルな性格になっている、と思われた。『罪と罰』に出て来る素晴らしく頭がよくて、読んでいる当方までが頭がよくなるように思われるあの検事のことがちらと頭をかすめた。」（上・一七〇）

こうして堀田は、二・二六事件の後の警察の厳しい尋問の雰囲気を伝えるために、日本の取締官と『罪と罰』の司法取調官との類似性を強調した感想を若者に抱かせることで、「無法が法の名において」行われるようになった時代の問題点を浮かび上がらせている。

留置場から出された後で銭湯に入り散髪をした若者は久しぶりに入った新宿の喫茶店でアリョー

シャの変貌に驚くが、「隙間もなにもあればこそ、重と厚でもってびっしりと布陣をされた『戦争と平和』を、一日に三時間ほどしか眠らずに」、三日で読み終えた後では「アリョーシャは茫然としてしまったものであった」と記した作者はこう続けている。

「青春は、一つのばくちである。文学的に、まだまだ水脈がはっきりしていないところへ、突如として巨大なドストエフスキーやトルストイがまともに入って来たりしたら、そこにどういう破壊作業が行われるか。青春は、一つのばくちである。」（上・一七八）

この言葉は「ドストエフスキーから太宰治を経て惟神の道《カンナガラ》」に至り、第四部では「キリストが天皇陛下なんだ。つまり天皇陛下がキリストをも含んでいるんだ」と語るようになるアリョーシャの激しい変貌をも示唆している。

「マルクス主義からする文芸学というものを勉強し」、一九三八年に戯曲『火山灰地』を書いた久保栄を尊敬して、『どん底』のルカ老人について熱く語る一方で、[*22]抒情的な短歌も書く「短歌文芸学」という名前の演劇青年に誘われた際に若者は、築地小劇場でジュール・ロマン（一九三六～一九四一年、国際ペンクラブ会長）の戯曲『ヴォルポーヌ』の公演の手伝いもしていた（上・一八四～一八六）。

それゆえ、「短歌文芸学をはじめ長髪族の何人かもが検挙された」ことについて、「日本国家は、本当にしらみつぶしに、自分に気にいらぬどれもこれもの若者たちの脳天を、金槌《かなづち》でもって叩き潰しにかかっていた。それが何の用意であるかといえば、答は今の日支事変よりももっと大きな戦争という、そのこと以外にありそうもなかった」（上・二二九）と描いている。

その「短歌文芸学」にも召集令状が来た際に桐の下駄を贈ったが、しばらくして彼が長髪だったために「非国民」と罵られて肋骨を折られた後で自殺したことを知った主人公の「心臓に近いあたりのところに、自殺ということが、慄えをともなって、むしろ甘やかなものとして忍び込んで」来る。その頃に浅草の芸人・百合文子から、「そんならね、北海道と樺太へ興行に行く小さなレヴュウあるけど、北海道ならいい？　ふさぎの虫がついたときは旅に出た方がいいのよ」（上・二二七）と誘われた若者は、北海道へのレヴュウに参加することになる。

そこで彼が演奏したのはムソルグスキーの組曲「展覧会の絵」だった。すでに日本のキリシタンに対する激しい拷問と天草の乱とを描いた歴史小説『海鳴りの底から』（一九六一）で堀田はムソルグスキー『展覧会の絵』を意識しながら〈プロムナード〉の形式で自分の考えを記していた（七・一〇）。黒澤監督が映画『わが青春に悔なし』や『隠し砦の三悪人』の予告編でムソルグスキーの組曲「展覧会の絵」を用い、映画『白痴』でも交響詩「禿山の一夜」を用いていたことを想起するならば、音楽にも詳しかった両者の類似性が感じられる。*23

一方、その頃「東京の街々では、喫茶店や映画館で、また直接の街頭でさえ、官憲によって〝学生狩り〟というものが行われていた。ぶらぶらしている学生を、遠慮会釈なくひっとらえて一晩か二晩留置場に放り込み、脅かしておいて放り出す。そういう無法が法の名において行われていた。」（上・二二八）

「北海道の野や山をブカブカドンドンやってあるくうちに、ふさぎの虫はいつとはなくどこかにおき忘れて来ることが出来た」（上・二三〇）若者が、真直ぐに故郷に帰ると傾きかけていた実家は「すでに人手に渡り、あまりに広いので工場の職員宿舎に化け」、「つがいの鶴のいた池のある庭は、材木屋の材木置場になっていた。」

陸《おか》に上がって県会議員になっていた父は若者に「シナとの戦争はおさまらんぞ。ヨーロッパの戦争がおわってもな。君らも覚悟しとかなきゃいかんぜ」と低く呟くように語った。

若者が久しぶりに二階の喫茶店の下にあるバー「ナルシス」に行くと客は一人もおらず「マドンナ」と呼ばれる女給から「どこに入《はい》ってたのよ。みんな心配してたわよ」と尋ねられる。「愕いたことに新築地、新協の両左翼劇団が解散命令をくらい、主だった連中は、久保栄も村山知義も滝沢修」も捕まったばかりでなく、築地小劇場も国民新劇場に改名させられていた。さらに「征亜」という自分の名前を恥じて「深志」と改名していた青年や、戯曲の上演を手伝ったときに、「若者に自分の芸名を説明して、「おれな、中野重治を尊敬してるだろ。だからな、あいつの、まんなかの野と重とを勝手にもらってな、宇野重吉、ってのを考えたんだ」と言ったことがあった」青年もつかまっていたのである（上・二四二～二四五）。

北海道にいたことを知らせた若者は、稚内の近くの小さい炭坑町の穴の中で見た「トロッコをひっぱるだけ」に働かされており、「日光にまったくあたらないから、五、六年しか生きない」二頭の馬についてにこう語っている。

「眼はもちろん、ひらいている。だけど、メクラなんだな、その馬。ところが、その馬の眼の優しさといったら、もうほんとうにね、泪《なみだ》でうるんでいるみたいで、もうほんとにこっちが自殺したくなるほどにね。」（上・二四五～二四六）

このエピソードはラスコーリニコフが少年の頃に体験したあまりに多くの積み荷を載せられて動くことの出来なかったやせ馬が怒った馭者に殺されるという場面にも深く通じているだろう。『罪と罰』ではこのシーンをラスコーリニコフが老婆を殺害する前に夢で見るのである。

## 三　「日本浪曼派」と「満州国の理念」の考察

『若き日の…』の第二部では「人を信ずべき理由は百千あり、信ずべからざる理由もまた百千とあるのである。人はその二つのあいだに生きねばならぬ」というフランスの哲学者アランの言葉が後で見るレーニンの言葉とともに題辞として示されている。

ヴェルレーヌの詩集の英語との対訳や英語で書かれたフランス語の文法書を買い求めてフランス語を学んだ主人公が、仏蘭西文学科の白柳君から模擬試験として課されたのが、哲学者アランの『裁かれた戦争』の原文の一節であった。その個所を見て「ここには怖ろしいような真理がずばりと書き抜いてある」と感じながら若者が訳出すると、白柳君は「もう仏文に来ても大丈夫だよ」と告げるとともに次のように語った。

「これね、翻訳あるんだけど、その翻訳ね、翻訳じゃないんだ、検閲のことを考えて、一章ごっそりないところや、削ったところなんか沢山あって、あれ翻訳じゃないんだけど、小林秀雄さんがあの翻訳のこととりあげて、良い本だ、っていうらしいことを書いていたの、あれいかんと思うんだけど……」（上・二五七）。

そして、白柳君は「いま君が訳した、戦争のところなんか、あの翻訳じゃ素通りだよ。あの翻訳だと、戦争も生活の一つだ、地道に立向かって行け、ってことになるんだ、逆なんだ、本当は、小林さんはこの原書を読んでないってことはないと思うんだけど」（上・二五七〜二五九）と続けた。

小林秀雄の文学観からも強い影響も受けていた若き日の堀田善衛を主人公のモデルとしたこの長編小説では、真正面からの小林秀雄批判は行われていないが、宿命論的な考え方を厳しく批判していたアランの戦争論を小林秀雄が正反対に解釈していたことを白柳君の口をとおして示唆していたのである。

一方、昭和初期の左翼崩壊後に「日本の伝統への回帰」を提唱して一世を風靡した保田與重郎主宰の「日本浪曼派」を考察した評論家の橋川文三は、小林秀雄の美意識が「むしろ過剰な自意識解析の果てに、一種の決断主義として規定されるのに反し、保田の国学的主情主義は、（……）むしろ没主体への傾向が著しい」と指摘している。[*24]

さらに、「保田と小林とが戦争のイデオローグとしてもっともユニークな存在であった」[*25]とも記した橋川は、『ユリイカ』での川村二郎との対談では、加藤周一や中村真一郎などの世代は「浪曼派では全くなかった」が、「ぼくらが文芸部の要員になってから最初にやった講演の仕事は、やはり保田さんなんです」と語っている。[*26]
一高時代に国文学会に所属していた中村真一郎が一九三八年に卒業した後で、「急速に国文学への関心が高まり、在学時には五名程度だった会員が数年後には一五〇名ほどに増えた」ことを伝えた研究者の水溜真由美が記しているように、「とりわけ日本浪曼派の影響は絶大だった」のである。[*27]
「日本浪曼派」との関係で見ると昭和初期は暗いだけではなく、一方では祝祭的な時空ともいえるような性質も持っていたことが分かる。すなわち、ロシア帝国では「祭政一致」が強調されたが、一九三五年の「天皇機関説」事件の後では日本でも独自の「国体」が強調されて、五年後に向けた「紀元二千六百年祝典準備委員会」も設置されており、二・二六事件が起きた一九三六年には『日本浪曼派』の同人たちを中心に〈日本的なるもの〉という理念のもとに「透谷会」が設立されていた。[*28]
一九三六年の評論「文学の伝統性と近代性」で、「伝統は何処にあるか」と問いかけて、「僕の血のなかにある。若し無ければぼくは生きていないはずだ」と記した小林秀雄は、日独協定にふれた中野重治の文章を批判しつつ、「僕は大勢に順応して行きたい。妥協して行きたい」（小林、三・二四九、二五三）と続けて、全体への帰順の姿勢を明確にしていた。
そして、二・二六事件の三日後に「閏二月二九日」という文章で、前年に昭和の「文学界」の編集責任者となっていた小林秀雄の評論を批判した中野重治[*29]に対して小林は、「中野重治君へ」を発表して「常識の立場に立って、常識の深化を企てて来たに過ぎない」（小林、四・一七〇）と反論していた。

そのような論争を受けて『若き日の…』では「リアリティのない」のが「建設的、積極的などといわれているものや、戦争文学にさえも」あるはずなので、「中野重治が島木健作の『生活の探求』を痛烈にやっつけたのは、何かそういうことと関係があるらしい」（上・二六八）と若者が納得したと書かれている。[*30]

「澄江君」という綽名で登場する芥川龍之介の遺児・比呂志との交友が描かれ、芥川の遺書についての感想が再び記され、後に劇作家となる加藤道夫が「赤鬼君」という綽名で登場するのはこの直後のことなのである。[*31]

しかし、変革は教育や文学にも及んで、一九三七年には「敬神・忠君・愛国の三精神が一になっていることは」、「日本の国体の精華であって、万国に類例が無いのである」と記された小冊子が教学局から出版された。[*32] 国家総動員法が公布された一九三八年には島木健作の『生活の探求』に賞牌が授与され、詩人と武人を一身に体現した悲劇的存在としての日本武尊を描いた保田與重郎の『戴冠詩人の御一人者』には第二回透谷文学賞が与えられた。[*33]

「日本浪曼派」の同人だった亀井勝一郎も一九三九年に公刊した『島崎藤村』では、「旅」というキーワードで藤村を論じつつ「戦争は我々の衰弱を快癒に導く絶好の試練であろう」と記すようになっていた。[*34] その翌年には「内務省神社局」が「同省の外局神祇院」に昇格して、「神祇官の神祇省への格下げ後じつに七〇年ぶりの失地回復」を成し遂げ、「国家神道」は「名実ともに絶頂期を現出」し、それを批判することは不可能になったのである。[*35]

このような雰囲気はドストエフスキーの作品論をとおして「大東亜戦争を、西欧的近代の超克への聖戦」と主張した一九四二年発行の堀場正夫の『英雄と祭典　ドストエフスキイ論』（白馬書房）からもうかがえる。

すなわち、西欧の「英雄」ナポレオンを打ち倒したロシアの「祖国戦争」を「祭典」と見なした堀場は、「序にかえて」で日中戦争の発端となった盧溝橋事件を賛美し、「今では隔世の感があるのだが、昭和十二年七月のあの歴史的な日を迎える直前の低調な散文的平和時代は、青年にとって実に忌むべき悪夢時代であった」と記していたのである。[*36]

堀田善衞の保田與重郎観を示していると思われるのは映画館の裏にある雑誌社のアルバイトで主人公が保田の原稿の校正をしていた時のエピソードの記述であろう（下・一二）。

「原稿に〝精神性〟とあるものが、ゲラでは〝精神病〟となって出て来た。若者は、この保田という人の、言語を拷問《ごうもん》にかけたような、しかもこれこそが上方風で、純正な日本文なのだ、といわぬばかりな日本語が、どうにも我慢がならなかった」ので、「〝精神病〟のままで」ゲラをおろしていたのである。当然、翌月に保田本人が「編輯部へ呶鳴り込んで」来て、若者は「編輯の人に呶鳴りつけられた。が、平気だった」と記されている。

そのような激しい反発の理由の一端は、保田與重郎が「満州国の理念」を「フランス共和国、ソヴェート連邦以降初めての、別箇に新しい果敢な文明理論とその世界観の表現」と「『満州国皇帝旗に捧ぐる曲』について」で讃えていたことにあると思える。[*37]

戦争が長引くと野球会社に勤める従兄は若者に「野球用語も日本語にしないと危なくなって来た」と告げ、ピッチャーのスタルヒンが須田博に改名したことを告げた。その頃になると酒場のナルシスで「誰かが天皇を痛烈に諷刺した、何かの替え唄」を歌うと、以前は「その唄に同調して歌っていた」アリョーシャが、顔色蒼白になって「それで、テメエは日本人か！」と「青鬼のように絶叫するようになっていた（上・二九四）。

その頃に「皇軍、仏印に進駐」という内容の号外を読んだ若者は、「人々の、自分自分に独自な一生というものは、もうこれでおわったのだ」、これからは「死者の眼で見て行くより法はないのだ」と感じる（上・三〇〇）。

実際、若者が下訳を頼まれていたフランスの映画が上映禁止になり、彼が出演した劇で「あばよ！」というセリフをフランス語で言った後では、「これはもう本当に〝おさらばだ《アディュ》〟だ、と思っていた」（上・三〇四）が、フランス語を学んでいた先生の友人の荻窪の作家（井伏鱒二）のところにも召集令状が届くようになっていたのである。

若者が予備拘禁されたのは、満州国皇帝が来日したためであったことが判明したが、「中学一年生のときの満州事変以来、戦争はもう十年もつづいているのであってみれば、戦争のなかったときの状況などは」「何も実感がなかった」（上・三一一）のである。

「日清戦争も日露戦争も、はじまって、とにかく終った。けれども、ここ十年来の、大陸での戦争は、そいつは満州事変、支那事変というように、まったく事変みたいなもので」「事変という奴は終りそうもない。」（上・三二四）

この後で、主人公の若者は「アメリカ人によるフィリッピンの併合」と「日本による朝鮮の併合」との同質性を記したレーニンの文章を引用して「それは、おそろしくはっきりしていて、なんともかとも文句のつけようがなかった」（上・三二六）と感じている。ここからは「僕の瑞威《スキツツル》」で「君は僕等の東洋が生んだ／草花の匂のする電気機関車だ」とレーニンを称えた芥川と同じようなレーニン観が伝わってくる。

レーニンはここで「検閲を通過しうるかたちで読者に説明するために、私は例として、日本をとらざるをえなかった！　だが、注意深い読者は、容易に、日本の代りにロシアを、……」云々と書いて、「私は奴隷の舌（ことば）で語らねばならなかった」（上・三二七）と断っていた。この文章を引用していることは堀田が芥川龍之介と同様に検閲の問題をも重視していることを物語っており、「たとえこのフィリッピン・朝鮮についてのところでの日本を、ロシアと読みかえてみても、なんの慰めにもなるものではなかった」と続けている。アメリカやイギリスなどとともに日本が「自分たちの獲物を分配するための、自分たちの戦争に、全世界をひきずりこもうとしているのだ」という第二部の冒頭で題辞として示されていたレーニンの言葉が引用されているのは、この直後なのである。

後に、「マドンナが自殺をするのではなかろうかと気づかって、深夜に高円寺の黒いトタン屋根の家をひそかに見舞ったとき、『レニンさん、頼ンますぞいね』と呟きながら歩いて行ったこと」を思い出した若者は、「生の方はレニンにあずけたような気がしたものであった」と描かれている（下・二八六）。

ただ、スターリン批判がなされた後ではレーニンにも批判される点があったことが明らかになり、『若き日の…』におけるレーニンへの言及には違和感を覚えた読者からの質問に対して堀田は『方丈記私記』でこう説明している。

「何年もかけて、一大乱読雑読のなかでゆっくりとレーニンを読んで行って、私はレーニンのことを、たとえば男のなかの男一匹がここにいる、もっとも男らしい男、政治の中枢に死を置かない唯一の男、というふうにこの革命家のことを受けとっていたものであった。」（六二）

最後に保田與重郎の「満州国の理念」を若者が批判している個所を簡単に見ておく。

アメリカとの開戦が間近になる頃には、「左翼からの転向者、あるいは左翼崩れということばで言いたくなるほどに崩れて来た人々が、（……）元気のようなものを恢復して来ている傾き」があり、「そういう人たちが大量に満州へ、あるいは上海へ移動している」様子を「左翼という小さな世界のなかでの小さな雪崩《なだれ》か、あるいは一種の民族移動のようにさえ見えた」と指摘して、こう続けている。

「満州における五族協和、民族解放、大東亜共栄圏という構想への民族解放論の、一種の鞍替えがそこに行われていたのである。満州国やシナ大陸は、鞍替えイデオロギーのための植民地にさえなりうるものであるらしかった。」（下・七六）

## 四 『頓奇翁物語《トンキオウ》』とランボオ

アリョーシャは太平洋戦争の直前になると、「もしほんとに米英相手の戦争がはじまったら、そんときこそ、こんな憂鬱な支那事変なんかじゃなくて、乾坤一擲《けんこんいってき》、ケンコンイッテキのな、日本の道がひらけるんだ。それがな、日本の青春だよ。賭けなければ道はひらけんよ」（下・二四）と「大演説」をぶつようになる。

しかし、第三部でたびたび言及されているアガサ・クリスティの作品の題名『かくて誰もいなくなった』は、獄中で亡くなる学友だけでなく主人公の仲間の詩人たちのなかからも次々と入営し、戦死者もでてくるようになった厳しい状況を象徴的に物語っている。

たとえば、久しぶりに会った従兄から警察が「大量検挙の準備」をしていることや「紀元節学生の列我行かず」という句を作った者が「国体の神聖を汚した」ということで「治安維持法で起訴されてしまった」ことなどを聞いた若者は、詩人の山田喜太郎君に従兄から聞いた情勢を伝えた。

すると拷問で猫背になっていた山田君は、「戦争が始まって、それでやられるとすると、今度は殺されるかもしれないな」と言い、カバンからドイツ農民戦争を描いたデューラーの画集を出して

「君にあげるわ」と若者に渡した。

　その画集を見た若者は農民戦争の主要な指導者のミュンツァーが殺された時には「せいぜいで二十八歳にすぎなかった」ことを思い出して、「それは石川啄木や北村透谷の年頃だ」と思う。北村透谷が『罪と罰』の殺人罪」を発表して、明治の「文学界」にも強い影響を与えていたことを想起するならば、ここで透谷の名前が挙げられていることは重要だと思える。*38

　開戦直前に定められた「大学学部等の在学年限又は修業年限短縮に関する件勅令要綱」によって三年生の九月で繰り上げ卒業させられるようになり、そのことを記した作者は「卒業論文を書く、卒業をするということは、それはすでに兵役に行くということであり、その人生の中断がそのまま死につながるということであった」と続けている。「卒業論文」は「遺書」のような意味を持つようになっていたのである。

　「新橋サロン」の詩人・汐留君も『伊勢物語』にふれながら「身をえうなきもの（用なき者）と思い捨てたあの人の気持に、自分がほんとうになれないなら、詩なんか止しゃいいんだ。それが詩人の覚悟ってものだよ」と「卒業論文のことがきっかけとなり、まことに堰《せき》を切ったように」語り出した（下・五一〜五二）。

　一二月九日の夕方に「成宗の先生」と出会って立ち話をしていた際には、若者が「ほとんど上《うわ》の空」で「ランボオとドストエフスキーは同じですね。ランボオは出て行き、ドストエフスキーは入って来る。同じですね」と「謎」のような言葉を語っている（下・八三）。それは若者が書き上げることになる卒業論文のテーマだったのである。

主人公が卒業論文で書き上げた『白痴』論の一端は、母親の一番上の姉で年が離れているために「お婆さん」と呼ばれている女性が夫と死別した後で『頓奇翁《トンキオウ》物語』と題された「ドン・キホーテ物語」の翻訳の手伝いをしていたことに注目することでいっそう明白になるだろう。

明治の民権運動が盛んだった頃のヒヤヒヤ節を歌うこのお婆さんについては第四章で見る事にするが、「幼かった頃の若者たちの兄弟は、この金沢のお婆さんが家に帰って来て、長い長い巻物をくりながらこの『頓奇翁物語』なるものを読んでくれるのをたのしみにしていた」と書いた作者はこう続けているのである。

「スペインはラ・マンチャの貧乏貴紳、「量においては羊肉より牛肉の方優れる煮込を食い、非違は打つべく、非行を正し、没理、顚正すべし」とする頓奇翁は、彼らの兄弟にとって幼年期から耳に親しいものであった。」（下・九）

ドストエフスキーは『白痴』を書く際に「キリスト教文学にあらわれた美しい人びと」のなかで最も完成された人物としてドン・キホーテを挙げていたばかりでなく、作品においてもアグラーヤがムィシキン公爵からの手紙をこの長編小説の頁の間に挟んでいたと描いている。

後でそのことに気づいたアグラーヤが「なぜだか訳も分からずに大笑い」するというシーンをとおして、『ドン・キホーテ』のテーマをプーシキンの『貧しき騎士』と組み合わせることで、ドストエフスキーは非力ながらもナスターシヤ・フィリッポヴナを救おうとするムィシキンの悲劇性を見事に描き出していた。[39]

拷問で心身に深い傷を負っていた異常を来たしていたマドンナとの一夜が描かれた後では、彼女のことを思って詩を書く中で、ふと「そうか、詩とは死のことなのか。／詩とは死のことだったのか。／シはシか。」という思いが浮かび、「それじゃいったいなんでおれは芥川龍之介の遺書の『或旧友へ送る手記』のことで、あの留置場にいた頃にあんなに憤慨したものだったか」（上・三五五）という感慨に捉われている。

一方、マドンナが再び検挙されたことを知ると「ほんとに馬鹿だよ、あれでも日本人かと思うな」とアリョーシャが吐き出すように語ったのを聞いた若者には、「カラマーゾフ兄弟中の天使であるアリョーシャ」と同じ名の友人がなぜそのようなことを、「ほかならぬマドンナについて言うのか、言うにいたったのかを考える方が先だろう、と思われた。」（下・八七）アリョーシャの変貌の理由を問う若者の言葉は読者にも投げかけられている重たい問いでもあるだろう。

若者が黙っているとアリョーシャは、「……キリストがだな、お寺の前にたかっていた商人どもを叩き出したとき、あれは怒ってやったんではなくて、悲しいからやったんだって、昨夜《ゆうべ》、太宰さんが言っていたよ」（下・八八）と続けている。それは次節で見るアリョーシャのキリスト論にもつながることになる。

ただ、一二月九日の夕方に杉並の特高から真珠湾攻撃のことを知らされていた際に若者は、特高刑事の目つきから「殺意に燃えたラゴージンの眼」を思い出していたが、攻撃の成果を知った際には「ひそかにこういう大計画を練り、それを緻密に遂行し、かくてどんな戦争の歴史にもない大戦果をあげた人たちは、まことに、信じかねるほどの、神のようにも偉いものに見えた」（下・九二）とも感じていた。

しかし、一緒に住むお婆さんが真珠湾攻撃の際には特殊潜航艇による特別攻撃も行われていたことに言及すると若者は、航空機による華やかな攻撃の影で海の藻屑と消えた兵士たちについては「腹にこたえる鈍痛」を感じた。するとお婆さんはさらに、軍神に祭られても「親御さんたちゃ、切ないぞいね」（下・九三）と続けたのである。

この記述は真珠湾攻撃の航空写真から受けた印象を美しい言葉でこう記した小林秀雄のエッセイ「戦争と平和」の記述を強く意識して書かれているように思われる。

「空は美しく晴れ、眼の下には広々と海が輝いていた。漁船が行く、藍色の海の面に白い水脈を曳いて。さうだ、漁船の代りに魚雷が走れば、あれは雷跡だ、といふ事になるのだ。海水は同じ様に運動し、同じ様に美しく見えるであろう。そういうふとした思い付きが、まるで藍色の僕の頭に眞っ白な水脈を曳く様に鮮やかに浮かんだ。」（小林、七・一六六～一六七）

新聞に掲載された航空写真を見ながら「爆撃機上の勇士達」の気分でトルストイにも言及しながら戦争を描いた小林と、写真には写っていない特殊潜航艇の乗組員の心理も考察している若者の考察との違いは、両者の『白痴』観の違いを明確に反映しているだろう。

すなわち、この後で部屋に閉じこもって『白痴』を読みつづけた若者はムィシキンを「天使のような人物」と呼んで、「たとえ小説の中でも羽根をつけて飛んで来るわけには行かないから、天使は（……）外国、すなわち外界から汽車にでも乗せて入って来ざるをえないのだ」（下・九九〜一〇〇）と書き、こう続けているのである。

「左様――ムイシュキン公爵は汽車に乗って入って来たが、ランボオは、詩から、その自由のある筈の詩の世界を捨てて出て行ってしまい、おまけに生れのヨーロッパからさえも出て行ってしまった、というのが、若者が成宗の先生に言ったことの、その真意であった。」（下・一〇〇）

この「外界」と「入って」という傍点で強調された個所は、一九三四年に書いた『罪と罰』論で主人公ラスコーリニコフの「良心の呵責」を否定していた小林秀雄が、「来るべき『白痴』はこの憂愁の一段と兇暴な純化であった。ムイシュキンはスイスから還ったのではない、シベリヤから還ったのである」と解釈したこととは鋭い対照をなしている。

なぜならば、ムィシキンが「シベリヤから還った」とする小林秀雄の解釈では、フランスでギロチンによる処刑を見たことから、ロシアで「殺すなかれ」というキリストの理念を語ることになるムィシキンの人物像を正確に分析することはできないからである。

しかも、『白痴』論で貴族トーツキーの卑劣な性犯罪の被害者であるナスターシヤ・フィリッポヴナを「この作者が好んで描く言わば自意識上のサディストでありマゾヒストである」と規定した小林秀雄は、ムィシキンをも「悪魔に魂を売り渡して了ったこれらの人間」の一人と見なし、「繰り広げられるものはただ三つの生命が滅んで行く無気味な光景だ」（小林、六・一〇〇）と『白痴』の結末の異常性を強調していた。

しかし、スイスでの治療をほぼ終えたムィシキン公爵が混沌としている祖国に帰国する決意をしたのは、母方の親戚の莫大な遺産を相続したとの知らせに接して、その財産をロシアの困窮した人々の救済のために用いようとしたためであり、莫大な遺産でナスターシヤを所有しようとしたロゴージンとの友情と対立をとおして、ドストエフスキーは帝政ロシアの社会問題を浮き彫りにしていたのである。

一方、『若き日の…』では共産党員ばかりでなく、一般の詩人たちや、若者がひそかに思いを寄せるマドンナに対する激しい拷問が描かれており、ことに「女性に対する特高の暴虐は、嗜虐《しぎゃく》の範囲を超えて、むしろ性そのものに対する男性の、無制御な復讐というものではないかと思われるほどのものであった」(上・三〇三)。

そして若者の「お婆さん」にも「自分も若かった時分に民権自由のことで警察に呼び出されたことがあったが、明治の警察というものは政治犯に対しては敬意をもって接し、殊に女性のそれに対しては指一本も触れぬだけの礼節があったものだ」が(下・一八七)と語らせていたのである。

若者がフランス語を学んでいたブリジットが警察で虐待されたことを描いたあとで、彼女の赤ン坊の葬式に出席した若者は「空の空、空の空なる哉、都《すべ》て空なり」に始まる『伝道の書』を蠟燭の前で低い声で読んだ。それは「いつでもひらいてみるごとに若者の苛立ちやすい心を鎮《しず》めてくれた」のである。そして、若者が「金沢の牧師館にいた頃に」、英語のものをはじめに読んでその感想を牧師に語ると、『伝道の書』には「ペルシャの思想が入っている」ばかりでなく、「仏教などの東洋思想に近いものが入っている」と牧師も説明してくれたと記し、ことに「凡て汝の手に堪《たう》ることは力をつくして是を為《な》せ」という個所が好きであったと続けている（下・一三六）。

これらのことにも注意を払うならば、『若き日の…』ではマドンナがナスターシヤ・フィリッポヴナを強く意識して描かれており、その記述を通して小林秀雄の『白痴』解釈が厳しく批判されている可能性が強いと思われる。

卒業論文では「ランボオとドストエフスキー作『白痴』の主人公ムイシュキン公爵とを並べてこの世に於ける聖なるもの」を考察したと小文「歴日」では記されている（一六・八）。これらの記述からでは卒論でランボオがどのように論じられているのかは分からないが、『方丈記私記』では一九歳の時にその日記に「世上乱逆追討、耳ニ満ツト雖モ、之ヲ注セズ。紅旗征戎吾事ニ非ズ」（一九）と記していた若き藤原定家との比較でランボオが論じられている。この個所だけでは分かりにくいが、「NHK人間大学」の放送を元にした単行本『時代と人間』で堀田は、その意味をこう説明している。

「「紅旗」というのは、朝廷の赤い旗である。これに龍などを措いて、朝廷の勢威を示す旗であった。／それを掲げて、「征戎」というのは戎《えびす》をたいらげる。この場合は平家にあたるのであろう。」

そして、堀田は定家が「朝廷が戦争をしようとしているが、そんなことは俺の知ったことか」と明言していたことに、「戦時中であったから、私はこれを読んで非常に驚いた。というよりも、一生涯続くような衝撃を受けた。／平安末期・鎌倉初期に、朝廷の起こす戦争なんか俺の知ったことか、何も関係がない、ということをいう言論の自由があった。ところがこの間の戦時中には、言論の自由どころか、こんなことをいい出せばたちまち「治安維持法」によって逮捕されたであろう」と記しているのである。[*40]

堀田は『方丈記私記』で、このような「詩人としての自覚」を持った若き藤原定家の形姿と、「パリ・コンミューンの運命に深く心を動かされていた」と記し、「また、パリ・コンミューンの運命に深く心を動かされることから詩人として出発したアルテュール・ランボオとの対比に、深く心を動かされていた」と書き、「詩人としてのランボオは、あたかも流星か、一瞬のスパークのような存在であり、（……）ほんの両三年の詩人として在り様の「自余」は、しがない貿易商人としてアラビヤからインドネシアくんだりまでふらついている」（九六）と続けている。

雑誌「蠟人形」に掲載された堀田の「ランボオに就いて」（一九四二）を考察した陳童君は「ランボーの文学に『死』への志向を読み取った小林秀雄に反して、堀田善衞の場合に、ランボーは何よりも『生』の表現者として把握されねばならなかった」と記し、そこに堀辰雄との関りを見ている。[*41]

堀田善衞は一九五一年に毎日新聞社が出版した『世界の名著』でユゴーの『レ・ミゼラブル』が「社会小説として新しく評価」されてきていると紹介しているが、そこでは理想を信じた若者たちが起こした一八三〇年の七月革命も描かれいる。（一六・四〇六）

ランボオのうちにも、「新しい言葉」を発する勇気を持った詩人を見た堀田は、混乱する祖国ロシアに戻って「殺すなかれ」という理念を語ったムィシキンのうちにも同じような詩人を見ていたように思える。なお、主人公の『白痴』観のすぐ後にはユニークな『悪霊』論も記されているが、同じ考えは長編小説『審判』で二度にわたってより詳しく記述されているので、第四章で考察することにする。

## 五　「アリョーシャ」のキリスト論と復古神道

真珠湾攻撃が成功した後もしばらくは日本軍の快進撃が続いていた時期の描写では、アリョーシャは「ドストエフスキーと太宰治に酔ってしまい、しかも若者さえが怖ろしくなるほどの日本国家至上主義者になってしまった」。一方、「大東亜戦争がはじまっていよいよ自分の征亜という名を厭うようになっていた「征亜君」は、「大東亜戦争大礼讃者になってしまい、天の岩戸ひらきだの近代の超克だのとおだをあげている転向者たちから」、「君の親爺は偉いよ、先見の明がある」などとひやかされて大喧嘩をしたことが描かれている。

芥川龍之介などとともに雑誌「驢馬」を後援していた室生犀星も、シンガポール陥落の際には「皇軍向ふところ敵なし／進撃また進撃」という詩句を書き、「汐留君」から「ひでぇものを書きやがったな」と批判されていたのである（下・一四九）。

ただ、卒業後に国際文化振興会調査部に就職した堀田は一九四二年の年末に同人誌「批評」の同人となり評論「西行」を一九四四年まで投稿していたが、陳童君は彼の「西行」論の構想には、「戦時下に一世を風靡した「日本浪曼派」の古典解釈がその影を濃厚に落としている」と指摘し、『若き日の…』に「ヒトラー好きの批評家」という綽名で描かれている「日本浪曼派」の芳賀檀が堀田の作品「ハイリゲンシュタットの遺書」に及ぼしている影響をこう分析している。

「堀田の戦時期の議論を内側から支え、補強したのは小林秀雄だったが、その論調を高めるのに一役買ったのは、芳賀檀であった。堀田のこの時期の評論には『芳賀用語』が頻繁に顔を出す[*42]」。

「ドイツ長期滞在の部長の机の上には、いつもヒトラーの『我が闘争』の原書がおいてあり、それにはゲッペルス《(ママ)》の献辞と署名がしてあるというのが部長の自慢であった」と書いた作者は（下・三一七）、国際文化振興会調査部では一九三九年に刊行された小林の『ドストエフスキイの生活』の翻訳出版のことも話題になっていたことも描いている（下・二八八）。しかし、『ドストエフスキイの生活』では堀田が重視していた『白夜』についてては全くふれられていない。

第四部では『方丈記』の鴨長明の言葉と共に、公爵岩倉具視の「陛下が愛信して股肱とする陸海軍及び警視の勢力を左右にひっさげ、凛然と下に臨み、身に寸兵尺鉄を帯びざる人民を戦慄せしむべきである」という言葉が題辞で引用されている（下・二六五）。

府県会の中止を訴えて明治一五年に提出された「府県会中止意見書」（第三号機密意見書）に記された公爵岩倉具視のこの言葉は長編小説『記念碑』などでも度々、詳しく考察されているのでそこで考察する。

戦況の悪化にともなって激しい変化を見せるのは『カラマーゾフの兄弟』の愛読者であったアリョーシャであり、「いまもガダルカナルでは陸軍は殲滅的な打撃をうけているらしい」ことが伝わって来たころには、「突然正坐をして膝に手を置き、眼と額をぎらぎらと輝かして、「だからキリストがだな、キリストが天皇陛下なんだ。つまり天皇陛下がキリストをも含んでいるんだ。キリストの全論理の、その上に、おわしましますんだ」と語り出す（下・三〇六）。

一方、彼に「反論をすれば、男を殺さんばかりに怒り出すにきまっていた」と感じた主人公は、「いずれその日本のために戦って死なねばならぬとなれば、国学というものにはその日本の絶対によい所以《ゆえん》が書いてあるのであろう」と思い、また、保田與重郎のような者でも「国学というものさえ知っていれば、天下無敵になれる」らしいと感じて平田篤胤の全集を読み始める。

しかし、主人公の男にとって「そこに待っていたものは、日本のよさを確認するどころではなくて、まるで爆弾のようなもの」であった（下・三一九）。すなわち、平田篤胤は「義の為にして窘難《きんなん》を被る者は、これ即ち真福にて、その已に天国を得て処死せざると為るなり。これ神道の奥妙」と書いていたが、それは「幸福《さいわい》なるかな、義のために責められたる者、天国はその人のものなり」という「イエス・キリスト山上の垂訓」のほとんど引き写しだったのである。さらには、アダムとエバという「この二人の神して、国土を生《うめ》りという説」は、「全く皇国《みくに》の古伝の訛りと聞こえたり」とも記されていた。

それゆえ、汐留君はこう語っているのである。「神仏習合って言うけど、古神道がキリスト教と習合し、いまどきの論文書きどもは、国学とナチズムの習合なんかをやってんだから話にもなんにもなりゃせんよ」（下・三二四〜三二六）。

前著『「罪と罰」の受容と「立憲主義」の危機』で考察したように、小林秀雄は島崎藤村の『夜明け前』について、「成る程全編を通じて平田篤胤の思想が強く支配しているという事は言える」とし、「作者が発見し、確信した日本人の血というものが、この小説を支配している」（小林、四・六五）と記していた。そのことを考慮するならば、平田に対する男の感想には小林への強い批判も込められていると言えるだろう。

太平洋戦争勃発直後の一九四二年には「文学界」の九月号と一〇月号には「近代の超克」という題で欧米文化の克服を論じたシンポジウムの特集記事が掲載され、小林秀雄も参加していた。一方、主人公は「平田篤胤の場合、彼は儒教や仏説を排除し論破するために、手段を選ばずという次第で、キリスト教を動員して来た」が、「幕末にいたっては国粋攘夷思想ということになり、祭政一致、廃仏毀釈ということになり、あろうことか、恩になったキリスト教排撃の最前衛となる。それは溜息の出るようなものである」と記し、「近代を超克するというのなら、まず平田篤胤あたりから超克してかからなければならぬだろう」と考える。

しかも、作者は黒眼鏡の君の口をとおして、「復古神道はキリスト教にある、愛の思想ね、キリストの愛による救済、神の子であるキリストの犠牲による救済という思想が、この肝心なものがすっぽり抜けているんだ。汝、殺すなかれ、が、ね」と語らせている。ここでは注意を促されてはいないが、

「汝、殺すなかれ」という言葉こそは長編小説『白痴』の主人公ムィシキンが、スイスから帰国して語っていた理念なのである。

しかも、長編小説『海鳴りの底』では、自分自身の言葉で「復古神道」には「キリストの愛による救済というものが一切入っていない」と書き、「愛の思想がなければ」、「人権思想などというもの」や、「責任、社会的責任という思想も出て来ようもない」と記した堀田は、「復古神道の思想的影響というものは、実に莫大なものであった。それはいまだにつづいている」と重たい指摘をしていた（七・二四五）。

そして、「平田篤胤の研究は、男を本当にがっかりさせてしまった。何をするのもいやになってしまった。日本精神だとか、国学だとか、あるいはまた皇道ということばが印刷物に矢鱈に沢山出てくる」と思った主人公が、「日本が、いちばん猛烈な目に逢っていたと男に思われる平安末期から鎌倉初期にかけての時代にたちもどって丹念に調べてみることに専念」した（下・三四〇）。その時に堀田が見出したのが、「羽なければ空をもとぶべからず。龍ならば雲にも登らむ。世にしたがえば、身くるし。（……）いかなるわざをしてか、しばしもこの身をやどし、たまゆらも、こころをやすむべき」という言葉が記されている鴨長明の『方丈記』だったのである。

一方、その頃にラジオから「重々しい声で」「一億が戦闘配置につけ」と要求した東条首相の演説が聞こえてくるが（下・三五三）、それは主人公にとって「生涯にとってある区分けとなる影響」を及ぼしたと記されていたゲッベルス宣伝相の演説を連想させる。

「競技場からは、吹奏楽をともなった男女の大合唱による、荘厳な『海行かば』が聞こえて来た」が、それは明治神宮外苑競技場で行われていた出陣学徒壮行大会であり、「行進して行く学生たちは、いずれもみな唇を噛み、顔面蒼白に、緊張をしている」ように見えたが、「法文系は一切廃止されてしまい、全部が全部、丙種不合格までが一斉に十二月一日に入営することになったのである。」（下・三七四〜三七五）

一方、保田與重郎は「海を行けば、水に漬かった屍となり、山を行けば、草の生す屍となって、大君のお足元にこそ死のう。後ろを振り返ることはしない」と詠って天皇への忠誠を示すためには戦死をも厭わぬことを誓うこの国民歌謡の元となった長歌を詠んだ大伴家持を一九四二年に出版した『萬葉集の精神』で讃えていた。

こうして、橋川文三によれば当時、影響力を持った「保田の説くことがらの究極的様相を感じとり、古事記をいだいてただ南海のジャングルに腐らんした屍となることを熱望」するような若者も出ていた。[*43]

それゆえ、男は「お召しだのなんだのという美辞麗句を弄して駆り出して、いったい日本をどうしようというのだ、という、どこへもぶっつけようのない怒りがこみあげて来る」という感想を抱いたのである（下・三七五）

作者の厳しい批判はアリョーシャにも向けられており、「日本の神がかりがいよいよ昂じて来て本当に狂的な国学信奉者となり、彼の先生である太宰治にさえも相手にしてもらえなくなって」おり、アッツ島玉砕の報を受けた彼の若い妻が、「いやねぇ……」と言ったというので、彼女の顔かたちが変わってしまうほどに殴りつけていたと記している（下・三八六～三八七）。

この長編小説の終わり近くで作者は召集令状が来たことを知らせる電報を受け取って「警察で殺されるよりも、軍隊の方がまだまし」と感じた主人公の男にこう続けさせていた。「郵便局からの帰りに空を仰いでみると、冬近い空にはお星様ががらがらに輝いていたが、そういう星空を見るといつも思い出す、二十七歳のときのドストエフスキーの文章のことも、別段に感動を誘うということもなかった」。

男が実家で「赤紙」と呼ばれる『臨時召集令状』の文面を読んだときの気持ちはこう記されている。「これでもって天皇陛下万歳で死ねというわけか。それは眺めていて背筋が寒くなるほどの無礼なものであった。尊厳なる日本国家、万世一系の国体などといっても、その実体は礼儀も知らねば気品もない、さびしいような情けないようなものであるらしかった。」長編小説は一族郎党が集まった席から抜けて一人で海に出た主人公の感慨で終わっている（下・四〇一～四〇二）。「鉛色の北の海には、立派な波が、男がこれまでに耳にしたありとあらゆる音楽の交響を高鳴らせてどうどうと寄せていた。それだけで、充分であった。」

おわりに　『若き日の詩人たちの肖像』から『方丈記私記』へ

『若き日の詩人たちの肖像』はこうして、深い余韻を残して終わっているが、『堀田善衞全集』の編集者だった栗原幸夫は、堀田が「当時、一種の流行現象として青年たちを捉えていた日本浪曼派の審美的な「死の美学」から自力で脱出した」のは、おそらく「戦争の最後の年のごく短い時間のうちにおこったのだったろう」と想定し、三月一〇日の大空襲とそれに続く出来事の重要性に注意を促している。

すなわち、堀田はこの長編小説で「平安朝末期の怖るべく壮烈な乱世と、たとえば新古今集などにあらわれている不気味なほどに極美な美学との関連に」関心を持っていたと書いている（下・三五三）。それゆえ、「鴨長明氏、あるいは方丈記や、発心集などの長明氏の著作物や、その和歌などには、実はあまり気をひかれるということがなかった」（一八）のだが、「三月十日の大空襲を期とし、また機ともして、方丈記を読みかえしてみて、私はそれが心に深く突き刺さって来ることをいたく感じた」（二〇）と『方丈記私記』で書いている。

その理由の第一は「はじめに」で見たように、『方丈記』が「精確にして徹底的な観察に基づいた、事実認識においてもプラグマティクなまでに卓抜な文章、ルポルタージュとしてもきわめて傑出したものであることに、思いあたった」（一七）からだが、一〇万人以上の死者を出した空襲のあとで一八日に焼け野原になった地域を訪れた堀田は、その廃墟で多くの人々が「土下座をして、涙を流しながら、陛下、私たちの努力が足りませんでした」と小声で呟く、「奇怪な儀式のようなもの」に遭遇していた（六〇）。

その光景に衝撃を受けて、「なぜいったい、死が生の中軸でなければならないようなふうに政治は事を運ぶのか？」と考えた作者は、「天皇に生命のすべてをささげて生きる、その頃のことばでのいわゆる大義に生きることの、戦慄をともなった、ある種のさわやかさというものもまた、同じく私自身の肉体のなかにあった」とし、「こういうことになるについては、日本の長きにわたる思想的な蓄積のなかに、生ではなくて、死が人間の中軸に居据るような具合にさせて来たものがある筈である」と考えたのである（六一～六三）。

そして、「政治学科に籍をおいたことがあった」作者は、「政治には結果責任というものがある筈なのに、それが問われないのは「無常観の政治化」であるとし（六五～六六）、「戦時の現実を無視、あるいは拒否して、平田篤胤に本歌取りをする論客たち」（一二二）の問題を、『若き日の…』にいたる諸作品で厳しく検証していた。

次章では『罪と罰』のテーマに注目しながら、作者の上海での体験を踏まえた長編小説『祖国喪失』から中国の知識人の視点で南京虐殺を描いた『時間』と国策通信会社に勤める女性をとおして日本の知識人の問題を描いた『記念碑』にいたる作品を分析する。

# 第二章　『罪と罰』のテーマと日本の知識人の考察——武田泰淳の『審判』から『記念碑』へ

「そうした幾多の危機を予見出来るからには、ここでもドストエフスキイ以上の無気味な作品、そうした作品が生れない限り、日本の尖鋭な思考力は収りがつかない。（……）我々は世界と人間の運命について深く考えざるを得ない立場についに置かれてしまったのだ。」
（堀田善衞「文学の立場」[*1]）

## はじめに　若き堀田善衞の上海体験

一九四四年二月に赤紙で召集されたが肋骨を骨折して入院し五月に召集解除となった堀田は、魯迅の詩に書かれた「絶望の虚妄なるは希望と全く相等しい」という言葉に烈しく打たれて、「この言葉たったひとつに動かされて中国へ行こうという気」[*2]になり、東京大空襲後の一九四五年三月二四日に国際文化振興会調査部の上海支部へと飛んだ。

卒論を書き上げたあとも召集令状が届くまで「ドストエフスキーを日に夜をついで読みふけ」っていた堀田は（九・一五四）、一九四五年八月六日の上海日記に、「頃日《けいじつ》（引用者注＝この頃の意）ド（ドストエフスキー」氏の「白痴」を読みたしと思うことしきり」と書いた。[*3]

堀田善衞のドストエフスキー観の深まりを考える上で重要だと思えるのは、一九三七年一〇月に中国に一兵卒として派遣され、二年後に上等兵で除隊となったあとで中日文化協会の出版機関で日本図書の中国語訳に従事していた「批評」の同人・武田泰淳と上海で知り合い、彼から中国語を学ぶ一方で、シェストフやミドルトン・マリなどのドストエフスキー論の講義をしていたことである。[*4]

この頃に「詩を書きながら、しきりと『罪と罰』のような小説が書ければ本望だ、と云って、世の狂燥をよそにして、漢訳の聖書を一生懸命に耽読していた」武田泰淳は、[*5]帰国後の一九四七年に『審判』を発表した。それゆえ、本章ではまず堀田の『罪と罰』理解にも強い影響を及ぼしている武田のこの作品を簡単に考察する。

武田泰淳が『審判』で示唆していた『罪と罰』のエピローグの「悪夢」と『ヨハネの黙示録』との関係の考察や国家と個人の問題は、短編『国なき人々』(一九四九)で示唆された後で、長編小説『祖国喪失』(一九五二)に受け継がれることになるが、それらの作品を考察する前に中国知識人の視点から南京虐殺を描いた長編小説『時間』(一九五五)を分析する。

なぜならば、エッセイ「二つの衝撃」(一九五四)で堀田は、「裁判を扱う偉大な作品」として『ベニスの商人』『赤と黒』『復活』などとともに『罪と罰』を挙げているが(一五・七八)、この『時間』からも『罪と罰』のテーマとの関連が深く感じられるからである。それゆえ、作家でジャーナリストの辺見庸の「解説」に注目しながらこの長編小説を読み解くことで、若き堀田が二・二六事件に遭遇した翌年の一九三七年一一月三〇日から、翌年の一九三八年九月一八日までの日中関係がこの作品でどのように描かれているかを確認し、『時間』を小林秀雄的な手法で読み解いた評論も参考にすることで、ドストエフスキーの作品を愛読した堀田の敗戦後の「文学的手法」の特徴にも迫る。

さらに敗戦後に南京政府の機関に徴用されて、戦争末期の混乱した状況を見た堀田の上海体験を踏まえて書かれた短編『国なき人々』や一九四八年からさまざまな雑誌に発表され、普遍的な価値観をめざしたスピノザ哲学へ強い関心も記されている『祖国喪失』を分析することで、長編小説『審判』への流れの一端を明らかにする。

その後で、敗戦直前に国策通信会社に勤めた女性主人公の視点から描かれ、芥川龍之介の『神神の微笑』の考察や童話「桃太郎」の批判も記されている長編小説『記念碑』（一九五六）を考察するがここでは法律や情報の深い考察も行われており、『若き日の…』につながる人物も描かれている。

最後に、日本の敗戦後の中国人・知識人の悲劇を描いた『漢奸』と朝鮮戦争が勃発した時期の緊迫した日本を新聞記者の視点から描いた『広場の孤独』の二作品を考察した後で、復員してから作家としてデビューした元海軍将校の苦悩を描いた短編『夜来香』と短編『黄金の悲しみ』における『罪と罰』のテーマを分析することにより、長編小説『零から数えて』や『審判』への深化の過程を明らかにする。

一　軍隊という制度と「罪の意識」――武田泰淳の『審判』

第一次戦後派作家の椎名麟三、武田泰淳、野間宏などの名をあげながら、埴谷雄高は「同時代者である私達はまぎれもなく同一問題を負わざるをえなくなったドストエフスキイ族であることが明らかになった」と一九七一年のエッセイで指摘していた。[*6]

そのことに注意を促したドストエフスキー研究者の木下豊房は、武田の短編小説『審判』では戦場で命令されて行っただけでなく、完全に自分の意志で殺害した兵士・二郎の後の苦悩が描かれており、次作の『蝮のすえ』でもその筋は「はっきりとラスコーリニコフを意識しながら展開」されているとし、一九四八年五月に発表されたエッセイ「無感覚なボタン――帝銀事件について」でも武田が、「被害者の人数、被害の結果の無意味さ、被害者の容貌、性格、運命などとは全く無関係に、ただ莫大な破壊がボタン一つで行われる」と無差別殺人の危険性を警告していたことに注意を促している。[*7]

「殺人ボタン」の問題はすでに『審判』の冒頭でも示唆されており、日本に原子爆弾が落とされたことを知った語り手の杉は、『ヨハネの黙示録』に記された「第一の天の使らっぱを吹きければ血のまじりたる雹と火と地にふりくだり地の三分の一焼けうせ」という描写は「そっくりそのまま今の日本にあてはまる」ように感じていた。[*8]

そして、この冒頭の記述を受けるかのように「私の現状は、まさに第一のラッパが吹きならされ、第一の天使の禍は降下したようです」との復員兵・二郎の言葉が作品の終わり近くで記されているのである。[*9]

短編『審判』に記された二郎の重たい問題意識は、ドストエフスキー的な手法で戦争犯罪と原爆投下の問題を深く考察した堀田善衞の長編小説『審判』に受け継がれることになる。それゆえ、ここではまず武田の作品とドストエフスキーの『罪と罰』との関りを詳しく考察しておきたい。

一九四七年に同人誌「批評」に発表された『審判』は、中国文学の研究者である杉の次の言葉で始まる。

「私は終戦後の上海であった不幸な一青年の物語をしようと思う。この青年の不幸について考えることは、ひいては私たちすべてが共有しているある不幸について考えることであるような気がする。」

「不幸な一青年」とはキリスト教徒の老教師を父に持つ復員兵の二郎で、彼と親しくなった杉は今度の戦争での「罪」や「神の裁き」の問題などを話し合ったのである。

二郎には美しい婚約者の鈴子がおり、彼女の父親も熱心なキリスト教徒だったので、帰国後も未来の幸せな生活が約束されているように見えたが、杉と二人で教会に行った際に「イエスを信じますか」との老牧師の問いかけにも同意の手を挙げなかった二郎は、二月になると鈴子との婚約を解消したことを杉に告げ、しばらくして杉は二郎からその理由が記されたぶ厚い手紙を受け取った。

こうして、『罪と罰』における聖書のテーマを強く意識しながら書いたこの作品で、武田は、戦場で己を失った二郎の行動をこう描いている。逃げ遅れてしゃがみ込んでいた老夫婦を見て「きっとこのままじゃ餓死するだろうな」と感じた二郎は、「殺してごらん。（……）やってごらん。何でもないことなんだ」という内心の声に誘われるように、無抵抗な二人の老人を殺したことを記していたのである。

「もとの私でなくなってみること、それが私を誘いました」という二郎の鈴子への告白は木下が指摘しているように、「自分だけのために殺したのだ」、「ぼくは何もかも忘れて、新しく始めたかったのだよ」と語ったラスコーリニコフのソーニャへの告白に通じている。

ただ、「高等教育を受けた」二郎が「殺人を必要」とする軍隊においては、「自分がどうもただの市民くさくて、兵士らしくないのを恥じ」、「ことさらに荒々しく敵を殺せる男であるように」努めていたと記した武田は、戦場が「法律の力も神の裁きも全く通用しない場所、ただただ暴力だけが支配する場所」であることに注意を促している。

その後で作者は二〇名ほどの補充兵部隊とともに食糧をあさりに出た際に、二郎が犯した最初の殺人を詳しく記している。二人の農夫に通過を許可した後でニヤリと笑った分隊長から、遠ざかって行く彼らを標的に撃つことを命令された二郎は、最初は「銃口をそらそうか」とも考えた。しかし、「次の瞬間、突然『人を殺すことがなぜいけないのか』という恐しい思想」、「異常な思想」がひらめき、「真空状態のような、鉛のように無神経なものが残り」発射しており、そのことが老夫婦の殺害にもつながっていたのである。

武田泰淳は後に「憲兵のとりしまりもない、裁判も法廷もない前線では、殺人は罰せられない」と書き、「たった一人の老婆をころすのに、あれほど深刻な緊張をしいられたラスコルニコフの苦悩」と比較しながらこう続けていた。「男はだれでも、卑怯者といわれたくない。それに『国のために命をすてる』という言いわけもあるのだが、この堅固な言いわけが、次第に無意味な殺害と破壊におおわれて、醜悪なあるものに変化してしまう。[*10]」

実際、戦場という場所で目撃者もいなかったので二郎は「自分の罪が絶対に発覚するはずのないことを知って」おり、当初は「平然としている自分に」驚いたほどであった。

このような二郎の罪悪感を考察するためには、京都大学事件で滝川教授が罷免された翌年に発表され、戦前だけでなく戦後にかけて影響力をもった小林秀雄の『「罪と罰」についてⅠ』におけるラスコーリニコフの罪悪感との比較をしておくことが必要だろう。

ラスコーリニコフのソーニャへの告白を紹介したあとで、小林秀雄は「これから先き、気狂い染みた自首を行わせ、シベリヤに行くまでこの罰当りのお守りをしなければならぬとは、なんという面倒な仕事だろう。第六章と終章とは、半分は読者の為に書かれたのである」と記していた（小林、六・五三）。

エピローグについても小林は否定的にこう解釈にしていた。「（シベリアでの）七年間の沈黙と七年間の歳月とが果してラスコオリニコフを復活させたかどうかよりも、そういう物語が果して芸術に適するかどうかが疑問である。」

しかし、武田の『審判』が発表された後の一九四八年一一月に書いた「『罪と罰』についてII」で小林は、「事件の渦中にあって、ラスコオリニコフが夢を見る場面が三つも出て来るが、そういう夢の場面を必要としたことについては、作者に深い仔細があったに相違ないのであって、どの夢にも、生が夢と化した人間の見る夢の極印がおされている」と記した（小林、六・二二八）。

実際、「高利貸しの老婆」という「悪人」を退治したと考えていたためにラスコーリニコフには「罪の意識」は薄かったが、ドストエフスキーはラスコーリニコフが「良心の呵責」に襲われるようになるきっかけと深まりを殺害の前に見た「やせ馬の殺される夢」、「殺されたはずの老婆が笑っている夢」、そして、エピローグのシベリアの流刑地で見た「人類滅亡の悪夢」をとおして描いていた。*11

「大斎期と復活祭の一週間を、ずっと病院で過ごした」ラスコーリニコフが熱でうなされているときに見た「悪夢」については、「『罪と罰』についてII」ではこう詳しく記されている。

「アジアの奥地に発生してヨオロッパに向って進む、嘗て聞いた事もない伝染病に、全世界の人々が犠牲になる」というこの「夢の印象はもの淋しく、悩ましく、ラスコオリニコフの心の中に反響し、長い間消えようとしないのが、彼を苦しめた。（……）何故なら、これは、彼の心の底に常にあつた烈しい倫理的問いだったからである。」（小林、六・二六〇）

小林秀雄が認めているようにラスコーリニコフの「良心」の問題の結論的な見解が「人類滅亡の夢」の形で示されているエピローグはきわめて重要である。ただ、ドストエフスキーがシベリアの監獄での日々をそれほど詳しく描いていないのは、監獄の過酷な状況と主人公の「復活」が描かれていた『死の家の記録』を注意深く読んでいた読者には『罪と罰』のエピローグの意味が明瞭だと考えたためだと思える。*12

一方、『審判』でも婚約者の鈴子と二人で見た『硫黄島』というアメリカの実写映画で、戦闘後に兵の一人が立ってバイブルを読み始めると「兵士たちはひっそりと聴き入って」いる場面に二郎が「深刻な感動」を受けたことが「罪」の自覚のきっかけになっている。

この映画を見た後で二郎が婚約者の鈴子に自分が犯した犯罪を告白すると、鈴子は「もうおやめになって！」と悲しげな声で叫んだのだが、作者はそれを「意地悪された少女、ひどい仕打をうけた幼女のようにいたましげでした」と説明している。

この記述も殺害されそうになったときの老婆の妹リザヴェータの表情やラスコーリニコフから犯行を告白されたときのソーニャの「表情と動作」に重なっていることを指摘した井桁貞義は、両作品のフィナーレの違いは「武田がソーニャにすがりつくラスコーリニコフを甘いとし、批判していたのではないか」と指摘している。*13

たしかに、シベリアの流刑地で「人類滅亡の悪夢」を見るまでは「罪の意識」が薄かったラスコーリニコフとは反対に、罪もない老夫婦を殺していた二郎は、鈴子に婚約破棄を通告するなど「明確な罪の意識の自覚」を持っていた。

さらに、日本に帰国して「昔ながらの毎日を送りむかえしていれば、再び私は自分の自覚を失ってしまう」ので、「私は自分なりにわが裁きを見とどけたい」と考えて、中国にとどまる決心をしていた。その決意を聞いた鈴子の父親は微笑して、「君のような告白を私にした日本人はこれで三人目だ」と語り、「方法はちがうが、みんな自覚を守りつづけようとして」いると語ったのである。そのような日本人の一人が敗戦後も上海に残って日本語雑誌「新生」の第一号に書いた「文学の立場」でドストエフスキー文学についてふれ、後に長編小説『審判』を書くことになる堀田善衞であった。

しかも、娘の堀田百合子は埴谷雄高・椎名麟三・梅崎春生・野間宏・武田泰淳・中村真一郎・堀田善衞などの作家が加わっていた「あさって会」について、「戦後派と呼ばれる作家たちのこの集まりは、家族ぐるみの付き合いでもあり、文学をタテ、ヨコ、ナナメに、それぞれが勝手にしゃべり、それぞれの栄養にして」いったと記しているのである。[*14]

## 二 「文学の立場」と「鼎の語法」——長編小説『時間』

南京事件勃発の直前一九三七年一一月三〇日から翌年の一九三八年九月一八日までの激動の日々を日記という形で描いた堀田善衞の長編小説『時間』は、一九五三年から一九五五年まで「世界」、「文学界」、「改造」などの雑誌に独立した形で発表され、一九五五年に新潮社から刊行された。

歴史家の菊地昌典はシベリア出兵の問題を『夜の森』で描いた堀田のこの作品の意義を一九七四

年に全集の「解説」で次のように記している。「歴史家の関心もうすく、資料もすくないため、歴史分析の対象になりにくかった時期に」、これらの「テーマを選択したのは、堀田の歴史認識のするどさ、あるいは歴史家には欠けている文学者の感性の躍動とでも片づける以外に解釈のしようがなかろう。」[*15]

この記述は『夜の森』と『時間』がなぜ「日記」という形式で書かれているかをも物語っているだろう。つまり、客観的な「事実」がまだ確定されていなかったために、堀田は主人公の主観で書かれ、小林秀雄も重視した告白体の「日記」というモノローグ形式を選び、そのことによって主人公の深い苦悩にも迫ることに成功していた。

二〇一五年に出版された岩波文庫の解説で辺見庸は、「みずからが塑像した中国人・陳英諦に仮託するかたちで、惨劇を活写し、ひとはここまで獣性をあらわにできうるものか、ニッポンジンとはなにか、歴史とはなにか——を縦横に思索」させる、「立場の交換もしくは〝目玉のいれかえ〟のような」、「はなれわざ」を堀田が行っていると記している。[*16]

そして、元大学教授で日本軍大尉の桐野が「……戦争は仕方がないとしても……」と口走ったことに対する主人公の陳英諦の怒りを堀田が描いていることについて、辺見は「これには、日中戦争に抵抗も反対もせず時のいきおいのままにしたがい、大虐殺をもたんに戦争一般のせいに帰するニッポンの知識人」への「堀田じしんの苦渋と自責がにじんでいるようだ」と書いている。

実際、『時間』ではこう記されているのである。「おそろしく基本的な時代だ、いまは。人間自体とひとしく、あらゆる価値や道徳が素裸にされてぎゅうぎゅうの目に遭わされている。ひょっとすると、いまいちばん苦しんでいるもの、苦しめられているものは、人間であるよりも、むしろ道徳というものかもしれない。」（一九三）

この言葉はドストエフスキーが『罪と罰』執筆の二年前に雑誌「時代」の購読者募集文に記していた「善と悪」の問題を根本的に考えようとする次のような文章を思い起こさせる。

「わが国の病んだ社会においては、善と悪、有害と有益に関する観念がますますみだれてきている。今日われわれのうち果たして誰が良心に従って、何が悪であり、何が善であるか知っているだろう。なにもかもが係争点となって、誰もが自己流に解釈し、かってに教えている」。

『未来からの挨拶』に記された堀田の記述を引用した辺見は、「あったものがなかったと改ざんされた時間では、背中からおずおずと未来に入っていっても、なにもみえないはずである。戦慄せざるをえない」[*17]と記して「事実」からは目を背けて過去を美化する見方を厳しく批判してこの解説を結んでいる。

堀田善衞の生誕百年が祝われた二〇一八年には、日本語雑誌「新大陸」（一九四五・八・一）に掲載された堀田の文章「上海・南京」が北京の図書館で発見されたことが日本でも紹介され、[*18]一九四六年に「新生」に発表された「文学の立場」も「全集未収録原稿再録」として翌年に発表された。

これらの文献にも言及しながら堀田善衞の初期作品におけるフェリエトン的文体の重要性を指摘した在野の研究者の福井勝也は、「そうした幾多の危機を予見出来るからには、ここでもドストエフスキイ以上の無気味な作品、そうした作品が生れない限り、日本の尖鋭な思考力は収りがつかない」という個所を引用している。

さらに、『時間』の主人公・陳英諦が「わたしの心掛けていることは、ただ一つである。それは、事を戦争の話術、文学小説の話術」では語らず、「鼎《かなえ》の語法」で語ると記していることに注意を促した福井は主人公が日記を自宅の地下室で書いていることを指摘して、「『時間』は、『地下室の手記』を踏まえ、なおそれを越えようとした「メタ小説」である」と記している。[*19]

興味深い指摘ではあるが、日本に留学して法律を学んだ兄や弁護士になった叔父の描写をとおして、法律の問題や阿片の売買などの重たい問題については小林秀雄を評価している福井論文では全く触れられていない。このことは自分にとって興味深い文章を強調しながら引用する一方で、自分の主張にあわない箇所を排除することで、ユニークなドストエフスキー論を書いた小林的な手法の問題をも示唆しているように見える。

一方、「文学の立場」でドストエフスキーに言及した堀田は、「我々は世界と人間の運命について深く考えざるを得ない立場についに置かれてしまったのだ」と記している。[*20] それは次章で見るようなアジアやアフリカをも視野に入れて歴史や文学を考察している堀田の比較文明学的な視野の広さをも示しているだろう。

堀田善衞の作品とドストエフスキー文学との関係も考察している水溜真由美は、辺見の解説にも言及しながら長編小説『時間』の構造と内容を「宿命論」の批判という視点から考察し、戦時中に若き堀田善衞が抱いていた美意識が「末期の眼に映った」自然美の問題をとおして考察されていることにも注意を促している。[*21]

実際、ドイツの詩人プラーテンの「美わしきもの見し人は／はや死の手にぞわたされつ／世のいそしみにかなわねば」という詩句を引用した後で陳英諦は、「意思を放棄し自然の美に身をゆだねることに、誘惑を感じながら」も、「わたしはこの手記を、美に従うものとしてではなく、わたしの自由な（？）意志の詩として、書きのこしたい」とし、「この手記の最後で果たしてわたしは自由ということばを自由につかえるようになるだろうか？」と記している（五三）。

注目したいのは、「文学小説の話術で語らぬこと」を自分に課した陳英諦が、「破壊され倒壊した小さな廟の庭に」、「古人が宇宙を模してつくったもの」といわれる「三本の太い足」で立つ鼎を見て、「三本足で（二本足では足りないのだ）黒く重く構えている」「鼎の語法」で語らないと「これから後のことは到底筆にも口にも出来ないのだ」と記し、その理由をこう説明していることである。

「あのとき、あの鼎を見たことは、幸運だったのだ。あの夜にはじまる殺、掠、姦の、鬼蜮《きよく》が訪れたかの如き日夜を通じて、実に屢々《しばしば》わたしは重々しく大地に坐したあの鉄のかたまりを思い出し、われと自らを励ました。（……）それが人工になるものであるからには、あの鼎のなかには、それが創造されて以来、創造者自身の歓喜も遺恨も、悉くが鋳込まれている。時間を横にも縦にも腹中に収め、両の腕を差し上げていた、どこかに、獰猛な獣のような柔軟さをもうかがわせながら……。」（六八〜七二）

さらに、「（わたしは）静かに、しかし内面的には鼎に油の湧くが如きものでありたいのだ」と記した陳に作者は『伝道の書』の「凡《すべ》て汝《なんじ》の手《て》に堪《た》ゆることは力をつくしてこれを為《な》せ」という文章も引用させていた（九五）。

『時間』では日本軍の蛮行だけではなく、「私利私欲のため日本軍による侵略を最大限に利用」して、阿片やヘロインを扱いはじめた主人公の伯父の言動も描かれており、その伯父が自分のことは棚に上げて日本をこう批判したとも描かれている。

「日本は英国が阿片戦争をやったころ、英国が百年前にやったことを今頃真似しとるんだ。阿片がめっきり増えて来た。それに不思議なのは、日本人は、愛国的でさえあれば、阿片をもって来ようがヘロインをもって来ようが、ちょっとも胸が痛まんのだな」（二一四）。実は、堀田は短編『ねんげん』のこと』（一九五五）で一九三八年に中学を卒業してから、「新天地」へ行って満洲の「イラン産阿片買付組合」に就職した主人公に、「八紘一宇」や「五族共和」をスローガンに掲げて建国されていた満州帝国には、阿片を販売するための「阿片管理部」という機関が作られていたと語らせている（三・二九九）。

しかも、かつて麻薬の販売に関わっていた主人公は、「イラン産阿片買付組合」が「政府機関である興亜院の要請でつくられた」ことや、植民地となった朝鮮には「阿片、ヘロイン、コカインなどを精製する大工場」があり、台湾にもコカイン工場があったことを証言している。*22

一方、阿片王と呼ばれた里美甫を主人公とした力作『阿片王　満州の夜と霧』で「満州帝国とは、アヘンの禁断症状と麻痺作用を巧みに操りながら築かれた、砂上の楼閣のような国家だといってもよかった[*23]」と書いた佐野眞一は、里美と満州国通信社との関りにも言及しているので、それについては第四節で見る事にする。

辺見は中国人の知識人から南京虐殺を描くというはなれわざを行った堀田の勇気に「一にも二にもわたしは敬意をおぼえるものだ」と書いていたが、実際、『時間』では英諦の眼に映った「教授に堪えず、将校であるに堪えず、孤独に堪え得ない。びくりと身を引こうとする」桐野大尉像をとおして、堀田は当時の日本人と日本社会をこう規定している。

「彼等は（……）孤独に堪えずして他国に押し込み、押し込むことによって孤立する、（……）全世界の征服と、全世界からの逃亡とは、彼等にとって同義語ではなかろうか。孤立、破滅、そこに一種の美観にも似たものがあるらしい、それがわたしにはわかる。」（二四五～二四六）

さらに、一九三二年の九月一八日に起きた柳条溝での鉄路爆破事件についての桐野大尉の認識も陳英諦の日記ではこう批判されている。

「驚くべきことに、彼はあの事件が日軍が自ら手を下して爆破したものであることを知らない。中国軍がやったのだ、と思い込んでいる。日本人以外の、全世界の人々が知っていることを、彼は知らない。してみれば、南京暴行事件をも、一般の日本人は知らないのかもしれない。闘わぬ限り、われわれは「真実」をすらも守れず、それを歴史家に告げることも出来なくなるのだ。」（二四六）

最後に「白い馬の幻想」と「樹木のたくましさ」の二つのモチーフにも注目しておきたい。

『若き日の…』では小さい炭坑町の穴の中で見た「トロッコをひっぱるだけ」に働かされ、「日光にまったくあたらないから、五、六年しか生きない」二頭の馬について若者が語っていた。それに先立って『時間』では「白い馬」が幻想のように疲労困憊した英諦の前に何度も現れる。最初の場面ではこう描かれている。「ふと気付くと、わたしたちの前に、白い巨大な馬が、妖怪のように立ちつくしているのだ。馬も血を流していたように思う。／白馬は、しばらく凝っとわたしたちを瞶めていた。やがて、首を垂れ、すたすたと雪のなかを去っていった。」（一二二）

さらに、「人が人を殺す景に立会う毎に、わたしには茫然と突立っていた白い馬の幻想、幻視が訪れるように」なると、「白い馬の像をこそ描き、詠いたいと思う」という願いを記し、「それはわたしたち一家の絶後の和合を描き、刻むことだからである」（一二三、一四一）と説明している。

もう一つは「樹木」のイメージである。ドストエフスキー後期の短編『おかしな男の夢』では他の惑星に住む理想的な人々を描き「彼らは木々と話しをしていた」と書かれているが、ラスコーリニコフはソーニャとリザヴェータを思いながら次のように考える。「哀れな、柔和な女たち、柔和な目の女たち（……）どうしてあの女たちは泣かないんだろう？（……）すべてを人に与えながら……柔和な、静かな目で見ている……」。

この言葉は自分を取り巻く様々な状況、厳しい冬や環境の激変に対して何らの抗議もせずにそれらをすべて受け入れ、時にはその苛酷さのゆえに静かに何の不平も示さずに亡んでいく樹木の姿を連想させる。樹木とソーニャの形象の類似性に注目するとき、ソーニャが血を流して大地をけがしたラスコーリニコフにたいして、大地への接吻を迫った理由も分かるだろう。なぜならば樹木は大地に深く根をおろしており、大地の苦しみを直接感ずることができるからである。[*24]

『時間』の終わり近くでも日本兵に強姦されて治療のための阿片により中毒症になって三度目の自殺を図った「本当に孤独な、痩せて枯れ枯れの、病気の樹木」のように見えた従妹の楊嬢が窓から庭の樹を見ていて考えた次のような言葉が記されている。

「樹木ってね、とても智慧がある、とそんなに思ったの。樹木はどんなに傷をうけても、現場を動けないでしょう、逃げもかくれも出来ないわね。その場にいるより仕方がないでしょう。樹木はね、どんなひどい目に遭っても、その場で、一生懸命待っているのよ、一生懸命根を働かして」（二五八）。

この言葉を聞いた主人公はこう考えるのである。「楊は一つの、ある動かぬものに、たしかに達している。ということは、身心の傷と闘うための意志を、変な云い方だが、自殺を通じてもなお失っていない、という意味だ。」（二五八〜二五九）

「文学の立場」において「今日まで生き続けえたこと自体についてすら私は時に奇異の感に打たれることがある。私の学友などは大半死んでいる」と記した堀田は、漱石の『こころ』から長い引用を行ったあとで、登場人物の自殺と作者との関係について次のように考察していた。

「作中人物が死ねば、作家もまた一度死なねばならぬのだ。そして「先生」は自殺したが漱石は死ななかった。一流文学者の表情が大旨沈痛な趣きを呈したり或は少々うつけているのは常にこうした内心の苦痛に由来する。／ここにも一つの人には伝え難い真実がある。生きてゆくためには幾度か死なねばならぬという真実。私は己れを戒めるためにむしろ死を生の、新生復活の前提に置く。」

この文章からは堀田が自殺の問題をいかに深く考えていたかが伝わってくるが、ことに最後の「新生復活」という語は、堀田善衞が『罪と罰』のエピローグに記された「人類滅亡の悪夢」の問題をきわめて深く理解していたかを物語っていると思える。『零から数えて』を論じる次章でこの問題を考察することにし、次節では堀田が聞いた原爆の投下の噂と『ヨハネの黙示録』との関連がどのように描かれているかを簡単に見ることにする。

## 三　原爆の噂と『ヨハネの黙示録』――短編『国なき人々』から『祖国喪失』へ

長編小説『祖国喪失』の習作とも呼べるような短編『国なき人々』では、広島に原子爆弾が落ちて「人はもとより一木一草も滅び、地面すらもガラス状に変質したと聞いた」と語った梶の言葉が発端となった酒場の常連の白熱した議論が描かれている（一・五〇～五九）。

ユダヤ人のシェッセルの『ヨハネの黙示録』を読んだことがあるかという質問に、梶が「うむ。日の下に新しき者あらざるなり、と聖書にあったが、こんな恐ろしい殺りく、地球の構造まで変化させそうな爆弾は……」と答えると、「いや、これは現代の劫罰の始まりだ、その序の口、序曲にすぎぬのだ」と語ったシェッセルは、

「……第一の天使ラッパを吹きしに、血の混りたる雹と火とありて地にふりくだり、地の三分の

一焼け失せ樹の三分の一焼け失せもろもろの青草も焼け失せた」と、第一の天使から第五の天使にいたる黙示録を呪文のようにとなえた。

しかし、彼が「この大いなる禍いから助かるものは、額に神の僕の印をもったイスラエルの民十四万四千人だけだ」と続けるとイタリア人やダァーシャが激しく反発し、イポリット老人が「国のない奴の政治論は滑けいだよ」と語って議論を打ち切ったのである。

続いて日本がポツダム宣言を受諾したという東京の短波放送が伝わって来た八月一〇日の夜半に酒場の土間を踊り歩いたダァーシャにシェッセルが梶は日本人だといさめたことや、イポリット老人が梶に「日本は負けたって（……）亡くなりはしないよ」と慰めたことなどが描かれている。

この短編の終わり近くでは国民政府の宣伝部に徴用された杉が「ナチスに追われたチェッコの亡命者の悲劇」を「『国』のある娘と『国』のない男の恋愛」をとおして甘く描き出した映画「So Ends Our Night」を見たことが記されて、長編小説『祖国喪失』に続く重いテーマが示されている（一・五九）。

一九四八年から連作の形でさまざまな雑誌に発表された作品をまとめた長編小説『祖国喪失』の冒頭には「驢馬が悲壮でありうるか？　背負いきれもせず、投げ出すことも出来ないような重荷の下に滅んでいくというのが……？」というニーチェの言葉が掲げられている。「驢馬」について書かれたこの題辞の内容は、雑誌「驢馬」や『罪と罰』で描かれている「やせ馬の殺される夢」への堀田の強い関心をも示しているだろう。

週刊雑誌「大学周刊」の編集相談役となっている主人公の杉を主人公とするこの長編小説では当時の上海の複雑な社会情勢が反映されており、杉が日本に留学したことのある王効中とともに遭遇した出来事はこう描かれている。

すなわち、嫁入り行列につかつかと近づいた日本兵が「平気で簾をまくりあげて裡の花嫁の顔をのぞきこみ、頬を泥だらけの指でつついた。杉はハッとして胸を締めつけられた。突然彼は自転車をガチャンと道傍に捨ててつかつかと歩き出した。すると咄嗟に王効中が自転車を、今一歩しか距離のなかった杉と兵隊の間に乗り入れ」て、すぐに去るように強い調子で囁いたのである（一・七〇）。

この文章でも緊迫した状況が浮かび上がって来るが、『上海にて』（一九五九）では花嫁の頬を二三度つついた日本兵が「胸と下腹部を……」とより生々しく記され、それを見た堀田は「その兵隊につっかかり、撲り倒され蹴りつけられ、頬骨をいやというほどコンクリートにうちつけられ」、そのことがあってから「やっと、あるいは次第次第に、〝皇軍〟の一部が現実に、この中国でどういうことをやっているかを私は現実に諒解して行った」と描かれている（一二・五七）。

この二つの文章を比較した作家の大江健三郎は、この時の堀田の行動を『戦争と平和』でモスクワが占領された際に、フランス兵が若い女性の襟元に手をかけたのを見たときのピエール・ベズーホフの反応と比較している。[*25] 堀田善衞がトルストイの作品も深く読み込んでいたことに留意するならば、[*26] これはすぐれた指摘だと思える。

『祖国喪失』ではイルクーツク歌劇場の元歌手だったイワーノヴナが娘ズレイカやアコーデオン

で「黒い瞳」などの曲を弾く息子のアリョーシャと経営する胡散臭いバーも出てきて、そこには日本軍の特務機関とかの証明書を持つ外国人のギャングなどさまざまな人間が出入りしており、杉はそこでからんで来たポルトガル人や日本人記者などと激しく言い争ったり、殴り合いをしたことが描かれている（一・一一六）。

ドストエフスキー作品との関連で注目したいのは、「背中や脇腹に、此頃四六時中といってよいほどに意識する眼」を感じた杉が王効中に真向かいの七階が一体何かを尋ねると、「日華同志会という日本陸戦隊の特務機関」であることが判明したと描かれていることである（一・八五）。この記述だけでは関係が分からないが、『若き日の…』では自分を監視する特高警察の眼がムィシキンを付けまわす『白痴』のロゴージンの殺意を持った眼にたとえられている。*27

アメリカの潜水艦による魚雷で船が沈み赤ん坊を失うという悲劇に遭った公子との出会いと彼女との日々も詳しく描写されているが、敵地区で和平工作と称する謀略を行う高級軍属の辰野が上海の仏租界で育った彼女と結婚したのは、「北京語上海語広東語英語があやつれる」のが便利だったからだったのであり、一方、杉も「自分に関する限り（……）何ものも信じきれなかった」と記されている（一・一〇二～一〇三）。

公子とともに招かれて若い編集員の婚約披露宴に行った際に杉は、青年たちが緊張しながらも立ち上がって歌い始めた「三民主義歌」を聞きながら「太平洋の孤島まで日の丸の旗をはためかせて歩き、惨めに死んでゆく血だらけの兵士達」の姿を思い浮かべる。その翌日には若い女性の編集員の倪小姐とともに憲兵司令部に呼び出されて訊問を受けた杉は、「一人の少女が拷問され、ひょっとしたら殺され片輪にされぬかもしれぬのに、それに対して何にもできない」無力感に押しつぶされそうになった（一・一〇九～一一二）。

釈放されてから車を拾って編集長の宮下の家に行こうとした杉は、倉庫街で出会ったズレイカからバーが乗っ取られて、母は乞食、弟はかっぱらい、自分は淫売になったと告げられるという悲惨なエピソードは、マルメラードフ家の運命を連想させる（一・一一四）。

この後で公子のアパートに行くと亡命ユダヤ人のゲルハルトから、公子が「夫の辰野と本当に縁を切るためには」日本とも縁を切らなくてはならないと相談されたと説明されるが、杉はそこに「政治というよりもアナーキーな陰謀に近いもの」を感じた。

実際、ナチの収容所で両親を拷問で殺され、兄弟もガス室に送られながら自分はなんとか脱走して生き延びていた後ではナチに協力して金儲けをしさまざまなテロ行為にもかかわり、日本側と組んで宝石の横流しを行っていたゲルハルトの人物像は『広場の孤独』の亡命者のティルピッツ男爵を連想させる。

そのゲルハルトは、「僕の祖先はポルトガル出身の猶太系オランダ人だった、そして猶太教から基督教に転じて宗教をなくした所謂マラーネだった」と語り、「マラーネというのは豚ってほどの意味だ。豚だよ、僕らは。普通の人間がもってる一義的なものが何一つない。宗教がない、国がない。マラーネにはどんな範疇も適用できない」と続けた（一・一二七）。

無国籍者のゲルハルトの言葉を聞いた杉はフランス人のパスカルやロシア人のドストエフスキーのことを思いながら「独立した人間とはついに観念像に過ぎぬのか、それならば磔刑にあったイエス・キリストは……？」と生まれてはじめてぶつかる疑問を抱く。

一方、日本に対して無条件降伏を要求するポツダム宣言が出されたという情報が入って来ると上海は混乱状態になり、イワーノヴナの自殺に続いてゲルハルトが撃たれるという事件が起きる。「ソ連が参戦して降伏確実という情報が入り始めた」頃、杉は異常な情熱を感じて「告中国文化人書」と表紙に書かれ、「かつて東方に国ありき」という武田泰淳の詩の一句を題名とした副題を持つ原稿を書き上げた。

その未完の原稿を読み了えた公子は「平生何を問うても前後左右のはっきりしたためしのない杉が」、「この危険な文章を秘密に印刷して降伏決定当日に上海にばらまこうと」していることに驚かされるが、そこにはこう記されていた。

「東方も西方もよってたかって中国を侵略し滅亡せんとした」が、「しかし今や事態は一変した」。「東方の滅亡者的統一は東方によっては決して絶望的なものではない。／東方人にとっては、いかなる不幸な事態が発生しようとも絶望はあり得ない。不幸大なるにしたがい、未来の希望は大なのである。」

「趣旨はわかるけれど、少し過激よ。それに統一って言葉が、中国人には大東亜共栄圏を思い出させて矢張り不愉快だろうと思うわ」と公子は、戻って来た杉に伝えるが、落胆した杉の疲れた姿を見ていると、「それまでになかった愛情」が「彼の悲しみを共にし慰めたいという気持がふつふつと湧き上がってくるのを感じた。」（一・一四七）

こうして、日本が敗北したことで「国家」と「個人」の関係が杉にとっても切実な問題となるのだが、その杉に「日本人は、君たちは、何て云うか植物的だよ。金属的な、いわば零《ゼロ》になってみるんだな、そうしたら零《ゼロ》の強さが人間にはついいて来る」と語りかけたゲルハルトは、植物的では「自分が考えているのか、自分の母国が考えさせているのか、まるで訳がわからない。ニーチェは君、国家の終ったところから人間がはじまる、と云っている」と続けた（一・一五九）。

第五章で見るように『悪霊』や『未成年』ではスピノザとの関連も指摘されているが、ゲルハルトもスピノザについて「おれの先輩だ、無国籍のユダヤ人で、自分自身のための国を創ろうとて『神国論』を書き、自分自身のための宗教を創るために『エチカ』を書いた」と自分の解釈を伝えている（一・一六七）。

ここでスピノザがでてくることの意味について作家の大江健三郎は「堀田善衞青年が「現場」の上海で、ゲルハルトのモデルとおぼしい人物に会い、かれのうちにほかならぬスピノザと相照しあうものを発見した経験がその根幹にあっての創作であろう」と想定し、こう続けている。

「とくに国際関係にかかわれば、あえて戦争ということに限定しなくても、内側にいては見えぬものが外側ではあからさまに見えるだろう。（……）そこにおいてはじめて堀田善衞青年の祖国への呼びかけは、スピノザの論理と情熱とも充分対比できるような、自由でかつ嘘いつわりのない人間の全体的希求となりえよう。[*28]」

『若き日の…』の序章ではヴェルレーヌの「語れや君、若き日に何をかなせしや?」という詩の一節が原語と日本語の訳で題辞として引用されているが、敗戦後に中国の機関で働くことになった杉が立ち寄ったフランス語の本屋で老女からヴェルレーヌの詩は好きかと問われて、この詩の一節を思い出したと描いていることにも注目したい(一・一七〇~一七一)。「何故日本へ帰らぬのか」と問われた杉がフランス語で「人間になるために残ったのだ」と答えているのは、武田の『審判』の主人公の問題意識を杉が受け継いでいることを物語っているだろう。

さらにこの長編小説の終わり近くでは、上海で見つけた日本の新聞、雑誌をめくって「『わが青春に悔なし』という黒澤映画の広告が真直に眼に沁みた」と書かれ、それを読んだ感想がこう記されている。「もしほんとうに悔のない世代が既に動いているものなら、(……)全体的滅亡の不幸の底に、未来への歴史の胚子が既に宿っているのかもしれぬ。」

滝川事件をモデルとしたこの映画では教授の娘の恋愛と苦悩、そして新たな出発が描かれていることに注目するならば、黒澤明は映画『羅生門』に先立って芥川龍之介と日本の知識人のテーマをこの映画で描いており、堀田善衞は杉にこの映画の広告の感想を述べさせることで日本の未来への期待を描いたと言えよう。[*29]

『祖国喪失』は帰国前に訪れた「魯迅のつつましやかな墓」を見た杉の次の感想で終わっている。「白タイルに映し出された肖像は鼻から下が欠けていたが、その眼は醒めきって深くあつい悲愁にうるんでいた」。

## 四　国策通信社の制度と治安維持法の考察――長編小説『記念碑』

『記念碑』では国策通信会社に勤務する石射康子の視点から一九四四年一二月頃から翌年の八月一五日の敗戦までの出来事が回想をはさみつつ描かれている。

冒頭で敗戦の色が濃くなってきていた一九四四年一二月に開かれた音楽会でベートーヴェンの第九交響曲を聞いた主人公の石射康子は「圧倒され捲き込まれて、いつかそのリズムに乗せられてしまい、「生身《なまみ》の人間には抵抗も何も出来ない、ゲルマンの森の奥にいるという破滅的な運命神《デモン》が乗りうつって来るような」気がして、開戦が告げられた一二月八日のことをはっきりと思い出す[*30]（四・三～六）。

すなわち、午前七時にラジオで「西太平洋ニ於テ米英軍ト戦闘状態ニ入レリ」という放送を聞いた時に康子は、「暗い、じめじめした、解決のあてどもめどもない、梅雨のような支那事変の憂欝がいっぺんで吹き飛んだような気がし」、その後の「間断ない軍艦マーチや抜刀隊の歌など」を聞かされた後で、夜になって「ハワイ急襲の大戦果」を聞かされた時には感激に浸っていたのである。

しかし、第九交響曲の「弦だけがピアニシモで底深く揺れるような旋律を奏でる」箇所で康子は自殺した芥川龍之介の面影を思い出すが、「開戦を報じた臨時ニュースのアナウンサーの慄え声」

を聞いてから出社した彼女には「その日の、通信社のある日比谷公園や、銀座界隈をゆく人々の顔」が「仮面」をつけているように思われた。それは「事と人々とのあいだにはひらきがあった。そのひらきを埋め、現実感を付与し、仮面に怒ったような花瞼《くまどり》をつけるのが通信社をはじめとする報道業の仕事であった」（四・七）からであったと作者は説明している。

一方、康子の上司・伊沢が一九四二年にアメリカから帰国して芥川龍之介の『神神の微笑』を再読した際に感じたのは、「匹夫ノ志奪フベカラズ、といった闘志にみちた儒教も、諦念と宿命についての仏陀の教えも、現実を超えよという基督の、弁証法的な永遠も」、すべてを「うやむや化して呑み込んでしまう、靉靆《あいたい》たる雲か霞のような日本」の「謎」であった（四・五六）。

そして、伊沢は次のような重たい感想を抱いたのだが、それは芥川龍之介の自殺にもかかわっているだろう。「西欧の理論を体した人々は、自ら求めてこの靉靆《あいたい》たるもののなかで悪戦苦闘をしているようなもの、いずれ非業の死を遂げることはわかっているのだろうが、という風に思われた。それを思うと、宮城の濠の水のように、どろりとして行き場のない気持ちに陥る。沼だ、沼だ、と……。」（四・五七）

この記述を考慮するならば、堀田も外国の文学を矮小化して「日本化」することに対する森鷗外と同じような憂鬱を共有しており、アメリカ帰りの伊沢にこのような『神神の微笑』の感想を抱かせたのだと思われる。*31

「十月の十五日に台湾沖航空戦の大戦果が発表された」際には東京の「日比谷公会堂前の広場で

国民大会が開かれ」たが、「その後海外局の愛宕山傍受所の受信した敵側情報によると、まったくの幻にすぎなかった」ばかりでなく、その「秘特情報」が「陸軍側への配布を禁止された」ことを知って怒った伊沢は、「その経緯と秘特情報の要旨をメモして」重臣たちに配布するという危険な行動に踏み切ったのである（四・一九）。

こうして、主人公の康子は国策通信会社の海外局（外信部）という組織に属しながらも敗戦の色が濃くなった日本の惨状を救うために上司の伊沢とともに枢密院顧問・深田英人の和平工作の手伝いをすることになる。

ただ、佐野眞一は「阿片王」里美甫の業績は、「アヘン販売による独占的利益を関東軍や特務機関の機密費として上納する隠れたシステムをつくりあげた点」よりも現在への影響という点では満州国通信社の「設立に尽力したこと」が大きいと指摘している。それゆえ、少し長くなるがまず「満州国通信社」と日本の同盟通信社との関係について記されている個所を引用しておきたい。

「満州における聯合と電通の通信網を統合した国通（注＝満州国通信社の略称）は、関東軍司令部が奉天から満州国の首都・新京に移駐して一カ月後の昭和七年十二月一日、その新京で呱々《ここ》の声をあげた。

政府はこれを強力な援軍として、日本国内の通信統制に本格的に乗り出していった。

反骨の言論人として知られる菊竹淳《きくたけすなお》（筆名＝六鼓・福岡日日新聞社副社長兼主筆）をはじめとする新聞人たちは、『国内の通信社を聯合一社とすることは、新聞の自由を失わせ、国民を盲にする言論報道の抑圧にほかならない』と反対の声をあげたが、そうした反対論を尻目《しりめ》に、政府、聯合側の新通信社結成工作は着々と進められた。[*32]」

そして、二・二六事件が起きた一九三六年に電報通信社（略称「電通」）と聯合通信社（略称「聯合」）の合併による同盟通信社が発足して、国内で唯一の通信社となっていたので、主人公たちもここで勤務していたことになる。

この国策通信社の性質の一端を示していると思えるのは、康子の上司の伊沢信彦がアメリカへの赴任から帰国して地方へ講演旅行に出た際にはアメリカ人の妻と結婚していたにもかかわらず、「時として公然と、米英人を米鬼であり英鬼であると話してその場は疑わぬ自分を見出し」、「彼は自分自身のめざましい適応性にわれながら眼を瞠らねばならなかった」と描かれていることである（四・五五）。[*33]

『罪と罰』におけるエピローグの問題提起を深く受け止めていた芥川龍之介は英雄・桃太郎の残虐な行為とそれに対する「鬼」の子供の復讐を書いていたが、日清戦争や日露戦争に際しても「桃太郎」の民話は利用され、伊沢の帰国後の翌年の一九四三年に公開された日本初の国産長編アニメ『桃太郎の海鷲』（藝術映画社）では、海軍航空隊の隊長・桃太郎が、犬部隊・サル部隊・キジ部隊などを率いて鬼ヶ島（真珠湾）を奇襲し、多大な戦果を挙げたと描かれているのである。[*34]

一方、イギリス小説には「一家族の運命の浮沈を描く」「「家庭小説」の伝統に由来するジャンル」があることに注意を促した比較文学者の川端香男里は、『罪と罰』も「このような伝統の一例とみなすことができよう」と指摘している。[*35] 堀田善衞の長編小説でも家族関係はしっかりと描かれ、彼らの行動をとおして当時の日本の社会も浮かび上がるような構造を有しており、石射康子の生家については続編『奇妙な青春』（一九五六）でこう記されている。

「康子は北国の港町に生れた。明治三十三年、十九世紀が終り、二十世紀に入ったその年に生れた。生家は、米穀肥料などを扱う廻船問屋であった。大正八年、米騒動が起り康子の生家が民衆に襲われたとき、彼女は十九歳、弟の克巳は十六歳であった。軍人の道を選んだ長男の武夫は、既に青年士官になり、家にいなかった。姉弟は二人とも激しい衝撃をうけた。克巳は、高等学校に入ってから急激に左傾していった。姉は弟の歩みをつねに背後から見守って来た。生家は、大正末期の不況で倒産し、その後の戦争景気のうちつづいた時にも二度と起てなかった。父も母も失意のうちに死んでいった。」（四・二〇八〜二〇九）

さらに、堀田は外交官だった康子の夫・石射がシベリア鉄道で外交文書を紛失して自殺した後で、康子が国策通信会社の上司の井沢信彦と愛人関係になっていることや、彼女の息子・菊夫の妻の夏子が枢密院顧問深田英人の妾腹の娘であり、深田の依頼で康子が彼の個人秘書も務めているという設定にすることで、当時の日本の状況を広い視野から描くことに成功している。

『記念碑』では和平派の一味を逮捕しようとして執拗に証拠をつかもうとする特高警察の井田一作の思想や行動を通して戦時期の日本の情報や司法の問題も可視化されている。

すなわち、一九一七年六月のミッドウェイ海戦の戦果の情報が全く出鱈目であり、「本当は我が方の全滅的敗戦」だったことを知らされていたが、「敗戦思想の掃滅」を任務とする彼には「そんな風な事実など、知りたくもなかった」特高警察の井田は、「伊沢が敢えて何かを配布したらしい」と知るとただちに伊沢がかかわる和平工作の調査を開始していた（四・一九〜二〇）。

そして、拷問をも正当化した治安維持法（大正十四年公布、昭和三年と昭和十六年に改正）についての井田一作の考えも次のように記されている。

「あれは大法律の名にふさわしいものだった。検事や警察官には被疑者の拘引拘留の強制権があったし、裁判も三審ではなくて二審制だったから、大審院から文句が来ることもなかった。刑の執行をうけても転向しない者や執行猶予のついた者でも予防拘禁することが出来た。きょうまでに釈放された三千人のうちには、刑期が満了した上でなお予防拘禁されていたものが大分あった。検挙されたもの六万人、起訴されたものが六千人もあった。」（四・二一一）

それでも、枢密院顧問の深田老人の依頼で自分の故郷の潮来で和平工作のための「書類と工作予定」を作成しようとした伊沢は、康子に「この仕事はね、本当にいのちがけだよ」と語り、具体的に名前を挙げながら「沢田っていう勅任官がね、東部憲兵司令部へひっぱられて地方検事局の思想部へまわされてね、陸軍刑法違反、言論出版集会結社等臨時取締法違反で起訴されたんだ、それから若松市の吉田って代議士がね、造言蜚語と不敬罪で西部軍の軍法会議をくらって三年の判決があったんだ」と伝えた（四・一〇三〜一〇四）。

『記念碑』のクライマックスは和平工作に関する書類を二人でまとめていた潮来の家に二人の私

服の警察が踏み込んでくる場面だろう（四・一一五～一一九）。明け方に物音を聞きつけて目覚めた康子は「机の抽出しから書類と原稿を入れた紙袋をとり出し」て、隣の部屋で寝ているお婆さんの寝床下へ押し込んで再び床のなかへ潜り込み、家探しの間、二人は廊下で正座をさせられていたが、カバンの中から康子の兄・安原大佐のノート三冊が見つかっただけですんだ。

しかし、帰京するとホテルのロビイの奥の方のソファには「井田一作が運命のように座って」おり闇の米を買った邦子が逮捕されていたばかりでなく、浮須伯爵が貴金属を上海へ密輸しようとして捕まった白金事件では、自分の指輪類も見つかったことを告げられた（四・一一八～一二〇）。この場面は『罪と罰』のラスコーリニコフとポルフィーリイとの緊迫したやり取りを思わすような迫力がある。

最初は自分の落ち度という形で済ませようとした康子は、井田が下から自分の眼をのぞき込んでいるのを見て、井田の狙いが「闇、白金などのスキャンダルを地雷のように伏せておき、それから一挙に伊沢信彦と深田英人をはじめ、和平派グループ乃至英米派といわれる人々を」（四・一二〇）巻き込んでいくことであることに気付いて話題を上手に逸らして難を逃れたのである。

ガダルカナルから届けられた兄・武夫のノートに記された重たい戦場の記述を石射康子が清書する場面で『記念碑』は終わっている（四・一七四）。

ガ島にて戦病死の将兵すべて四万六千、一片の遺骨もない。……

死んだ人々はどこへ死んでいったのだ。
眼をつぶると、ぞろぞろ、ぞろぞろ、と草履をひきずるような音が聞えて来る、（……）死んだときの、殺されたときの形相そのままで、天の奥処《おくが》を限りなく、いまも歩いている。

## 五　新たな「転向」と記憶の「扼殺」――『奇妙な青春』

『記念碑』の第二部として書かれた長編小説『奇妙な青春』では主に左傾化した康子の弟・克巳と結婚した元バスガール安原初江の視点をとおして戦後の日本社会の問題点が描かれ、康子の上司・伊沢や元特高・井田の変貌も描かれている。

マッカーサー元帥の側近ブレンナー少将から呼び出されて昼食を共にした伊沢は、GHQに批判的な文章を書いた短評記事の筆者に「ブレンナー少将が、〝危険な傾向だ〟と云っていた」旨を伝えることで検閲官的な役割を果たした。その後で伊沢が「「しかし、もういかん……」／第二の転向がはじまっている」と感じたと作者は描いた（四・二六三）。

「米軍のいいなり次第ということになる」という第二の転向は、時局の流れに合わせて生き方を変えるという日本的なあいまいさの問題とも直結しているだろう。

『記念碑』では、アメリカからの帰国後に全国各地で講演会を重ねていた伊沢が「特派員になりたての頃に、西洋について驚嘆したように、今度は日本の持つ、謂えば魔術に、驚嘆し恐怖しなければならなかった」と書かれ、警察制度と日本人の精神との関連を伊沢にこう考察させていた。
「旅を重ねるごとに、彼は日本の憲兵や警察というものが、日本人の精神生活にどんなに巨大な、精神的な役割を演じているかを痛感しなければならなかった。近代日本人の精神を研究するためには、警察制度の真剣な研究が必要だ、と真剣に考えた。」（四・五六）

実際、伊沢や康子を執拗に追いまわしていた特高の井田一作は、戦時中は「皇国思想」のイデオロギーを信じて、批判する者たちへの「拷問」や殺害をも正当化していた。しかし、伊沢は結局、警察制度の研究を積極的に行うことはなかったが、深田英人の言葉を口述筆記した石射康子が、「陸海軍及び警察を〝皇室の爪牙〟」と呼んだ岩倉具視の文章から受けた印象が『奇妙な青春』では次のように記されている。

「陸海軍及び警察は人民のためのものでも何でもない、下に臨むむきだしの暴力であることを、これほどむきだしに語ったものもなかった。それは、人民の魂に深く深く、その中核根元にまで食い込んでいる。そして暗い地下のその根元で日本人の魂の、いやひょっとして魂そのものをなしているかもしれぬ生死無常の感と根をからませている。」（四・二〇五）

敗戦末期には沖縄出身の悲哀を味わい、敗戦直後には左遷されて「米軍用の女郎屋の女衒《ぜげん》」のような勤務に回され「思想警察の勇士もかたなしですね」とぼやいていた井田一作は、ブレンナー少将のグループに見出されて、今度はアメリカ軍のために再び活躍し始めるのである。

最後に注目したいのは、神風特攻隊に志願したが特攻に失敗して帰還した後は荒れた生活をするようになった菊夫が母の上司だった伊沢に次のように語っていることである。
「あなたや僕の母なんかにとっては、今度の戦争というやつは、突発事件じゃなかった、と思うのです。（……）それこそ満洲事変以来歴史的に準備に準備をかさねた挙句、爆発し突発したものだったんでしょうけれど、僕等には、まったく余裕も準備もなにもなしで、途端に自殺用の短刀をつきつけられたようなものだったんです」（四・二八三）
彼の言葉には特攻や戦死が美化されるようになる流れを防ぐことができなかった伊沢や母親の世代への鋭い批判がある。そして、戦後、自堕落な生活を送っていた菊夫からこのような言葉を聞かされた井沢は、「扼殺」という単語を用いて次のような感慨を抱いたと描かれている。
「孤独地獄のなかでぐいと扼殺した自分自身。何のために扼殺したのか、いまとなってみれば正気の沙汰とも思われぬ狂信的な天皇信仰者、極端な国体主義者として自分を無理にも統一し、そして戦死するために、正気の自分を、青春を殺したのだ。」（四・二九〇）
この言葉は『若き日の…』の「扼殺者の序章」で引用されている堀田善衞の詩「潟《かた》の風景」の次のような詩句を連想させる。

少年——たしかに僕は故郷を出る道筋にいた
そこで記憶が中断する
火田民《かでんみん》が襲って来て

そのどさくさに
機を見て僕はお前を扼殺《やくさつ》したらしい

この詩が引き揚げ船で上海から帰って来たばかりの一九四七年に書かれたことを明かした作者は「記憶」を「扼殺」した感覚をこう記している。

「自身の指と手のひらに、扼殺者としてのうずくような感覚が、(……)いまになお指と手のひらの皮膚になまなましく生きてのこっている。男がしめ殺したものが何と何と何であったか。」(上・八)

## 六　短編『広場の孤独』から『黄金の悲しみ』へ

堀田善衞が『広場の孤独』と『漢奸』の二つの短編で芥川賞を受賞したのは、一九五一年のことであったが、アニメーション映画監督の宮崎駿は二十歳過ぎの頃に『広場の孤独』と『漢奸』をたまたま読んだときの体験が「その後ずっと長い間、自分のつっかえ棒になってくれました」と語っている。

日本の敗戦後に「民族を裏切った」『漢奸』とされて裁かれた「安徳雷(アンドレ)」いうフランス風な筆名を持つ詩人記者の運命を描いた作品についての宮崎監督の説明は、終章のテーマとも深く関わるので引用しておきたい。

「堀田さんは、日本が戦争に負けるということが分かってから上海に行って、何年間か、かなり自覚的に現地にとどまっていました。当時上海は日本の占領地で、そこで日本が管理する中国語の御用新聞を出していたのです。この小説は、その時に文芸欄を担当していた中国人の詩人記者の話です。（……）その詩人は実に善良で、しかも日本語で訳されたシュールレアリスムを日本語で勉強して、シュールレアリスムの詩を書いていたのです。およそ政治とは関係ない中国の青年なのですが、貧乏で小さな家に家族がいっぱいいるために、棺おけを部屋のなかに置いて、その中に横になって詩を書くという人だったのです。[*36]」

この作品ではかつては「日本文化を紹介宣伝する機関」にいた堀田の分身ともいえるような匹田の眼を通して、この詩人記者が裁かれるまでを描いており、武田泰淳を思わすような中国文学研究家の太島の次のような言葉も記されている。

「もし本当に負けたんならだ、そして原子爆弾のおかげで原子病とかいうものが、全国的に蔓延《まんえん》して、日本民族が死滅する運命にあるのならだ、おれは、おれは中国に残って乞食詩人になる。そしてだ、生命《いのち》のある限り、かつて東方に国ありき、とうたって歩く。」（一・三八五）

さらに、八月一五日の玉音放送では「政治に参加する個人の倫理は、責任の倫理以外にはない」にもかかわらず、「占領各地で莫大な数に上る犠牲者を出すにいたることの責任」があいまいにしか語られなかったことへの批判も書かれている。代書屋になった大島は「酒を飲んで聖書を耽読」し、匹田はその手代のようなことをしていたことなどが描かれた後で、「安徳雷（アンドレ）」は裁判で全財産の没収という判決を受けたことが記されている。

『広場の孤独』では敗戦後に追放されていた資本を入れて経済記事専門の新聞になったS新聞社を二年前にやめ、翻訳の下請け仕事をやったりして細々と生計をたてていたが、朝鮮で戦争が勃発して人手不足になったために新聞社から臨時手伝いとして呼び出されていた木垣の苦悩と作家として立とうとする決断が描かれている。

ひっきりなしに入って来る電文に書かれたCommitmentという言葉とぶつかってCommitという単語の意味を「罪・過ナドヲ行ウ、為ス、犯ス、……ニ身ヲ任セル」などと翻訳機械のように自動的に引き出す中で木垣は、「こんな仕事をしていること自体、それは既に何かのCommitmentをしてしまったことになるのではないか」という反省をする（一・二九四）。

それゆえ木垣は、朝鮮の戦線から戻ってきたばかりのアメリカの通信会社の記者ハントに日本は「武装は憲法で禁じられているし」、「世界に共通の判断基準がなくなれば、（……）理性はその役を果たさず、歴史は人間の思考及び祈念をおしのけて自動的に破局へと廻転していく」と語ったが、「朝鮮の情況は深刻だ。（……）米国人が血を流して持ちこたえている間に、キガキ、君もゆっくり考えてくれ」と反論される（一・三〇一～三〇二）。

上海でドイツ大使館につとめていた京子と知り合って一緒に暮らしていた木垣は、敗戦後に脱出する日本人家族の骨董品や美術品を買って転売をしていた時の一番の買い手だった亡命者のティルピッツ男爵とも再会した。この老人は「君はひょっとしてわしが絶望して自殺するのじゃないか、などと思うかもしらんが、わしはもうとっくから墓場なのじゃ（……）わしの存在そのものが、もはやひとつの虚構《フィクション》なのじゃ、いかさまだ《フィクショナル》」（一・三二九）と語りながら別れ際に木垣のポケットに紙切れをねじ込み、後に確かめるとそれは百ドル札一三枚で当時は約五二万円に相当する大金だった。このエピソードは、ルージンがひそかにソーニャのポケットに金をねじ込むシーンだけでなく、翌朝に自殺するスヴィドリガイロフが自分は旅立つので受け取ってくれとソーニャに金を渡したシーンをも連想させる。

一方、戦況は混とんとし、「いまや原爆は多数出来たから、uneconomical な使用法をもあわせ考えねばならん」と朝鮮戦争での原爆の使用もありえることを示唆する電文も入って来る（一・三四二）。このようなときに三年前に「雨ニモ負ケテ／風ニモ負ケテ／アチラニ気兼ネシ／コテラニ気兼ネシ（……）ソウイウモノニワタシハナリソウダ／ソウイウモノニニホンハナリソウダ……」と酔って詩を読んだ新聞社の青年のことを思い出した木垣は自分と一緒にアルゼンチンへ逃亡することを考えていた京子が「どうせ薄気味の悪いお金にきまっています」と語っていた一三枚の紙幣を燃やしした（一・三五五〜三五六）。この場面も『白痴』のナスターシヤが与えられた大金をストーブに投げ込むというシーンを想起させる。[*37]

こうして、この小説では情報の最前線に立たされた主人公の苦悩や思索をとおして、米ソを中心とした戦後世界の冷戦構造を鋭く描き出し、その後半ではマッカーサーの要請による「超憲法的措置」により、「一九五〇年七月、報道関係を皮切りとして、日本の全産業に及んだ赤追放令《レッドパージ》」によって共産党の党員だけでなく同調者の解雇も行われた状況が活写されている。最後は新しい小説の題名を示す言葉で結ばれている。

「星々はいつの間にか消えてしまって、空はいつものように暗かった。光りは、クレムリンの広場とかワシントンの広場とか、そういうところにだけ、虚しいほどに煌々と輝いているように思われた。そして彼はそこにむき出しになっている自分を感じた。生れてはじめて、彼は祈った。レンズの焦点をひきしぼるような気持で先ず書いた。／広場の孤独／と。」

短編『夜来香』（一九五一）でも、復員後にかつて主計長として乗組んでいた軍艦の末路を描いた『駆逐艦神風記』で小説家としてデビューしていた主人公の第二作の生みの苦しみが描かれている。この作品でも『罪と罰』のエピソードが巧みに取り入れられており、「或る日、何の気なしに」復員兵で元・海軍大尉の披露伊作が「海軍時代の思い出の町、横須賀へ出掛けた」のは次のような理由からであった。

「信仰と旧軍港とがどういう関係に立つものか、彼自身にも判然としなかったが、彼はただ何となく近頃読んだドストエフスキイの『罪と罰』中の人物、ラスコリニコフが殺人の現場を、犯行の次の夜もう一度見にゆく光景を思い出していた。」（一・二二五）

「かつては短剣をつるして毎朝通った横須賀線に乗り、大船を過ぎた頃」に、知り合いの女性・伊集院初子と再会した披露は、一緒に横須賀のカトリック教会を訪れて、強い感銘を受け、しばらくして彼が入信すると初子も信者となって結婚していた。

その後、北海道で続篇を構想していた彼は、書こうとすると「重油が眼に鼻に滲み込み、海水とともに胃にたまって頭が狂いそうに痛み、猛烈な勢いで上昇して来る巨大な気泡に腹を撲りつけられる、あの艦轟沈直後の海へ戻って」しまう状態になった。

それゆえ、披露はかつて中尉時代に勤めていた港町の伏木を再び訪れるのだが、その動機について作者は「罪人は、或は死に近い人は、犯行の場処を、また懐しいもののある場処を一通りおとないたい願いに堪え難くなるものと云われる」と記している（一・二二八）。

久しぶりに訪れたその小さな港町のホテルに妻も呼び寄せことから起きた小さな事件が描かれている『夜来香』を大江健三郎は「最良の短篇小説《コント》」と呼んでいる。[*38] たしかに李香蘭（山口淑子）が歌った「夜来香《イエライシャン》」を題名とするこの短編ではこの花が上手に用いられ深い余韻を伴って終わっている。[*39]

一九五七年に書かれた短編『黄金の悲しみ』には『罪と罰』における「高利貸しの老婆」殺しのテーマとの強いかかわりが見られる。この作品の主人公は財閥の創始者と大日本銀行との癒着を知って腹を立てて、かつてＩＭＦ（国際通貨基金）に派遣されたこともある友人のＱ野を訪ねる。学校で覚えて来た「三年は酒飲み、四年は酔っ払い、五年で強盗、六年でとうとう牢屋に入る」という変な歌詞で歌う息子に手を焼いている友人に誘われて外で飲むことになる（五・二一二）。

しかし、高級寿司屋でＱ野の上役と思われる親日家の銀行員に出会った後で、キャバレーに行くと、かつてはＩＭＦにも派遣されていたＱ野は血筋と毛並みを強調して「親譲りの遺伝の大切さ」を説いた。

帰途に電車で若い男女のラスコーリニコフについての会話を聞いた主人公は、その晩に夢で「凍てついたネヴァ河畔の、凸凹道」を歩きながら、強慾な金貸しの老婆を「永遠の生のために斧で」叩き殺すことを思いつくが、それはラスコーリニコフによってすでに実行されていることを思い出して中央銀行を襲うことを考えついて銀行に行くとそこで働いていたQ野は平然と経済理論を述べたのである（五・二九）。

『若き日の…』では「お婆さん」が歌う「民の敵なる圧制政府／国賊うちとりませうかノウ／大井、稲垣、新井に景山みなすすめ／革命せうと打出《だ》いたね　ヒヤヒヤ」という歌詞を持つヒヤヒヤ節の「大井は大井憲太郎、稲垣は稲垣示、新井は新井章吾、景山は景山英子（のちの福田英子）であり、いわゆる大阪事件という名で呼ばれる爆裂弾事件の被告たちであった」と記されている（下・一〇）。

この記述を踏まえて『黄金の悲しみ』のラスコーリニコフについての記述を読むとき、この短編が大井憲太郎のグループによって企てられた大阪事件の大矢正夫と北村透谷との関係を踏まえて書かれている可能性が強いと思われる。

なぜならば、大阪事件とは自由民権運動に対する厳しい弾圧が続く中で自由党の一部が加波山に蜂起して失敗し解党を迫られると、一八八五年に過激化した大井憲太郎のグループが朝鮮での独立運動を支援する資金を得るために強盗を企てた事件であり、この時、北村透谷も友人の大矢正夫から参加を求められていたからである。[*40]

しかし、「目的」を達するためとはいえ、強盗のような「手段」を取ることには賛成できずに頭を剃り盟友と決別した透谷は、政治から身を引いて『レ・ミゼラブル』を書いたユゴーのような小説家になろうとし、書評「罪と罰（内田不知庵譯）」では『レ・ミゼラブル』について「銀器を盗む一条を読みし時にその精緻《せいち》に驚きし事ありし」と記し、評論「『罪と罰』の殺人罪」では、「『罪と罰』の殺人の原因を浅薄なりと笑いて斥《しりぞ》くるようの事なかるべし」と記していた[*41]。

そして、堀田善衞も一九五一年に毎日新聞社が出版した『世界の名著』でドストエフスキーも絶賛したユゴーの『レ・ミゼラブル』を「文学史上最大の小説の一つである」と規定し、「サルトルなどが社会小説として新しく評価し直している」と紹介しているのである（一六・四〇六）。

## 第三章　ドストエフスキーの手法の考察と応用――『囚われて』から『零から数えて』へ

「あなたの宣長さんを読みました。引用されている宣長の文章には、悉く感服しましたが、それにつけてあるあなたのコメントは、よくわかりませんでした。妙な神秘化はいけませんよ」

（堀田善衞「この十年（続々）」）[*1]

### はじめに　教祖・小林秀雄との対峙――「事実」の直視

堀田善衞は戦時中に所属していた雑誌「批評」の同人として合評会などで小林秀雄とも会っており、そのドストエフスキー観からも強い影響を受けたと思われるが、小林に直接言及している個所は少ない。

しかし、敗戦間際に日本から上海へと渡った堀田善衞は一九四五年一〇月一三日の日記には創元社から刊行された小林秀雄の『小説一』『小説二』とともに小林が「文学界」で論じていたゼークトの『軍人の思想』を買い求めたと記していた。[*2]

そして、翌年に発表した「文学の立場」では「時勢が作り出した架空の方法論などによっては文章を書くこともまた出来ない人間が真実の文学者でありうる」と記した堀田は、「如何なるイデオロジイとも文学は最後には訣別するものである。道徳とはすべて破滅を背に控えた覚悟であろう。驕れる者に自覚はない」と記した。

この文章は堀田善衞が上海で小林秀雄の文学観やドストエフスキー観の批判的な考察を始めていたことを物語っていると思える。実際、一九七六年に文芸誌「海」の武田泰淳追悼特集として組まれた開高健との対談では、上海での体験の大きさを語りながらこう語っている。

「ぼくはほんの一年九カ月ぐらい上海にいただけですが、ものの考え方も感覚もひじょうに変ったと思うんですね。帰ってきて「批評」の同人会へ出ても、かれらが喋っていることがぜんぜん解りませんでね。(……)隣りに小林秀雄さんがいて、「堀田君、君は随分おとなしい人だね」と言ったけれども、おとなしいんじゃなくて、何言っているのか全然解らないんですよ。[*3]」

作家の坂口安吾が戦後間もない一九四七年に著した「教祖の文学――小林秀雄論」で、「思うに、小林の文章は心眼を狂わせるに妙を得た文章だ」と書き、小林秀雄が「生きた人間を自分の文学から締め出して」、「骨董の鑑定人」になってしまったと厳しく批判したのはよく知られている。[*4]

フランス文学者・寺田透(一九一五〜一九九五)も一九五一年に発表した「小林秀雄論」で、「二つの時代が、交代しようとする過渡期の真中に生きた」モーツァルトの「使命は、自ら十字路と化す事にあった」と規定しながら、小林自身は「みずから現代の十字路と化すかわりに、現代の混乱と衰弱を高みから」見降したと書いた。そして寺田は、そのような解釈の方法は小林が「対象を自分に引きつけて問題の解決をはかる、何というか、一種の狭量の持ち主であることをも語っている」

と批判していた。[*5]

このような批判は戦後の批評界の雰囲気を物語っているだろう。しかし、一九四六年二月に行われた座談会「コメディ・リテレール――小林秀雄を囲んで」(「近代文學」)で、戦時中の発言などについて鋭く問いただした評論家の本多秋五にたいして小林は、「自分は黙って事変に処した、利口なやつはたんと後悔すればいい」と語ったと記されている。[*6]

知識人が戦争犯罪に加担したという批判に対してこのように毅然と反論したとされたことで小林秀雄の評価は高まり、「批評の神様」と讃美されるようになり、大学の入試問題にも彼の評論が出題されるようになった。

ただ、作家の埴谷雄高が大岡昇平との対談で明かしているように「それは、小林さんは座談会のときは言ってなくて、あとで書いたもの」だったのであり、この一言を書き加えたことで座談会の印象は一変したが、小林の弟子筋の大岡も「あとでほかの人がいってることを先にとるのはいけないね」と語り、さらに「黙って事変に処してはいないよ、あいつ(笑)」と批判している。[*7]

一方、自分が語ったことについてはかたくななまでに訂正をしなかったのが、堀田善衞であった。スタジオジブリの鈴木プロデューサーは堀田善衞が作家の司馬遼太郎や宮崎駿監督との鼎談を本にしたときのことを「『時代の風音』の思い出」でこう記している。

「この時に驚いたのは、堀田さんが鼎談の原稿に一カ所しか手を入れられなかったことでした。普通、こういう場合は、赤字で修正をいろいろといれて、発言をなかったことにしたり、話題を追加したりする方が多いんですが、堀田さんはそういうことを一切なさらなかった。僕はとてもびっくりして奥様にそのことを話したことがありますが、奥様は「そこで語ったことには全責任を持つ、というのが堀田の態度なんですよ」と説明をしてくださいました。これには感動しました。」[*8]

ドストエフスキーの研究者でもある寺田透は「文学界」に寄稿した記事で小林秀雄について、「男らしい、言訳けをしないひととする世評とは大分食いちがう観察だと自分でも承知しているが」と断った上で、「戦後一つ二つと全集が出、その中に昔読んで震撼を受けた文章が一部削除されて入って」いることを指摘して、小林の文章の改竄と隠蔽という方法を批判していた。[*9]

しかも、小林秀雄が「より情緒的、より人間臭く、そして、じかに生理にはたらきかけてくる表現の方向をとる」ことを指摘した寺田透は、『テスト氏』の翻訳では「ある人間解釈にもとづく、積極的な誤訳」をしていると批判している。[*10]

このことを踏まえるならば、堀田善衞の対談記事に対する姿勢には、小林秀雄の文章の改竄や隠蔽と復古的な歴史観に対する批判も秘められているように思える。

では、堀田善衞が小林秀雄のドストエフスキー論を批判的な眼で見るようになったのはいつ頃からなのだろうか。本章ではまず広島で被爆した詩人・原民喜の自殺について考察した「語らないひと」を紹介した後で、元憲兵だった父親との関係や主人公の自殺の問題が描かれている短編『囚われて』を考察する。その後で「おれ」という一人称で書かれた連作の一つで基地の拡大と兵器購入の問題を描いた『G・D・からの呼出状』（一九五六）やルポルタージュ的な作品や『インドで考えたこと』など紀行文を分析する。

堀田善衞の「重層史観」とも呼ばれるような広い視野とドストエフスキー観やスピノザ観を明らかにした後で、一九五九年から雑誌「文藝春秋」に掲載され後に『考えるヒント』という題名で刊行されることになる「良心」や自分の評論の方法について記した小林秀雄の一連のエッセイを考察する。

そのことにより実在の原爆パイロットのイーザリーをモデルとし、長編小説『悪霊』のスタヴローギンや『白痴』のムィシキンを思い浮かべながら書かれた堀田善衞の長編小説『零から数えて』が小林秀雄の方法からも影響を受けるとともに、『白痴』の考察を深めていることを示し、ついで「ヒットラーと悪魔」を見た後で堀田が中村真一郎や福永武彦とともに共作した映画『モスラ』の原作『発光妖精とモスラ』を分析する。

## 一　詩人・原民喜の自殺と短編『囚われて』

小林秀雄は一九四八年八月に行われた物理学者・湯川秀樹との対談「人間の進歩について」(「新潮」)で、原爆の発明と投下について「人間も遂に神を恐れぬことをやり出した……。ほんとうにぼくはそういう感情をもった」と語り、「原子力エネルギー」の「平和利用」という湯川の考えの危険性をいち早く指摘して「高度に発達する技術」の危険性を指摘するとともに、「目的を定めるのはぼくらの精神だ。精神とは要するに道義心だ。それ以外にぼくらが発明した技術に対抗する力がない」と強調していた。[*11]

広島と長崎に原爆が落とされた二年後の一九四七年には、アメリカの科学誌「原子力科学者会報」が世界終末時計を発表して、その時刻が滅亡の七分前であることに注意を促していた。しかし、そのように時代を先取りするような倫理的な発言をしていた小林は、原発が国策となると沈黙してしまい、一九五四年にビキニ沖の水爆実験で第五福竜丸などが被爆して大問題になった際にもほとんど沈黙してしまった。

一方、広島で被爆して、

コレガ人間ナノデス
原子爆弾ニ依ル変化ヲゴラン下サイ
肉体ガ恐ロシク膨脹シ
男モ女モスベテ一ツノ型ニカヘル

という詩句で始まる詩（『原爆小景』）を書いた詩人の原民喜を遠藤周作から紹介された時には「恐ろしく物いわぬ人」という印象を受けていた堀田は、一九五一年三月に自殺した詩人についてこう書いている。

「原氏は一撃、二十世紀の証言者たる自分を殺してしまった。／言論は無力であるかもしれぬ。しかし、一切人類が「物いわぬ人」になった時は、その時は人類そのものが自殺する時であろう。原子爆弾によって、水素爆弾によって、あるいは恐怖によって、あるいは……。」（一六・五～七）

高校受験を間近に控えた西徹《とおる》を主人公とした一九五四年の短編『囚われて』の冒頭では、昔は兵舎だった金華中学校の教室でその日の裁判のことや死刑の方法のことが話題となっているなかで徹が、頭痛がするという理由で学校を早引けする。学校の近くにある裁判所前の広場に行くと上空をアメリカ軍のヘリコプターが飛び回り、百人ほどの警官と二人のＭＰ（米国陸軍憲兵隊）がピストルを持って警備にあたっていた。

その建物の傍を徹は急いで通り過ぎようとしたのだが、それは彼の父が「この建物にいつでも何かかにか関係」があったばかりでなく、かつては「シナや南方で人を射ち殺したり斬り殺したりした」憲兵で、彼が隠し持っているピストルが「ある種の人間たちに対しては、大した威力をもっている」ことを感じていたためであった（二・三四六～三四七）。

徹は父が〝成長の家の聖書〟と呼ぶ大きな本の中身をくり抜いた中に隠されているピストルが、「冷血動物のように」「冬眠をつづけている」ように感じたと作者は書いている。

〝成長の家〟とは谷口雅春によって一九三〇年に創始され、須佐之男命《すさのおのみこと》の「八岐大蛇退治《やまたのおろち》」という『古事記』に記された神話と『ヨハネの黙示録』の「赤い龍」の話を結びつけた形で世界戦争を予言して戦時中の日本に強い政治的な影響力をもった「生長の家」のもじりであろう。教祖の谷口は「殺人は普通悪い」と考えられているが、「戦争に出て敵兵を殲滅するのは善である」と戦争を煽っていた。[*12]

戦後は駅前でマーケットを経営するかたわら警察の防犯協力委員になっていた徹の父・西静六は、土建の仕事の仲介で「アメリカ軍の宿舎の建築」を終えると新しい家を買って、土建業の関係者だけでなく役人やアメリカの軍人を招いて宴会を行ったあとでは、キャバレーやニコニコ殖産の経営にも深く関わるようになっていた。

裁判については「彼ら中学生のあいだでも、何度も議論がかわされた。先生に質問したものもあった」が答えはなく、「徹はその話には加わらなかった。横で、黙って聞いていた。息苦しかった」と描かれ、その後で「父は何のためにあれを成長の家の聖書のなかにかくしているのか」という疑問が記されている。

この日の裁判の後で建物から出て来て次々とトラックによじのぼった被告たちは、「マイクを手にして、彼らが無実であること、証拠がすべて彼らの無実をこそ証明しているということ」を、「死刑か無期か十何年に及ぶ重刑をうけた人たちとは思われぬ、落着いた元気な声で訴えた」。

「言葉」や「事実」が重要な働きを担うべき裁判で「言葉」が重要視されないことに衝撃を受けた徹は図書館で「殺されるかもしれない、あの人たち」と自分のことや戦争のことをぼんやりと思い、「人は何のために生きているのか」を考えたが言葉にはならなかったと記されている（二・三五六〜三五七）。

「聖書」を書いた成長の家の教祖から貰いうけた「人名と住所を書きしるした名簿類」が「父の富の源泉」であると書いた主人公は、ピストルについても「父の力のもとであった。父は、絶対のものを握って、絶対的に生きている物だった。父にとっては、何のために生きているのか、ということは、ない」と続けている。（一・三五九）

この小説はある晩、「持ってくれ、握ってくれ、と呼びかけ囁き」続けられているように感じていた徹がピストルを盗み出し、机の上のノートに「北海道へ行って心を入れかえ、一生懸命にはたらく」と書置きを残して家出をするが、上野駅の不忍池の付近でピストル自殺するという形で終わる。全編が暗い色調で覆われているこの作品では徹の心理描写はほとんどなく、なぜ彼が自殺をするに至ったかの考察もほとんどなされていないが、その謎を解くカギは雑誌「中央公論」に発表されたエッセイ「二つの衝撃」（一九五四）にあると思われる（一五・七六～七八）。

このエッセイが書かれた前年の一九五三年一二月には蒸気機関車が脱線転覆して機関車の乗務員三人が死亡した一九四九年の松川事件の第二審判決が仙台高裁で出たが、それは三人が無罪となったものの一七人が有罪（死刑四人）という厳しい判決だった。

さらにこの判決についての記事を堀田が書いているときに、戦時中はニューギニアで地獄のような体験をしていたが復員後には戯曲の『なよたけ』を発表するなど演劇界で活躍していた「友人の劇作家、加藤道夫自殺との電話が来た。」彼の葬儀に参列した時のことを記した後で、「裁判を扱った偉大な作品」として『ベニスの商人』『赤と黒』『復活』などとともに『罪と罰』を挙げた堀田善衛が、この後で「キリストもまた、裁判については痛烈なことばをのこし、また自ら十字架にかかっている」（一五・七八）と続けていることは、彼が『カラマーゾフの兄弟』を強く意識していたことを物語っているだろう。

## 二　『インドで考えたこと』における近代化の考察——比較文明学的な視点

「恐怖について」（一九五四）と題されたエッセイで日本には「〝のっぴきならぬ〟とか〝つきつめた〟とか、〝ギリギリの〟」などの「文学用語」があり、「私も二十代のはじめ頃、ものを書き出したとき、少し早く書き出していた人たちに、それらの言葉を教わった」と記した堀田は、「これがもう少し甚しくなると、（……）破局に対する理性的な認識や、破局の質を変えたり、そこから脱出するための方法意識などは生じる余地」がなくなることを指摘している（一五・八一〜八二）。

そして、「恐るべきことは、我々の美意識もまた、伝統的にこの陰惨な破局主義をふまえている」と記した堀田は、『若き日の…』で引用されている芥川龍之介の遺書の文章とほとんど同じ個所について考察している川端康成の「末期の眼」という文章に言及し[*13]、日本人の認識の問題についてこう記している[*14]。

「戦時中、戦場に出て殺される、殺すという問題を、最終的に解決してくれたものが、結局はあの「末期の眼」論であったこと、あそこに一切を解決というよりも、人間と歴史に対する責任の念を解消

するという、そういう点に辿りついたことを私は恐怖をもって思い出す。」（一五・八二〜八三）

このような思索は『インドで考えたこと』でもなされており、「これらの思想に、決定的に欠けているものは、一言で言って、責任、人間の責任という体系である。戦争責任者がふたたび首相になるということが日本では見事なほどに可能なのである。そして日本の思想のうち、もっとも陰影豊かでリアリティに富み、民衆に対しても浸透度の深いのは、この「歴史」を形成しない凹型の思想なのである。これといかにして戦うか。どういう方法で……?」（一一・一一三）と記されている。

この記述はなぜ『若き日の…』の中核部分に芥川龍之介の遺書についての不満が記されることになるかを物語っているだろう。[*15] 遺書についての考察は「強い美意識」を持つ一方で「歴史」の意識には乏しい日本の思想の問題点を明らかにするためのものであったといえよう。

一方、一九五六年に発表された堀田の短編『G・D・からの呼出状』では、飛行場の拡張問題で揺れている基地を、元大将や元陸軍中将や大工業の代表者らしい人など紳士諸氏、転向した有名な評論家など現代の「元勲」のような人々からなる「G・D・研究所」から招待され、基地の指令官から拡張の必要性を聞かされた評論家の主人公の不思議な体験と感想が描かれている。

すなわち、すでに自分の名前も記されている勲章のようなものを渡された「おれ」は「基地というものは、それがどこの国のどこにあろうとも、一様に基地」なので、「基地から基地へと移動する限りにおいては」旅券やビザなど面倒なことは一切なく、朝鮮や沖縄、あるいはモロッコまでも連れていかれる可能性があることに気付く（三・三三九）。

さらに、渡された刷り物には驚くほど高額な戦闘機の値段や「一機あたりの生産コストの六％を製作権料とかいうことで米国に支払うこと」が書かれていることに驚き（三・三三九）、その後で基地の司令官や側近の者から飛行場の拡張の必要性や「基地をめぐる産業」の話を説かれて、「それがいかに多種多様な産業と関連して行くにせよ、窮極に志向するものは、軍事であり、戦争であるだろう」と考えたことが描かれている（三・三四六）。

砂川町での基地反対運動に劇作家の木下順二とともに十日間ほど起居をともにした堀田は、雑誌「中央公論」に書いたエッセイ「砂川からブダペストまで――歴史について」（一九五六）で、ソ連軍によるハンガリー動乱の鎮圧についても言及して「歴史を重層的なものとして見る」ことの重要性にもふれつつ、「青兜」と棍棒で「暴行の限りをつくした」警視庁予備隊と素手で対峙した学生たちとを比較して「ニヒリスティックであり、デスペレートであったのは（……）条約や協定、法律、条令、条例などを、ほとんど独占している権力の側である」と記した（一五・一〇四）。

一九五六年から翌年にかけてアジア作家会議に参加するためにインドを訪れた堀田は『インドで考えたこと』で「夏目漱石が和歌山で述べた『現代日本の開化』と題する講演の節々」と比較しながら[*16]、ドストエフスキーの文明観や核兵器保有の問題にも言及している（一一・二九～三〇）。

たとえば、「外壁は赤砂岩でかため、内部は大理石をしきつめた壮大なムガール帝国の王城」レッド・フォートの全景を眺めながら、「遠く北京の紫禁城とモスコウのクレムリン宮殿とを結ぶ強固なアジアの三角形」を連想した堀田は、こう続けている。

「しかも開化や近代化ということだけで仕事が出来ない、水源をどこどこまでも辿って行かなければならないという思考は、逆に近代にかえって来て、ついには、ドストエフスキーが辿った道というのはこういうようなものだったのではないか、というところまで人をみちびく。」(一一・四〇)

そして、「先進国のウゴキばかりに気をとられる心性、これは民族的にももっとも不毛の心性であるだろう」と書いた堀田は、「トインビー式のインナー・プロレタリアート、アウター・プロレタリアート」という用語も紹介しながら、「台頭してくるプロレタリアート」から「ものを学ぶことをしない先進国、あるいは支配階級は、いつか必ず行き詰まるであろう」と指摘している(一一・八七)。

このような根源的な考察は日本の核政策にも及んでおり、「一方で原水爆核兵器を禁止せよ、と世界に訴えながら、他方では、自分だけは将来核兵器をもつための途はあけておきたいという、一部の人たちの考え」は、「アジアの解放を旗じるしにしながら、ちゃっかりアジアを帝国主義的に支配しようという、太平洋戦争の悪ずれ方と歴史的に軌を一にしている」と続けた堀田は、「インドやビルマの人にはこれが理解し切れない」と記している(一一・八八〜八九)。

そして、「デリー近辺のあの半砂漠のような自然と、イスラム系の建築や大規模な墓や宮殿などが、どういうわけか、しばらく遠ざかっていたドストエフスキーの文学をしきりと私に思い出させた」と記した堀田は、ドストエフスキーへの強い関心をこう表現しているのである。

「ドストエフスキー。あの男も、あの男といっても、おれなんぞとはまったくケタ違いだということは承知の上だが、人間が古代から、この広野のような自然のなかで、いったい何をやって来たということになるのか、そのことの、はかり知れぬ意味とつきあわせてみるとき、近代とはそもそも何なんだろうか、という、きっとこういうようなことで、七転八倒していたんだな……」（一一・一〇三）

注目したいのは、堀田善衞が一九五六年の『文学体系講座Ⅰ』に寄稿した「文学とモラル――深く入った眼の必要」という論考で、「普通、モラルということばは、道徳とか道義とかいうふうに訳されているようであるが、文学を相関して行く場合、モラルという一語は、むしろ精神と訳した方がいいと僕は思う」し、フランスのモラリストという用語も「人間精神の研究家とでも訳すよりほかかないだろう」と記していることである。[*17]

この論考でセルバンテスやドストエフスキーなどにも言及して「人間のこの世、この社会でのあり方、精神の働き工合、それら一切のことについての省察の深さが（……）ドン・キホーテ、ムイシュキン公爵という形象を生みえたのだ、ということだ」と指摘した堀田は、「病的なまでに健康で鋭い、何物にもなれてしまわない、垢づかない眼と皮膚をもった人物」であるムイシキンもその「孤独をぶちこわして、他の人びとを、すなわちこの人間の世界を再発見しようとして戦う」と『白痴』の意義に言及している。

このようなムィシキンについての認識は、原爆投下にかかわった人物を主人公とした長編小説『零から数えて』や『審判』にも取り入れられて、ドストエフスキーの長編小説と同じように虚構という手法ときっちりした人物体系により、社会の問題点を浮き彫りにして、新しい価値観や思想を構築しようとする試みにつながっているといえよう。

## 三　小林秀雄と堀田善衞のドストエフスキー観――『考えるヒント』と『零から数えて』

「文藝春秋」一九五九年六月号に掲載されたエッセイ「常識」を皮切りに次々とエッセイを発表した小林秀雄は、井伏鱒二の短編『貸間あり』を論じた八月号のエッセイでは自分の文芸批評の方法を昭和初期から振り返ってこう記している。

「私が文学批評を書き始めた頃、歴史的或は社会的環境から、文学作品を説明し評価しようとする批評が盛んで、私の書くものは、勢い、印象批評、主観批評の部類とされていたが、其後、私は、自分の批評の方法を、一度も修正しようと思った事はない。」[*18]

一九五九年九月号に掲載された「読者」で小林秀雄は、「人間の内部は、外部の物が規制するという考え方が、現代では非常に有力であるから、戦争と文学との関係も、もっぱらそういう展望の下に、見られ、論じられる」が、「戦争は、文学を生む事は出来ないのは無論の事だが、文学を本質的に変化させる力も戦争にはない」と書いた（四九）。エッセイ「漫画」で「のらくろ」を書いた義弟について言及した小林は「大東亜の共存共栄が、当時の政府のかかげた理想であり、「五族協和」は満洲国の憲法であった事は、誰も知るところだ」と記した[*19]（五六）。

満州政策の実行者の一人でA級戦犯の罪に問われていた岸信介が首相として復権し、日米安保条約が延長されるという時期に書かれたこれらのエッセイは堀田善衞に強い衝撃を与えたと思える。堀田が『時間』などの作品で明らかにしたように、「五族協和」の美しいスローガンは偽りであり、傀儡国家・満州国では阿片の売買などの犯罪が公然と行われていたからである。

一方、エッセイ「良心」で小林秀雄は『悪霊』で扇動家として否定的に描かれているピョートルのモデルとなった扇動家ネチャーエフの良心を論じつつ、本居宣長に依拠しながら「良心は、はっきりと命令もしないし、強制もしまい。本居宣長が、見破っていたように、恐らく、良心とは、理智ではなく情なのである」と書いた（七〇～七一）。

そして、ドストエフスキーが『悪霊』において「ネチャアエフという青年革命家をモデルとして、何故、あのような高邁な思想を抱いて、あのような卑劣な残酷な行為が出来たか、という問題を、力を尽くして究めようとした」と記した小林は、「良心」という単語に注意を促しながらこう続けている。

「どうして、これが問題として映るのか。言うまでもなく、人は、其処に、思想と感情との驚くべき懸隔を見るからだ。思想の高邁を是認するものは思想であり、行為の卑劣残酷に堪えないものは感情である。良心は思想を持たぬが、或る感受性を持つ。ネチャアエフ事件は、もし見る人に良心が働かなければ、ネチャアエフ自身における如く、問題とはなり得ない。良心の針は秘められている。」

本居宣長に依拠して「良心」を説明したこの記述は分かり易い。そして、ドストエフスキーが「感情」の働きも重視したことも確かである。しかし、ロシアにおける「良心」の原義は、ギリシャ語から来た「共–知」を意味する「совесть」という単語であり、農奴制や貴族の腐敗を正すように命じるのは「良心」であった。また日本の憲法にも記されているように、裁判官は権威に従わずまた情にも流されずに、「良心」に従って判決を出すことが求められているのである。

それゆえ、一九六〇年の二月号に掲載されたエッセイ「言葉」で再び本居宣長を論じて「昔の人は、言霊の説を信じて居た」（九五）と記した小林の情念的な説明に従うと、ドストエフスキーが『罪と罰』で提起していた「良心」（「共–知」）の深い意味を理解できずに誤解することになる。

一方、「文学界」編集長の岡富久子から「何か桁はずれの作を書いてほしい」と頼まれて構想を練り始めた堀田は、「弱年の頃にいっとき凝ったことのあるシュールレアリスム」の手法で書き、[*20]一九五八年三月号に掲載された短編『背景』を改訂して第一章とした長編小説『零から数えて』を一九五九年一一月から翌年の二月まで「文学界」に連載した。

冒頭から読者は、「二階までぶちぬきの空間」に奇妙な飾りが「チカチカと神経を刺すような光り方」をしながらゆっくりと揺れるように廻り、壁には「インカ帝国の相撲取り」のような巨大な絵が八枚も掛けられ、ハイ・ファイ・ステレオからは「――ジャスト・ウォーキン・イン・ザ・レーン／――雨ノナカヲアルイテイルダケダヨ」というフレーズが何度も繰り返される音楽が流されている奇妙な世界へと引きずり込まれる（五・一七一～一七七）。

この「風天堂」という名前の喫茶店で主人公は女友達を待っていたのだが、この作品ではほとんどの登場人物の名前は最初、〈やすこ〉がＹ子と記されているように、頭文字で記されており、彼らの職業や相互関係も明確には示されていない。主人公の友人・Ｆ（深沢）に連れてこられたデーヴィッドという得体の知れない西洋人だけが名前を明記されている。遅れて到着したＹ子から恩師が自殺したことを伝えられたＦは、「年とってからの、知り合いの自殺は、身にこたえるよ。（……）人が死ぬってことはな、こっちも相当に殺されるということなんだ」と語る（五・一八二）。

このように始まる『零から数えて』からは評論家の佐々木基一が「解説」で書いているように「難解な、というよりむしろ不可解なと言ったほうがいい小説」という印象を受けるが、それは「テレビは急速に普及」するなど、「視聴覚文化が読む文化にとって代る勢を示しはじめた」昭和三〇年代の特徴をも示している。

こうして、この長編小説は主人公の心理や行動を小林秀雄が注目したドストエフスキーの「告白」という手法を活かしつつ、混とんの時代を生きる主人公の自意識を詳しく考察して、核の時代に原爆の投下に初めて関わってしまった主人公の「絶対的な孤独」を描き出している。

「世上に失敗作と呼ばれるものが、一人の文豪の本質を解き明かす上に、この上なく重要な資料になることも稀ではない」とも佐々木基一が記しているが、[*21]あまり知られていないこの作品をじっくりと読み解くことは、堀田のドストエフスキー観を知る上でも重要だろう。長編小説『零から数えて』は原爆を投下するという非人道的な罪を犯しながら、それが罰せられることもない、という宙ぶらりんな状態に置かれた人間の深い苦悩やそのような人物を利用しようとする人物たちの企みを、『白痴』や『悪霊』的な要素を取り込むことによって見事に描いているからである。

## 四　『零から数えて』における『白痴』と『悪霊』的な要素

主人公を「謎」の人物としながら書き進めるという方法に注目するとき、デーヴィッドの形象から強く連想されるのは、スイスで精神の治療を受けていたが莫大な遺産を譲り受けたことで、人々の役に立ちたいと祖国に戻り、初対面の相手にギロチンによる処刑の非人道性を語るなど奇矯な言動で人々を驚かせたムィシキンの描写である。若い彼の出生や病気の原因などは説明されずに謎に包まれたままで小説が進むので、彼は接する人の印象で「キリスト」とも「ペテン師」ともみなされており、多くの登場人物との会話を通じて徐々に明らかにされるという描写方法がとられているのである。『悪霊』の主人公スタヴローギンも同じように謎めいた描かれ方をされている。

注目したいのは、「風天堂」から「投錨地」という名の地下の穴倉式の喫茶店に移動するとデーヴィッドが「水素爆弾《ヘル・ボーム》のおちる前に、わたしは、インセクトになりたい、と思います」と語り出し「……五、四、三、二、一……〇」と英語でカウントをとり始めて、周りの者に奇妙な印象を与えていることである（五・一八七）。

さらに、デーヴィッドが〝A〟と名づけた絵との出会いについて説明している個所では後に伝記

『ゴヤ』を書くことになる作者らしい濃密な描写で、読者を一気にデーヴィッドの内面へと引き込む（五・二二六〜二二七）。

「絵は、抽象というのでしょうか。具体的なものは、なにもあらわれていませんでした。しかし、その絵はわたしに、ほんとによくわかりました。わたしは、胸にこたえてその通りだ、と思ったのでした。」

「……まんなかに、白熱した焔のような白いところが渦巻くようにしてかいてあり、そのまわりに、金色、紅、菫、灰色、藍色などの色が、その色たち自身がまるでもがいているようにして、塗り散らされていて、その更に外側は、琥珀色、つづいて赤味のかった褐色になっていて、そうしてそれらの色のぜんぶが、まるで自分自身の色からまぬがれ出たいというように、みな悶えていて、顔をしかめている、と見えました。（……）

絵は、まんなかの白熱点を中心にして、そこからいろいろな悶え苦しんでいる色が、ちょうど火山の爆発みたいに――四方八方にもがきながら飛び散って行くみたいなので、もしこの絵を殺すとしたら、結局は、この白熱のところを殺すしかないわけでした。そうすれば、あとの色のみんなも死んでしまいますでしょう。」

そう考えたデーヴィッドは「アルファベートのいちばんはじめ」にあるAという文字が「この辛い絵を殺すのにふさわしい」と考えて黒のボールペンで、ラテン文字の〝A〟によく似た黒い筋を引いたために警察に捕らえられていたのだった。『零から数えて』で第一章の節が数字の一からではなく、ラテン文字の〝A〟から始まるのは、〝A〟が原子爆弾を示唆しているからであろう。

他方、偶数の第二章最初の節にはギリシャ文字のアルファベットの最初のα《アルパ》が、第四章の最後の節には最後の文字であるω《オメガ》が付けられているのは、新約聖書の『ヨハネの黙示録』第二二章一三節に神ヤハウエが「我はアルパなり、オメガなり」と宣言したと記されていることを強く意識していると思われる。[*22]

ようやく第三章でデーヴィッドの来日と広島への訪問の理由がこう明かされている。「この国へ着くなり、いきなり彼は汽車にのってこの町へ来たのであった。彼はこの町へ来なければならなかったのだ。どうしても来なければならなかった——従ってこの町で彼は死ぬ筈であった。あるいは、死ぬ筈というほどのものに、それに値するものをくぐりぬけて生きる筈であった。いわば、それは彼にとって、最後の賭であった。」（五・二四〇）

この記述は堀田が『若き日の…』でムィシキン公爵がスイスという「外界」から汽車でロシアに「入って」来たことを強調していた文章を思い起こさせる。そのムィシキンは、自分が二四年間も病気だったことを説明して「どうか病人の言うことだと受け止めてください」と語るとともに、「世間ではぼくは無用な人間」であり、「余計者」でもあると続けていた。[*23]

デーヴィッドも「かつて、飛行機にのっていた頃、彼にも仲間はあった」が、他の仲間は飛行機をおりると普通の生活に戻って行ったが、忘却療法をほどこしてくれた医者たちや聖職者、さらには軍や議会や政府、そして組合の責任者によって、「なにもきみが進んであれをやったわけじゃないだろう」と慰められたが、「彼だけが内的にはあの特定の飛行機からおりることが出来なかった」と語っている。

デーヴィッドの苦しい思いを作者は「除け者」という単語を用いて次のように説明している。「この自分が犯罪者でないとすれば、人は誰も犯罪者ではないであろう。そうして誰も犯罪者でないならば、自分も犯罪者ではないであろう。それがそうならば、なぜ、どうして自分は除け者でなければならぬのか。けれども、自分は天然自然に次第に除け者になって行く自分をしかと確認している。」

ここでは具体的に彼が飛行機で何をしたかが記されないままで話が進んでいくので分かりにくいが、デーヴィッドの形象が次章で見る『ヒロシマわが罪と罰――原爆パイロットの苦悩の手紙』の著者をモデルにしていることに留意するならば、現在の医学用語でいうと、彼がベトナム戦争後の帰還兵にも多く見られた心的外傷後ストレス障害（ＰＴＳＤ）に罹っていたといえるだろう。

『零から数えて』でもデーヴィッドのことを登場人物の〈みどり〉は「デーさんは、キリストだ」と語る一方、風天堂でニジンスキーの伝記を読んでいた「陰鬱な疫病神のような学生」でダンサーの〈はしもと〉が、彼は「兇状持ちの尾行つき」とバラしても、デーヴィッドはそれを否定しなかったと描かれているのである（五・二五〇）。

『白痴』ではムィシキンを付け回すようになったロゴージンに襲われたムィシキンに癲癇の発作が起きると記されているが、『零から数えて』では技師の深沢が「宇宙、三千大世界の時間はな、成劫《じょうこう》、住劫《じゅうこう》、壊劫《えこう》、空劫《くうこう》の四つあるんだ」と語り、自分たちは壊劫《えこう》という「おのがじし業因に従って（……）つぶれて壊れて」いく時間に入ったが、最後の空劫《くうこう》では「時間も壊れてなくなる」と説明する。それに対して「仏教は、ほかのどんな宗教よりも、この宇宙の生滅のことを深く考えていました」と応じたデーヴィッドがテーブルの上に置かれたナイフを素早く握って「沈んだ水銀色の刃」をひらめかす場面が描かれている（五・二五二〜二五四）。

〈いさむ〉が「こどもをあやすようにくりかえしうなずきながらにっこりとわらって、しずかに掌を差し出すと、デーヴィッドも「にやり、と気持ちわるくわらって」からナイフを返した。この出来事の後で「あのデーさんて、やっぱり気違いかしら？」、「誰を刺し殺そうとしたのかしら」と〈やすこ〉に問われた〈いさむ〉は、「わからん」と答え、「道徳的な罪ってやつは、自分で罰するよりほかに、罰の仕様がないみたいなものなんだから」と続けて、自殺の可能性も示唆している。

実際、『悪霊』では「人神論」を考え出して自殺を美化していたキリーロフが、陰謀家のピョートルによって自殺を強いられる場面が描かれているが、そのシーンに対応するかのように『審判』でも、「死にたい奴は死ぬがいいんだよ」とスタンドバー「安心」で演説していた学生でダンサーの〈はしもと〉が〈いさむ〉に、「物凄い金持ち」で女たらしのデーヴィッドには自殺願望があるので彼を殺して、自殺したみたいにして金を取り、その金で「黒の時代」というバレエをやるという計画があると告げている（五・二六〇〜二六一）。

喫茶店「投錨地」に入って来たデーヴィッドも唐突に〈いさむ〉に「あなたは……あなたも……わたしを、阿呆、と思いますか」と低い声で問いかけ、〈いさむ〉が「そうは思いません。みどりさんは、あなたは高貴な魂の持ち主だ、と言いました。わたしもそれを信じます」と答える。しかし、「わたしはわたしを、どうしたら、よいのでしょうか」と尋ねたデーヴィッドは『ヨハネの黙示録』の第三章の一節を引用しながら、「わたしは少しばかりの過去に、ある行為《おこない》をしました、それ以後、わたしは、冷かでも熱くも微湯《ぬる》くも、なくなったのだ」と告白する（五・二六四）。

〈いさむ〉は「悔い改めた者」は許されると書いてあったと慰めるが、「でも、悔い改めることの、不可能なこと、にんげんがいままでしたことのなかったことをしたにんげんは、どうしたら、悔い改めることが、できましょうか」と問いかけたデーヴィッドは、「もしわたしが行為《おこない》をしたと同じ戦争があれば、世界じゅうは滅びます」と語り、広島の川で見た「白い小さな手の骨」のことにも言及しながら、死んで責任もなくなるのは困ると続けた。

武田泰淳は短編『審判』の冒頭で『罪と罰』のエピローグの「悪夢」に記されていた『ヨハネの黙示録』のような光景を「神の裁き」の問題として捉える視点を示していたが、その問題意識を受け継いだ『零から数えて』でも、原爆の投下にかかわった軍人や国家の「罪」の問題も鋭く問われている。

ただ、その問題はこの作品では深められることはなく、後半ではデーヴィッドには「な、デーさん、あんたが頭目になって（……）あんたが代表ということになってやれば、こいつぁもう大反響を起こすぜ」と囁き（五・二六六〜二六七）、彼を『悪霊』のスタヴローギンのように「党首第一候補者」に祭り上げて、「月光党（ムーンライト・パーティ）」という党を組織しようとした〈はしもと〉

の暗躍が描かれている。

「……ジャスト・ウォーキン・イン・ザ・レーン／……雨ノナカヲアルイテイルダケダヨ」と歌っているだけで、〝市民対権力〟というやつが、月光がひたひたと人々の肌に滲み込んでいくように」、「人々の識閾下《サブリミナル》に」滲み込むと説明した〈はしもと〉は、この党を「国際的なものである」と規定し自らを「組織局長」と自称していた（五・二六九）。

このような記述を見て来るとき「月光党」という組織も、国際的な革命組織の末端として「五人組」を作り上げ、密告者を殺すという事件が描かれている『悪霊』のエピソードを踏まえているといえるだろう。

一方、〈やすこ〉がピアノをひくことになった「ミュージカルみたいなもの」の演目名も「ムーンライト・パーティ」と決まり、舞台のムーンライト・パーティと怪しげな「月光党」という名前が人々の間で噂になり始める。こうして、「ＦＩＡＳＣＯ《大さわぎ》」と名づけられた節では、好奇心で引き寄せられ「実況放送に来ているＴＶカメラも動きがとれぬほどの盛況」のうちにショウが始まり、舞台の中央にある「天井から宙づりになった巨大なまるいもの」がゆっくりと回り出す。

さらに、舞台に「爆発によって襤褸《ぼろ》になった宇宙を表象したものかもしれない」アルミ製のモビールが青い光を浴びて揺れながら垂れ下がってくると、墓がいたるところに置いてある舞台の中央にデーヴィッドが進み出て、「月光党は、月光の下に、死んだ人たちを招待しなければ、なりません。この世界は死んだ人たちに、支えられているんですから」と語り出した。

そして彼の合図で「エロ・テープ」の喘ぎ声が大音声で流れ、墓の中から白衣の子供たちが飛び出してきて踊りはじめ、「銅像」が台座からとびおりてデーヴィッドを捕らえようとつかみかかるなど混とんとするなかで劇は終わる。

エピローグでは再び頭文字で記された登場人物たちの会話をとおして、デーヴィッドが「スパイ機関」か、あるいは「気違い病院の人」たちに連行されたことが記されている（五・三〇一～三〇五）。

## 五　「ヒットラーと悪魔」と堀田善衞の『本居宣長』観

エッセイ「良心」で『悪霊』で扇動家として描かれているピョートルのモデルとなったネチャーエフの良心を論じた小林は、それから半年後の五月に書いた「ヒットラーと悪魔」というエッセイで、ヒトラーの『我が闘争』から強い印象を受けて「早速短評を書いた事がある。今でも、その時言いたかった言葉は覚えている」と書き、日独伊三国同盟が締結される直前の一九四〇年九月一二日に掲載された短評をこう要約している。

「この驚くべき独断の書からよく感じられるものは一種の邪悪の天才だ。ナチズムとは組織や制度ではない。むしろ燃え上る欲望だ。その中核はヒットラーという人物の憎悪にある」（一一〇）。

問題なのは、書評で記されていた「天才」という単語の前にこのエッセイでは「一種の邪悪な」を追加した小林が、ヒトラーの方法についてふれた下記の記述を削除していたことだ。

「彼は、彼のいわゆる主観的に考える能力のどん底まで行く。そしてそこに、具体的な問題に関しては決して誤たぬ本能とも言うべき直覚をしっかり摑んでいる。彼の感傷性の全くない政治の技術はみなそこから発している様に思われる。」（傍点は引用者）。

ヒトラーの「主観的に考える能力」や「決して誤たぬ本能」に対する高い評価がさりげなく削除されている小林のこのエッセイを読んだ堀田は寺田透が記したような強い違和感を受けただろう事は容易に理解できる。

しかも一九三七年に書いた『悪霊』論で「スタヴロオギンの告白」を論じていた小林は、このエッセイでもスタヴローギンについて言及しながら次のように論じていた。

「ヒットラーは十三階段を登らずに、自殺した。もし彼が縊死したとすれば、スタフロ《（ママ）》ーギンのように、慎重に縄に石鹸を塗ったに違いない。その時の彼の顔は、やはりスタフロ《（ママ）》ーギンのように、凡そ何物も現わしてはいない仮面に似た顔であったと私は信ずる。」（一一九）

一九六一年に日本会議などで代表委員を務めることになる国粋派の論客・小田村寅二郎からの依頼に応えて国民文化研究会で「現代思想について」と題した講演を行った小林は、その後の学生との対話で本居宣長やベルクソンにも言及しながら、ラスコーリニコフのように「殺すこと」を正当化している。[*24]

「凡人が、自分は死んでもこのほうが正しいと思うと、人を殺すね。僕はそういうことを考えたこともある。正しくないやつを殺さなきゃならんでしょう。」

これらの小林秀雄の言動が、『零から数えて』がまだ「文学界」に連載されていた一九六〇年一月から、堀田がほぼ同じテーマによる長編小説『審判』の連載を雑誌「世界」ではじめた契機になっていると思える。

なぜならば、次章で詳しく考察する『審判』では原爆投下やナチズムや日中戦争時における戦争犯罪の問題も正面から取り上げられているばかりでなく、安保反対のデモに対する警官の暴力的な対応について詳しく記されているからである。

さらに、故人の追憶を記した「この十年（続々々）」（一九八八）で、「批評」の「同人会は、いつも騒然たるケンカ論争で、実に大変なものであったが、私は最年少の同人として、ケンカにも論争にも参加しなかった」と書いた堀田は、再びここでも「従って、私は小林氏から、／「堀田君、君は大人しい人だね」／という言葉を、前後三回くらいはかけられたものであった」と記している。[*25]

しかも、小林秀雄の『本居宣長』が一九七七年に出版された後で、宣長の原文と対照しながらこれを読んだ堀田は、「あなたの宣長さんを読みました。引用されている宣長の文章には、悉く感服しましたが、それにつけてあるあなたのコメントは、よくわかりませんでした。妙な神秘化はいけませんよ」と厳しく小林を批判していた。

一九四〇年には津田左右吉博士の『古事記及び日本書紀の研究』ほか三冊が発禁とされ、翌年から「皇室の尊厳を冒瀆する」という罪名で傍聴禁止の状態で公判となり、同書は有罪とされ、禁固三か月（執行猶予）の刑が言い渡されていた。[*26] そのことを考慮するならば、江戸時代に『古事記』

の解釈をとおして「漢意《からごころ》」を批判する一方で自国を「神聖化」した本居宣長を賛美することの危険性を指摘していたと思える。[*27]

国民文化研究会での講演を小林秀雄は一九七八年まで五回行ったが、一九七〇年の第三回講義の後では「僕たちは宿命として、日本人に生まれてきたのです。（……）日本人は日本人の伝統というものの中に入って物を考え、行いをしないと、本当のことはできやしない、と宣長さんは考えた」と、戦前と同じように「宿命」を強調しながら学生に語っていたのである。[*28]

堀田の批判にしばらく沈黙した後で「君はひどいことを言うね。引用も芸のうちだと言うのかね」と小林から反駁されたと「この十年（続々々）」に記した堀田は、「私にも宣長と平田篤胤を比べ考えて、日本における理性と狂気についての考察を構想していた時期があった。／最後に、とうとうこの〝大人しい人〟は、小林氏の不興を買ったらしかった」と続けている。

小林秀雄が激しく反駁したのは、戦時中からドストエフスキー文学に傾倒していた堀田の発言が自分の本居宣長論だけではなく、ドストエフスキー論の方法をも鋭く批判していることを感じ取ったためであると思える。実際、「宣長」の代わりに「ドストエフスキー」を入れるだけで、小林秀雄のドストエフスキー論に対する痛烈な批判になるだろう。

すでに堀田は、『若き日の…』で汐留君の口をとおして「いまどきの論文書きどもは、国学とナチズムの習合なんかをやってんだから話にもなんにもなりゃせんよ」（下・三二六）と厳しく批判していたのである。

おわりに　映画『ゴジラ』から映画『モスラ』へ

映画『ゴジラ』を一九五一年に公開した本多猪四郎監督は、二・二六事件を引き起こした陸軍第一師団第一連隊五中隊に所属していたために、満州に派兵されたのをはじめとして三度も懲罰的な徴兵をされ、一九四六年にようやく中国から復員した際に被爆地・広島の惨状を見ていた。[29]

それゆえ、「水素爆弾の実験によって南太平洋の海底に眠っていた古代の怪獣」が目ざめるという筋の怪獣映画『ゴジラ』を製作した際に本多監督はこう語っていた。「第一代のゴジラが出たっていうのは、非常にあの当時の社会情勢なり何なりが、あれ（ゴジラ）が生まれるべくして生まれる情勢だった訳ですね。（……）ものすごく兇暴で何を持っていってもだめだというものが出てきたらいったいどうなるんだろうという、その恐怖[30]」。

一方、中米美術展覧会で麻薬業者を見張っていた短編『「ねんげん」のこと』の主人公は、「死と大地の神」と題された「石の奇怪な化物」を見た際には「キング・コングやゴジラ」を連想していた（三・三〇一）。

本多猪四郎監督の映画『モスラ』の原作として『発光妖精とモスラ』を、最初の「草原に小美人の美しい歌声」の部分を中村真一郎が、真ん中の「四人の小妖精見世物となる」を福永武彦が、そして最後の「モスラついに東京湾に入る」を堀田善衛が担当して書き下ろしたのは一九六一年のことであった。
物語は台風により座礁沈没した貨物船・第二玄洋丸の乗組員が、ロシリカ国の水爆実験場である絶海の無人島であるインファント島に漂着して救助されたことから始まる（ロシリカ国という国名は、ロシアとアメリカの国名から作られたアナグラム）。
『零から数えて』では「太平洋とシベリアで水素爆弾の実験があった」という新聞記事も紹介されていたが（五・二五一）、原水爆実験場となった島という設定はその後の経過をみるとき、きわめて示唆的である。ビキニ環礁で行われたアメリカの水爆「ブラボー」の実験では、南東方向へ五二五キロ離れたアイルック環礁に暮らしていた住民も被爆した。この映画の公開後には「ソ連によって北極のノヴァヤゼムリャ上空で五〇メガトンの史上最大の水爆実験」が、「一九六六年には仏領ポリネシアのムルロア環礁で核実験」が行われた。[*31]
ロシリカ国のネルソン氏によってインファント島から拉致された四人の発光妖精は、東京で高い入場料を取って行う興行のために歌わされていた。彼女たちを救うために原住民たちが夜毎に繰り返した祈りと舞踏によって「永遠の卵」から蘇った巨蛾モスラの幼虫は東京を襲い国会議事堂の上でまゆを作って、ロシリカ国から軍事供与された熱線放射機で焼き尽くされたかに見えた。しかし、黒焦げになった繭を破って羽化した姿を現したモスラは、ネルソンが新たな興行を行っていたロシリカ国に現れて、ニュー・ワゴン・シティにも大きな損害を与えたのである。[*32]
彼らが『発光妖精とモスラ』に託したテーマについては小野俊太郎が『モスラの精神史』で、「『発光妖精とモスラ』には、中村たち三人の当時の政治状況への思いがこもっていた。中条という言語学者を中心におきながら、それを照らしだす福田という新聞記者をおき、物語の軸となる人物を中条から福田へと交代することで、アカデミズムとかジャーナリズムが、敵対したり分離したりするのではなく、共同して真実を暴く可能性をしめした」と書いている。[*33]

こうしてこの映画は「核実験」や大量殺りく兵器を発明することで、「敵」に勝とうとしてきた近代文明の非人道性とその危険性を鋭く浮き彫りにしていたのである。

# 第四章　核の時代の倫理と文学——ドストエフスキーで『審判』を読み解く

「現代のあらゆるものは、萌芽としてドストエーフスキイにある。
たとえば、原子爆弾は現代の大審問官であるかもしれない。」
（堀田善衞「アンケートへの回答」）[*1]

## はじめに　核の時代と「大審問官」のテーマ

広島上空で僚機エノラ・ゲイ号に向けて「準備OK、投下！」の暗号命令を送った天候観測機の機長クロード・イーザリーについての論考が「原爆にのろわれた人たち」という題で一九五九年八月二日の読売新聞の朝刊に掲載されたのに続き、八月四日には「ヒロシマの傷跡」という題でイーザリーと哲学者アンデルスの往復書簡の一部が朝日新聞の朝刊に掲載された。「朝日ジャーナル」に一九六一年一〇月一五日号から一二月三一日号まで訳が掲載された後では、世界が核戦争による破滅に瀕したキューバ危機が起こる二ヵ月前の一九六二年八月にその邦訳『ヒロシマわが罪と罰——原爆パイロットの苦悩の手紙』が公刊された。[*2]

そこにはアンデルスが「日本のある作家が広島のことを小説に書こうとしているから君や君の生

活についてのデータを教えてもらいたい」と頼んできたが、「僕はその頼みを断った」と書いている手紙も掲載されている（一一〇）。イーザリーに関するマスコミ報道を詳しく紹介した研究者の水溜真由美は、その作家は出されなかった返信の下書きに「私はあなたとイサリイ（ママ）氏との問の往復書簡（複数）を読ませて頂きたいとの希望を捨てることが出来ません」と書いていた堀田善衞のことであろうと推定している。[*3]

これらの手紙からは作家的な想像力だけに頼るのではなく、事実を踏まえて小説を書き上げたいという堀田の強い思いが伝わってくる。実際、堀田は八月には「無思想性という〝客〟」という題名の書評「原爆投下の記録『高地なし』を読む」で、無機質な文体で書かれた原爆投下の瞬間の次のような「無機質」な描写を引用している。

「八時一五分一七秒、エノラ・ゲイ号の爆弾倉のドアーは、爆撃用計器にあらかじめ教え込まれていた信号により、自動的にひらいた。（……）爆弾が落下すると同時に信号音は止み、リトル・ボーイは横倒しに泳ぎ、すぐに姿勢を正して地を目ざした。エノラ・ゲイ号は不意に揺れた。千ポンドの重量を突然失ったのだ。リトル・ボーイは機を離れて後、四三秒で爆発するように計算されていた。」（一六・九〇）

その後で長崎に原爆を落とした機長やエノラ・ゲイ号の副操縦士が、原爆の投下を正当化しつつも講演での収入を広島の孤児院へ送ったり、「原爆乙女たちの医療費募集」を訴えたことなどを伝えたあとで、イーザリー少佐が「罪悪感のために神経症となり、テキサス州ワコ市の復員軍人病院に幽閉」されたことも伝えている。テニアン島にいた部隊付きの牧師ドゥニイやトルーマン前大統領の言葉も記した堀田は、それを長編小説『審判』にも取り入れている。

この書評の題名「無思想性という〝客〟」は、哲学者ハイデッガーの言葉から取られており、堀田はここで「原水爆禁止は、既に叫びではなくて、確固とした思想に結実していなければならぬ。人々のなつかしい日常生活に着実な根をおろしたその思想のみが、無思想という無気味な現代の客を積極的に克服する」と説いているのである。

その意味で長編小説『審判』はドストエフスキーの長編小説と同じように虚構という手法で人物体系を構成することにより社会の問題点を浮き彫りにして、新しい価値観や思想を構築しようとする試みであるといえよう。本章ではまずこの作品にも強い知的刺激を与えた『ヒロシマわが罪と罰――原爆パイロットの苦悩の手紙』とこの時代との関りを考察する。その後で「逆キリスト」という表現や「大審問官」[*4]のテーマに注目することで、堀田が原爆パイロットが交わした往復書簡を踏まえつつ、長編小説で何を描いたのかに迫る。

## 一 『審判』とその時代――『ヒロシマわが罪と罰』と安保条約改定

アインシュタインとともに一九五五年に「ラッセル・アインシュタイン宣言」を出したラッセル卿は、この往復書簡の「まえがき」で「イーザリーの事件は、単に一個人に対するおそるべき、しかもいつ終わるとも知れぬ不正をものがたっているばかりでなく、われわれの時代の、自殺にもひとしい狂気をも性格づけている。（……）彼は結局、良心を失った大量殺戮の行動に比較的責任の薄い立場で参加しながら、そのことを懺悔したために罰せられるところとなった」と書いている（一一）。

ここでも主人公の「良心の呵責」の問題が指摘されているので、“Off limits für das Gewissen”（「良心の立ち入り禁止」）というドイツ語の原題と『ヒロシマわが罪と罰』という邦訳の違いに違和感を持つ読者もいると思われる。しかし、日本では『罪と罰』における「良心」の問題はあまり取り上げられていないが、主人公がたまたま聞いた会話で大学生が発した「問題はわれわれがそれら（引用者注＝義務や良心）をどう理解するかだ」と根源的な問いは小説の終わりまで読者の強い関心を引きつけて、ラスコーリニコフが発言した「良心に照らして流血を認める」ということが可能か否かが詳しく検証されている。[*5] そのことを想起するならば、『ヒロシマわが罪と罰』という邦訳は理にかなっていたといえるだろう。

しかも、『罪と罰』の「司法取調官」[*6]ポルフィーリイは、「あの婆さんを殺しただけですんで、まだよかったですよ。もし別の理論を考えついておられたら、幾億倍も醜悪なことをしておられたかもしれないんだし」とラスコーリニコフの理論を批判していた。[*7]

「幾億倍」という比喩は大げさのようにも見えるが、現代における核戦争は、地球を破滅させるほどの威力を持っており、酷寒のシベリアに流刑となったラスコーリニコフがエピローグで見る「人類がほとんど絶滅する」という『ヨハネの黙示録』の影響が見られる悪夢は彼の「非凡人の理論」の行きつく先を示していたといえよう。

一方、アメリカの大統領にナチス・ドイツが核兵器の開発をしていることを示唆した自分の手紙が核兵器の開発と日本への投下につながったことを知った物理学者のアインシュタインは、その後、核兵器廃絶と戦争廃止のための努力を続け、その言動についてはイーザリーも一九六〇年八月一〇日の手紙で指摘している（一七六）。

本書の視点から注目したいのは、そのアインシュタインがドストエフスキーについて、「彼はどんな思想家よりも多くのものを、すなわちガウスよりも多くのものを私に与えてくれる」と述べていたことである。[*8]

第五節で考察するように『カラマーゾフの兄弟』では、自分の言葉がスメルジャコフに「父親殺し」を「教唆」していたことに気づいたイワンが、深い「良心の呵責」に襲われたと描かれている。殺人を実行したわけではなく、言葉や思想による「使嗾《しそう》」だけにもかかわらず「良心の呵責」に苦しんだイワンの心理は、広島や長崎に原爆が投下されたことを知った後のアインシュタインや、命令に従って「単に〝準備完了、投下〟の信号を送った」だけのイーザリーの苦悩にも重なる。

退役した後で夜毎に悪夢でうなされるようになり、日本への手紙で罪を詫びて送金もしていたイーザリーは、アメリカが「水爆を製造するであろう」という声明をトルーマンが行なった一九五〇年に「睡眠剤をのんで自殺しよう」としていた（二七四）。一九五三年に彼は「ごく少額の小切手の改竄」をやって逮捕され、出獄後にも強盗に入るが何も盗らないという奇妙な犯罪で再び裁かれて、精神を病んだ傷痍軍人として扱われた。

その行為についてイーザリーは後にアンデルスに「世間が僕について作りあげた〝英雄像〟を」ぶちこわすためだったと説明しており（九八）、法的な援助を求めたアメリカ自由人権協会への手紙では「監獄にいるあいだ」は、「罰を受けることによって私は、罪の意識から解放」されたとも書いている（一七二）。

哲学者のアンデルスは精神病院に収容されているイーザリーに宛てた一九五九年六月三日付けの最初の手紙で、「あなたは、今日の時代のこの新しい犯罪体系の、からくりの中に実際にまき込まれてしまった最初の一人なのです」と記し、「原爆で傷ついた人びとのうめき声が毎日毎日あなたの鼓膜にひびいてくる」のは、「あなたの良心がまだ生き生きとしていることの証拠」だと説明した。

本書の視点から興味深いのは、イーザリーに送った「原子力時代の道徳綱領」でアンデルスが「いまやわれわれ全部、つまり〝人類〟全体が、死の脅威に直面して」おり、「黙示録を可能ならしめる力は、いまやわれわれのうちにある」が、そのことをほとんどの人が理解していないと指摘し、「大量殺人ということが今日ではすでにわれわれの想像力と感覚能力をはるかに超越した領域に属する行為となって」いることに警告を発していることである（五五〜五六）。

そして、核の時代には「もはや〝実験〟ということは成り立たない」と主張し、第五福竜丸の船員たちに言及もしながら、「未来の世代の健康がすでにおかされはじめている」と書いて、核実験という手段をも厳しく断罪している（六七）。こうして始まった文通により勇気を得て、イーザリーは東京新聞からのアンケートの依頼に応じて「原爆投下は誤りだった」とする回答を送って掲載されている（一六六）。

しかし、さらに新たな活動を始めるために「法的な手続きによって退院しよう」としたイーザリーは、彼の弟が「病院にひきわたした」だけでなく金を押さえ、空軍も彼のことを「病院にとどめておくための申請をした」ために退院がかなわず、病院から抜けだして捕らえられ、「狂人や狂暴な患者のために特別につくられた病棟に入れられた」のである。この報告を受けたアンデルスは「君をおしこんだ連中は、君が狂人でないため、どうしても君を狂人に仕立てなければ収拾がつかなくなってしまったにちがいない」と書いている（二二六）。

このことはロシア独自の「正教・専制・国民性」の「三位一体」の体制を厳しく批判したプーシキンの友人チャアダーエフがニコライ一世によって〈狂人〉の烙印を押されて医者に通うことを命じられ、発行者も流刑にされていたことをも思い起こさせる。*9 医者であった父親・ミハイルの同僚が「治療」にあたったためにこの出来事を知る機会のあったドストエフスキーは『白痴』で、ムィシキンの財産を狙ったレーベジェフによってムィシキンを狂人として「禁治産者」と宣告されるようなさまざまな陰謀がめぐらされるというエピソードも導入していた。

ただ、イーザリーの場合このような厳しい処置がとられた理由の一端には日本の厳しい政治状況があると思える。なぜならば、首相として復権し一九五七年には国会で「「自衛」のためなら核兵器を否定し得ない」と述べた岸信介首相について、アンデルスは一九六〇年七月三一日付けの手紙で次のように厳しく批判していた。
「つまるところ、岸という人は、真珠湾攻撃にはじまったあの侵略的な、領土拡張のための戦争において、日本政府の有力なメンバーの一人だったということ、そして、当時日本が占領していた地域の掠奪を組織し指導したのも彼であったということが、すっかり忘れられてしまっているようだ。」(一五六)
これに対してイーザリーも八月三日の返事で日米安全保障条約の改定にも言及しながら「アメリカが岸を支持するのは、彼がサインをした条約のため」と記していた(一六一)。原爆投下の倫理性を鋭く問い質していた『ヒロシマわが罪と罰』の内容は、日本の政治状況ともきわめて深く関わっていたのである。
この往復書簡と『審判』との比較を行った評論家の平野謙は全集の解説で、「審判などというものはありえないのだ(……)ありうるのは実は罪と罰だけなのだ、そのあいだにはさまっている審判というものは、要するに仮構なのだ」という登場人物・高木恭助の判断を紹介することにより、堀田はこの長編小説で主人公のポールが陥った「絶望ニヒリズム」を描いたとした。[*10]
一方、『審判』を「家庭を戦場にした終末論的なピカレスク小説である」とした作家で評論家の小中陽太郎は、この長編小説が「限定核戦略を鳴り物入りで展開」するレーガン大統領の出現によりオドオドするようになった一九八三年現在の「日本を確実に予知している」と記している。[*11]

原爆パイロットをモデルにしたポール・リボートと分隊長志村の残虐行為に立ち会ったために精神がおかしくなった恭助の二人が、キリストについても「キリストは一人か」の章で議論していることを紹介した小中は、ドストエフスキーからの影響も指摘し、平野謙の解釈を紹介しつつそれを不十分だとして、ポールを迫って広島に行った恭助が「虚無、それが裁きなのだ」、「この町〈引用者注＝広島〉自体が、ポイント・オブ・ノーリターンの頂点なのだ。つまりはこの町は審問官だ、ということであろう」といった言葉に堀田の結論を認めている。[*12]

さらに、出教授とその家族の構成と個々の人物の性質についても詳しく記した後で、次男の吉備彦が大学から盗み出したケールレルの胸像の中が空洞なのは「大学という権威の空洞化を示す」とも記しているばかりでなく、学友の河北華子やその父の河北画伯の意味についてもふれている。[*13]

これらの考察を紹介しつつ、「テキストの特定の箇所、あるいは物語の結末を特権化して、そこから作品全体の「結論」を導き出している点に違和感を覚える」と批判した研究者の水溜真由美は、『審判』では「多くの個性豊かな人物」がカーニヴァル的な状況で「出会い、関係し、対話」を繰り広げていることに注意を促して、「ドスエフスキー文学のポリフォニックなスタイルは、戦争の罪と裁きというテーマにアプローチするうえで有効な方法であったと思われる」と記している。[*14]

この指摘は『審判』という作品を考察する上ではきわめて重要である。主要な登場人物たちの関係や思想をドストエフスキー作品の人物や彼らの思想と比較することによりこの長編小説をより深く理解できると思える。

郵便はがき

232-0063

郵送の場合
は切手を貼
って下さい。

横浜市南区中里1—9—31—3B

群像社　読者係　行

＊お買い上げいただき誠にありがとうございます。今後の出版の参考にさせていただきますので、裏面の読者カードにご記入のうえ小社宛お送り下さい。同じ内容をメールで送っていただいてもかまいません（info@gunzosha.com）。お送りいただいた方にはロシア文化通信「群」の見本紙をお送りします。またご希望の本を購入申込書にご記入していただければ小社より直接お送りいたします。代金と送料（一冊240円から最大660円）は商品到着後に同封の振替用紙で郵便局からお振り込み下さい。

ホームページでも刊行案内を掲載しています。

http://gunzosha.com

購入の申込みも簡単にできますのでご利用ください。

# 群像社　読者カード

●本書の書名（ロシア文化通信「群」の場合は号数）

●本書を何で（どこで）お知りになりましたか。
1 書店　2 新聞の読書欄　3 雑誌の読書欄　4 インターネット
5 人にすすめられて　6 小社の広告・ホームページ　7 その他
●この本（号）についてのご感想、今後のご希望（小社への連絡事項）

小社の通信、ホームページ等でご紹介させていただく場合がありますのでいずれかに○をつけてください。（掲載時には匿名に する・しない）

お名前《ふりがな》

ご住所
（郵便番号）

電話番号
（Eメール）

## 購入申込書

| 書　名 | 部数 |
| --- | --- |
| | |
| | |
| | |

## 二　『罪と罰』と『白痴』、『悪霊』の主人公の苦悩と『審判』のポール・リボート

四部から成る『審判』の第一部第一章は「一つの物語の終りから」と名づけられている。

注目したいのは、ラスコーリニコフが物語の最後で悪夢を見た後、自分の理論の危険性を自覚して「復活」することがこう示唆されていることである。「ここにはすでに新しい物語がはじまっている。それは、ひとりの人間が徐々に更生していく物語（……）それは、新しい物語のテーマとなりうるものだろう。しかし、いまのわれわれの物語は、これで終わった。」

この記述に注目するならば、堀田は『罪と罰』の終わりの文章を強く意識しながらこの小説の構想を練っていたと思われる。精神病院に収容されて治療を受け回復した後で、アメリカ軍の基地のある雪と氷の極寒のグリーンランドに行く飛行機を操縦していた主人公の一人ポール・リボートが寒地研究者・出《いで》教授と知り合ったグリーンランドも「ひとりの人間が徐々に更生していく物語」の出発点となるはずだった。

しかし、「対ソ作戦用の、主としてシベリアを目指した寒冷地研究」で有名な出教授とそこで知り合い被爆地の日本に行くことに「ほとんど全部が賭けられ」ていたポールは、教授の洋館に寄寓したことで安全保障条約が調印される前年の一九五九年の騒然とした日本の政治・社会状況に巻き込まれることになる。

堀田善衞は戦時中に書いた卒業論文でロシアのキリストとして構想され、精神を病んでスイスで治療を受けて病状がかなり回復するとロシアに戻ってギロチンの残酷さを語り、「殺すなかれ」と死刑の廃止を説いた『白痴』のムィシキン公爵の人物像に深い関心を持って詩人ランボオと比較していた。

『白痴』や『悪霊』では最初のうちは主人公の性質が明確に描かれていないように、『審判』でも最初のうちはポールが何者であるかは描かれず、日本へ行く氷川丸の船室で、「おれは一本の樹で「根を大地におろして生きるためのものを吸い上げていた」はずだったが、「ある日の、おれの足の下での光りと爆発によって、根からくつがえされ、逆に根を天にさし上げ」るようになったと感じたポールの思いが記されている（六・九）。

南京虐殺の問題を中国人の知識人の視点から描いた『時間』の終わり近くでは、日本兵に強姦されて三度の自殺を図っていた主人公の従妹・楊嬢が「樹木ってね、とても智慧がある」と語り、「樹木はね、どんなひどい目に遭っても、その場で一生懸命待っているのよ、一生懸命根を働かして」と続けていた（二五八）。そのことを思い起こすならば、原爆の投下とその後の出来事によって価値観を根底から覆されたポールの絶望の深さが感じられる

このような重たい虚無感は、頭脳明晰だが「放蕩、決闘、流刑、アイスランドからエジプトに到る遍歴」をしたあげくロシアに帰国し、犯罪にも手を染めたスタヴローギンの虚無感にも通じるだろう。小林秀雄は一九三七年に書いた「『悪霊』について」でスタヴローギンの次のような善悪観

を紹介している。

「自分は善悪の区別を知りもしなければ、感じもしない。いや、自分がそういう感覚を失ったばかりでなく、もともと善悪の区別などというものは偏見だけだ。（そう考えると気持ちがよかった）自分はあらゆる偏見から自由になる事ができるが、そういう自由が得られた時は、自分の破滅の時だ。これは生まれて始めて定義の形で意識したのも、しかも取巻連と、莫迦話をして大笑いしている中に、ふと浮かんで来た意識なのである。[*15]」

その後で小林は、スタヴローギンの気まぐれによって誘惑された少女が「自責の念から発病し、自殺する」が、その日「スタヴロオギンは彼女一人きりの宿に赴き自殺までの顚末を細かに観察」したとし二頁以上にわたって引用した後で、数年後に見た夢と少女の姿を見た時の衝撃を詳しく記して文章を中断していた。この記述はアンデルスと出会って心の平安を得る前の『ヒロシマわが罪と罰』のイーザリーが夜毎に自分の犯した罪にうなされていた時の苦悩とも重なっているように思えるので、少し長くなるがその個所を引用しておきたい。

「僕が眼の前に見たものは（……）痩せて熱病やみのような目つきをしたマトリョオシャ、いつか僕の部屋の閾の上に立って、顚をしゃくりながら、小っぽけな拳を振り上げたのと、そっくりそのままの彼女であった。僕はかつてこれほどに痛ましい体験を覚えた事がない。（……）これが良心の呵責とか後悔の情とか呼ばれているものなのだろうか。僕には分からない。今でさえ何とも言えないに相違ない。しかし、僕にはただこの姿だけが堪らないのである。つまり、閾の上に立って、威嚇するように、小さな拳を振り上げている姿、ただこの姿、ただこの瞬間、ただこの顎をしゃくる身振り、これがどうしても堪らないのだ……」

長編小説『零から数えて』ではポールが抱えたこのような深い虚無観を類推できるような人物は描かれていなかったが、第四節で見るように『審判』の「創作ノート」からはこの長編小説の人物体系を『白痴』の人物体系に学んで書き上げた堀田が、暗い戦争犯罪に関わった人物を設定することで、原爆の投下に強い「良心の呵責」を覚えていたポールが抱えた虚無と絶望をも描き得ていることがわかる。その人物が中国戦線で上官の命令により老婆の虐殺に関わってしまった出教授の妻の弟・高木恭助であり、彼の「告白」は親身になって見舞に来てくれていた姪の唐見子にあてて書かれていた（六・六二）。しかも、読んだ後に捨てて欲しいと頼まれたその手記を彼女が捨てなかったために、後にポールにも読まれることになる（六・三七五〜三七九）。

二十万もの人間を一瞬で殺戮する原爆の投下に初めて関わってしまったポールの内面の描写は少ないが、そのような彼の暗い過去に迫る人物としてまず描かれているのが、「あなたは、いつもいつもただひとりで海を見詰めています」と話しかけてきた「いつも黒っぽいものをまとっている」氷川丸の一等船客の女性である（六・九八）。

この女性は後に出唐見子が「通訳兼秘書として会社から出向」を命じられている「玩具及び運動具の大手筋バイヤー」アレック・モートン氏の夫人であることが判明するのだが、彼が戦争に参加していたことを知った夫人から「北極の海のお話をして下さい」と頼まれたポールは、「おそろしいほどに透明な」海と海氷について語ったあとでまだ戦争に何の疑いも持っていなかった一九四五年の夏の南太平洋の海を思い出した。

その時にポールはテニアン島の基地で従軍牧師の大尉から「主よ、主を愛する者の祈りを聞き給え（……）命ぜられし地へ飛ぶかれらを守り給わんことを。／われらとともにかれらも、主が強さと力とを知り、主が力に鎧われて、速やかに戦いを終らしめんことを」という祝福の言葉を与えられた後で、原爆を投下するために広島に飛び立っていた。

彼らは全員無事に帰還したのだが、ポールは戦いが終わって二年半ほどしてから「第五〇九航空部隊の多くの人間のなかで、ただ彼一人が選ばれて主の力にもたちまさるかと思われる重い疑い」に襲われるようになったのである（六・一〇〇）。

一方、航海最後の夜にバーで「あなたは人を殺したことがありますか?」とポールに尋ねたモートン夫人はニューヨークでは殺人事件を起こして訴訟沙汰になっており、唐見子が横浜で彼女を出迎えに来ていたために下船後も夫人とポールとの関係は続くことになる。

『白痴』では初対面の相手にも死刑の廃止を訴えるような少し非常識な若者ムィシキン公爵が、遠縁にあたるエリザヴェータと結婚したことで上流階級の貴族たちとのコネを得て出世していたエパンチン将軍の家を訪れたことが大きな出来事の発端となっていた。

『審判』の出教授も「この家へあのポール・リボートのような、まったく異様な過去をもち、おまけに、精神病院に何度も何度も入ったことのあるアメリカ人などが来たら、いったいどういうことになるか」と心配していたが、実際、ポールが滞在したことで出教授とその家族は激しい出来事の渦に巻き込まれることになる。

## 三　『審判』における家の構造と世代間の対立

第一部では日本に到着するまでのポールの行動と並行して、彼を受け入れることになる出教授の家族関係も屋敷の構造の詳しい描写を通して記されており、『白痴』が公爵の身分の人物から詐欺師のような人物まで身分的にも重層的で複雑な人物体系を有しているように、『審判』でも女官長や外務大臣から貧しい漁師までさまざまな階層や職業の登場人物をとおして、当時の日本の政治・社会状況が描かれている。

注目したいのは、文筆の才能があり「新聞や週刊誌にものを書くこと」もあり、「近頃では、もうシベリア出兵から太平洋戦争にいたる日本の戦争を、一貫した反ソ反共戦争として肯定し認めたい」という心境になっていた出教授の考えがこう記されていることである。

「戦争の最高責任者の一人であった人間が再び総理大臣になって、しかも国民の大多数の支持を得、相手のアメリカでさえも歓迎をされているという現実をどう始末したらいいのか」と詰問するような原稿を、「思い切って一つ週刊誌のコラムに書いてやろう」と考えていた（六・四六）。

出教授の年齢が五九歳と記されているので、小林秀雄よりも二歳年上の同世代の人物と設定されていることになるが、小林秀雄は『悪霊』論でツルゲーネフの『父と子』（原題を直訳すると『父親たちと子供たち』）と比較しながら『悪霊』の登場人物・カルマジーノフについても論じていた。『審判』でもロシア文学の伝統的なテーマである世代間の対立のテーマを導入することで、出教授の古い価値観が一九三九年生まれで今は教養学部で学んでいる息子の吉備彦や唐見子の言動をとおして批判されている。

ドストエフスキーは貧しい中年の官吏ジェーヴシキンが窮地を救った遠い親戚でみなし子の娘ワルワーラとの往復書簡を通して、主人公における人間としての尊厳の目覚めと悲劇を描き出していた『貧しき人々』で、主人公のジェーヴシキンの住まいの構造を描きながら住民たちの状況や性格を描き出していた。[*16] それと同じようにこの作品でも出教授が戦後に購入した一二室ある洋館の構造の描写をとおして彼の子供たちの状況や性格が要領よく紹介されているのである。

出邸の二階右端には出教授の妻弓子の弟で元銀行員の高木恭助（四一歳）が住んでいるが、元来、この屋敷は恭助の父であった故銀行家によって建てられていた。戦時中に徴兵された中国で老婆を殺していた恭助は、帰国後しばらくは銀行に復職し婚約者と結婚するが自堕落な生活に耽り仕事を辞め、首吊り自殺を試みて失敗し妻から要求されて離婚した後で、売却後もこの屋敷に同居するという条件で出教授に安く譲り渡していたのである。

邸の二階の階段正面の真ん中の大学の教養学部で学んでいる次男の吉備彦の部屋に入った教授は、大学にあるはずのドクター・ケールレルの胸像がそこにあるのに気付いて驚愕する（六・二三）。

評論家の平野謙は「『審判』が非日常的人間による非日常的時間の再構成にあることは一応明らか」と記しているが[17]、濃密で圧縮された時間の中で繰り広げられる『審判』において、「日常的時間の濃密なリアリティ」を持ち得ている人物が二一歳の吉備彦であり、彼の広い交友関係からこの長編小説の視野は著しく広がるとともに、現代的な視点からの考察がなされている[18]。

新設された教養学部で学び、「誘われれば山へでもデモへでも行きはしたが、別にどんなグループや学内団体にも属していなかった」吉備彦は、「もう一年がかりで九十九里浜の漁村調査をして」おり、この漁場の歴史や漁村の窮状を調べていたのである。

たとえば、有村一家の家族は一九四八年に基地が出来てからは、米軍の対空射撃演習や海上での艦砲演習がある「半径二万百八キロの扇型制限区」では正午から一八時まで「出漁することは禁止され」、「撃墜された無人機や、砲弾の破片などで海底は荒らされ」、「音響に敏感なイワシは寄りつきもしなかった」ために出稼ぎに出ねばならなくなっていた。

『奇妙な青春』では「軍国主義から民主主義へのそれであった」戦後第一の転向に続いて、「米軍のいいなり次第ということになる」という「第二の転向」が日本で始まったことが描かれていたが、『審判』では日米安全保障条約にもとづく行政協定によって日本全体が米軍の植民地にされていくような実態がまざまざと描かれている。

また、「抜きがたい漁業内部の封建的構造」によって、自分の留守中に父親が嫁に対して性的な要求をしてくることを知った有村高志の苦悩も吉備彦は見聞きしていた。彼が「工事場の隅っこに放置され」ていたドイツ陸軍の軍服と兜をかぶったケールレル博士の像を大学から盗んで来たのは、その像をゆすって「中空の切断面が暗い穴を見せていた」のを見た時に、高志の「(親父を)おらは絶対に殺してやる」という激しい憎悪の言葉を思い出したためだったと説明されている(六・九三~九六)。

『審判』の家族構成で注目したいのは、出音《いで》也教授夫妻とその子供たちだけでなく、「明治の初期の民権時代から、大正、昭和と生きて来た」(六・九三)教授の母親・郁子刀自(刀自は老女の尊称)も描かれていることである。

一階の自室で電気コタツに入りながら、次のような歌詞を持つヒヤヒヤ節を細いが美しい声でうたってテープに録音している祖母・郁子と吉備彦との親密な関係は『若き日の…』の主人公と「お婆さん」との関係を先取りしているのである(六・四〇)。

政府《おぬし》の心はあかるくあろが
国の自由はしんのやみ
あかるくするのが国事犯
イツマア光を見るであろ　ヒヤヒヤ

内田魯庵による『罪と罰』の初訳が出てから北村透谷から島崎藤村に至る『罪と罰』の受容の問

題を考えた前著では、「憲法」と「教育勅語」との関係や「教育卜宗教ノ衝突」論争と透谷の『罪と罰』の殺人罪」との関りを考察したが、[*19]堀田も「お婆ちゃん、どうして自由民権の思想は消えてしまったの？」と吉備彦から問われた郁子刀自にこう語らせている。

「それはの、民権自由の志士たちが、みな代議士になって身を売ってしまいおったのと、帝国憲法がの、欽定じゃていうので、第一回の国会でも、いっぺんも審議をせんで通してしまったせいとながや。これを審議せんというて中江兆民先生は怒って、アルコール中毒じゃというて議員を辞職したがやがいね。あとはみなみな政治家どもはただの使われ人《にん》よ。」（六・一五三）

さらに郁子刀自は孫娘の唐見子に対しても戦後の憲法について後に次のように語っている。「明治もんのわたしらにも、いまの憲法の方が教育勅語よりよっぽどありがたいがいね、気イ長うして読んでみられ、ありゃ明治の下積みのお人たちの苦労のたまものやがいね。」（六・二〇五）

すると唐見子は安保反対運動が盛り上がっていた当時をこう感じたのである。「明治の中期以後、歴史の底流、あるいは潜流となって日本の底に流れて来ていた筈のもう一つの日本が、満洲事変、シナ事変、太平洋戦争と経ての、日本の大破綻後に、その正当な地表に、若い泉となって湧き出して来ている、その澄明な、血の色をした、滾々《こんこん》たるものを見る思いをした。」

一方、ケールレル博士の胸像の件では吉備彦に腹を立てていた父親の出教授も「この家にこれからおこるかもしれぬことを、冷静にうけとりうる人間は、この家ではどうやらお婆さんと、二十一歳の吉備彦の二人だけかもしれぬな」（六・四三）とも感じていた。

吉備彦の隣の部屋には私立大学講師で、父親から見ると「海のものとも山のものともつかぬ」「国際関係」という学問を教えている長男信夫《しのぶ》が住んでいたが、後に偶然兄の学生時代の日記を見た吉備彦は「戦争中に、信夫がいかに純真な天皇信仰の信奉者であったかということ」を知ったと描かれている（六・三六四）。『記念碑』で描かれている菊夫が国粋主義に染まって特攻を志願していたことを想起するならば、信夫は菊夫のその後的な人物ということが可能かも知れない。

興味深いのは、そのような信夫の『悪霊』観が、弟・吉備彦の『悪霊』観と比較される形で記されていることである。[20]すなわち、「革命運動に失望し幻滅した一人の級友からドストエフスキーの「悪霊」という翻訳小説を読んでみろ、そうすればおれの気持も少しはわかるようになるだろう」と告げられた吉備彦は、家に帰ると兄からその長編小説の翻訳を借りて三日がかりで読んだが、彼には「まったくユーモア小説、滑稽小説としか思えなかった。」（六・八八）

その理由を兄から問われた吉備彦は「自殺を自分のものにすることさえ出来れば人は神サンになる」と考えているキリーロフが、親友でスラヴ至上主義者のシャートフから「他人の子を孕んで三年ぶりで家に戻って」きた彼の妻の出産のために金盥《かなだらい》などの準備を依頼された際の可笑しな言葉を紹介している。

「ほら、アア数秒間があるのだ。そのとき忽然として、完全に獲得された永久調和の存在を直感するのだ。これはもはや地上のものではない。……僕はね、人間は生むことをやめなきゃならんと思う。目的が達せられた以上、子供なぞ何になる、発達なぞ何になる？　福音書にも言ってあるじゃ

ないか、復活の日には人々生むことをせずして、悉く天使の如くなるべしって。君の細君は生んでるんだね？……」（六・八九）

扇動家のピョートルによって自殺を強いられることになるキリーロフの言動についての吉備彦の感想は、「スターリニズム批判のもっとも根本的な根拠」を『悪霊』に求めようとしていた信夫とを愕然とさせた。吉備彦の『悪霊』観については日本画家の娘の河北華子が学友の吉備彦から聞いた話を思い出したとしてももう一度描かれることになるので、ここではこのような吉備彦の『悪霊』観にも影響を与えていると思える椎名麟三のキリーロフ観と自殺観を簡単に見ておきたい。椎名はキリーロフの自殺観を「「隣人愛」の表現としての自殺」と呼んだカミュの言葉を引用しながら、「『罪と罰』のラスコーリニコフの殺人が、「論理的殺人」と呼ばれ得るとすれば、キリーロフの場合は「論理的自殺」と言えるだろう」と考えていた。[*21]

しかも、『二十歳のエチュード』を残して自殺した原口統三の「手記には、たしかに自己に誠実であろうとする純粋な緊張がぴんと絃のように張っていることは認めずにはおられない」と認めつつも椎名は「誠実にしろ純潔にしろ、それへ絶対性をあたえることは、（……）自分を神とすることでもあるのである」と批判している。そして、「芥川龍之介さんは、そのことを知っていた」と続けた椎名は、芥川龍之介が遺書の『或旧友へ送る手記』で神と一体となるために自殺したと言われるギリシアの哲学者エムペドクレスに言及しながら、自分は神になることを拒否すると書いていることに注意を促している。[*22]

「君はあの菩提樹の下に『エトナのエムペドクレス』を論じ合った二十年前を覚えているであろう。僕はあの時代にはみずから神にしたい一人だった」と記した芥川は、「僕の手記は意識している限り、みずから神としないものである。いや、みずから大凡下の一人としているものである」と宣言していたのである。

『白痴』や『悪霊』におけるイッポリートやキリーロフの自殺の描写をふまえて記されていると思われる椎名の考察は鋭く、この遺書で芥川が「ぼんやりした不安」という表現を何度も用いたのは、自分の死後に「英雄化」されることの根拠とはならないための周到な配慮だったとさえ思える。

左端の「廊下の突き当りにある、いちばん大きな部屋」は長女で女優の雪見子（三二歳）にあてられていたが、帝国ホテルで行われた雑誌社のパーティーで音也は彼女が数年前から外務大臣・花樹清介と愛人のような関係になっていることを知らされていた。

その隣が三女の唐見子の部屋であったが、大学を卒業後にすぐに家を出て柳橋近辺のごみごみしたところのアパートに住んで玩具輸出商に勤めていたので、ポールが来たらこの部屋をあてがおうと音也は考えていたのである。

## 四　『白痴』の人物体系と『審判』——出唐見子と叔父・高木恭助

島崎藤村は日露戦争の時期に『罪と罰』の構成や思想ばかりでなくその人物体系を深く研究して、

差別の問題に鋭く切り込んだ『破戒』を書き上げていた。[*23]

『審判』も「創作ノート」によれば、『白痴』の人物体系を深く研究して書かれており、原爆投下に関わったことで精神を病んだパイロットをモデルとしたポールが小説『白痴』のムィシキン公爵に、出教授の妻弓子の弟・高木恭助がロゴージンに見立てられるだけでなく、外務大臣の愛人となっていた教授の長女・雪見子を貴族のトーツキーによって少女の頃から愛人にされていたナスターシヤ・フィリーポヴナに、三女の唐見子をムィシキンが説く考えに強く惹かれたエパンチン将軍家の三女アグラーヤに見立てていた。[*24]

ドストエフスキーは「ロシアのキリスト公爵」と見立てた主人公ムィシキンの行動と苦悩を他者との関係をとおして詳しく記述することにより、当時の帝政ロシアの貴族社会の病理を分析していた。堀田はその『白痴』を参考にすることで、原爆を投下した兵士や日中戦争で老婆を殺害した人物の「良心の呵責」の問題に深く迫ろうとしていたのである。

『白痴』におけるムィシキンと女性たちとの関係は、ポールの雪見子と唐見子との関係にも反映している。『白痴』ではスイスで治療中のムィシキンも描かれていたように、ポールが治療を受けていたことやアメリカ軍の基地があるグリーンランドでの体験の回想も描かれていたが、日本に到着して出迎えの人びとでごったがえしている横浜に上陸して、待ち構えていた新聞記者からリボート米国空軍退役少佐ですかと質問を受けて逃げ出したポールは、唐見子の姿を見つけると大きな声で話しかけてグリーンランドでは父親の出教授から彼女の写真を何度も何度も見せてもらっていたと語った。

そして、唐見子があなたは私の姉で有名な女優の雪見子と間違えていると反論したのに対しポールは「あなたは人並みはずれた運命をおもちになる人なのではないか」と自分の思いを伝えていたのである（六・一一六～一一七）。ここでは救う対象は反対になり、ポールは自分が彼女によって救われることを願っているのだが、会う前から写真を見てその宿命的な関係を予感していたのである。

日本に到着するまでのポールの氷川丸での日常の描写と並行して第一部では甥の信夫との会話中に椅子から床に転げ落ち、「両脚を〝く〟の字型に曲げて動かなくなってしまった」恭介の深い苦悩とその理由が描写されている。この奇病の治療のために整形外科に半年も入院しても治らなかったが、そのころにたびたび見舞いに訪れていた出唐見子は、「これは、罰なんだ」と恭助から打ち明けられ、その次に訪れた際には読み終わったら燃やしてくれと言われて一〇枚ほどの便せんに鉛筆で書かれた「告白」を渡された。

そこには「市場で買物をして来た帰り途の老婆を襲い、面白半分に追剝をやり、空家につれこんで強姦をし、事終ってから、水道のホースを局部につっこんで下腹部の膨れ上がるのを見て楽しんでいた」軍曹に命じられて老婆を殺害して穴に捨てたが、老婆は「両脚を〝く〟の字型に曲げたまま」自分を凝視していたと綴られていた（六・五九～六二）。

恭助の「告白」を読んだ唐見子は銀杏樹の根元に坐り込み嘔吐し、嘔くものがなくなってから、「眼の前を行き交う学生や教授たちを見た」が、「遠近感がまったくない、と感じられた。すべてが彼女から疎隔をして、黄色く見えた」。「何故、これをわたしに言うのか」と考えた唐見子は、自分しか恭助を救うことができないと感じ、「もし離れないとすれば、それはもう恭助にとって〝唯一の人〟となることを意味した」と理解して、恭助の手記を燃やしも捨てもせずに同じ問題を自分も担おうとしたのである。

こうして看護を続けた彼女は病状がよくなると叔父の恭助と肉体関係をも持つようになり、天皇の名前の召集令状で戦争に駆り出されたので戦争について直訴したいと考えた彼に付き添って宮内庁も訪れていた。

しかし、かれらの姿を見た高沢女官長は彼らが「近親相姦」の関係にあるのではないかと疑い、彼女の女官長就任を祝う集まりに参加した茶飲み友達の弓子夫人にその考えを伝えた。夫人はその会から帰宅するなり夫に弟の恭助と娘の唐見子とのことで話したいと切り出していたのである。

夫妻だけでなく読者をも驚愕させるような叔父と姪の「近親相姦」という重たいテーマをなぜ作者はこの作品に持ち込んだのだろうか。それは家族を養うために売春婦に身を落とした『罪と罰』のソーニャと同じような状況は出家では難しいことや、恭助の思想も理解でき、かつ身近に接するような女性を設定する必要があったからだと思える。

この問題を考える上で参考になると思えるのは、『破戒』を高く評価されていた島崎藤村が[*25]、日露戦争後に連載した新聞小説『新生』では、自分と姪こま子との関係を「告白」して読者に衝撃を与えていたことである[*26]。

雑誌「驢馬」の同人たちとの交友などを描いた自伝的な長編小説『むらぎも』(一九五四)で中野重治は、「発表当時、嫌悪の念のまじった陰鬱な形でいわば評判になった」島崎藤村の長編小説『新生』から受けた印象をこう描いている。

「もしそのことがばれれば一家親類からも世間からも葬られてしまいそうな瀬戸ぎわへきて、主人公が我から進んでそれを告白するという形を取って」いるが、「それにしても、あんなふうに姪を淵《ふち》へとばしてしまう以外に、実地の問題としても作としても、別の方途がなかったものだろうか」。*27

しかし、叔父の島崎藤村と別れた後でキリスト教に入信した島崎こま子は、京都大学の社会研究会の賄婦となって無産運動に参加し、中野は東京大学でも活動を始めていた彼女を見かけることになる。このように見て来るとき、こま子の生涯に関心を持った堀田善衞はその形象を出家《いで》の三女・唐見子に生かそうとしたのだと思える。

『若き日の…』は、北村透谷や明治の「文学界」の同人たちとの交友を描いた藤村の『春』からの影響が顕著だと思えるが、『審判』も雑誌「驢馬」の同人・堀辰雄や顧問格だった芥川龍之介も描かれている中野重治の『むらぎも』を強く意識しながら書かれている可能性があると思える。

『審判』でも唐見子が大学卒業と同時に玩具輸出商に務めて自立し、「世界一の玩具輸出国であって、毎年四十数国に対して二百二、三十億円の玩具を輸出していた」日本の「製作組立ての現場は、子供の夢などとは邁かに遠い」ものであり、「零細とも惨めとも言いようのない組立業者」がほとんどであることも冷静に観察していたと書かれている（六・五三）。

さらに、アメリカ人バイヤーのモートン氏の広い応接間つきの部屋に行くと、「床いっぱいに、自動走砲や戦車、原子砲、ミサイルなどの、いわば核兵器戦争用の（……）一単位軍《ユニット》」そっくりの玩具がならべたててあったが、いまでは「平和共存《コ・エグシステンス》というやつが子供の世界でもはやっている」のでそれらは売れなくなっており、宇宙物に人気があるなどの世界情勢と玩具とのかかわりも観察されている。

しかも唐見子は新世界ホテルでのポールと黒眼鏡をかけたエディス夫人との「普遍的な愛と信頼と兄弟のちぎり」という単語を交えた深刻な会話にも立ち会っており、ポールを車で出迎えに来て、「この人は徹底的に絶望している。絶望というものが人間のかたちをとるというとこんな恰好をしたものだったのか」と感じた弟の吉備彦に「誰にも言ってはいけない」として、ポールが原爆を落としたパイロットであると告げ、その後でポールの表情をこう描いている。

「その薄青い眼の奥には、唐見子がかつて見たことのない、ある悲しみも極まったようなものと、無気味な、なにかの拍子にどんな牙を剝くかわからぬような、ある恐ろしいものとの立ちまじったものがあった」（六・一七一〜一七五）。

「倶会一処《くえいっしょ》」（注＝浄土に往生している先祖たちと同じ浄土に生まれたいと思う心持ちを表す仏教用語）という題が付けられている第二部第八章とそれに続く章では、赤坂の料亭から仲居と二人の板前を呼んで催されたポール・リボートの歓迎会で起きた出来事が詳しく記されている。この歓迎会に最初は主賓のポールと出夫妻、それに郁子刀自と吉備彦の四人だけが参加する予定だったが、唐見子が玩具バイヤーのモートン夫人と、雪見子が芸能エージェントのステラと共に現れ、不意に顔を出した恭助が勝手に寿司を食べ始める。

しかも、その前には吉備彦は九十九里浜から男の子のヤッ公と赤ん坊のオテテを連れて逃げてきた高志の妻の春子にお婆さんの協力を得てお手伝いとして住み込んでもらうという手配もしていた。こうしてこれらの章では主な登場人物が一堂に会してバフチンがドストエフスキー文学の特徴の一つとして指摘したカーニヴァル的な場面となるのである。

まず、教授はグリーンランドの青い水晶宮殿のような美しいスライドを映写したのだが、それが終わる頃に壁面に飾ってあった般若の面を見つけたモートン夫人が、その面についての造詣を語り始めると、いつの間にか入って来たポールは雪見子の肩に手を置きながらシアトルの東洋美術館で見た鬼面の印象について語り出す。ポールが般若の面から受けた強い印象は、この長編小説の最後の場面まで引きずることになる。

それとともに想起しておきたいのは、日本に到着して昼食のために入った新世界ホテルで、姉の雪見子を見つけたポールが芸能エージェントと打ち合わせをしていた会話に強引に割り込んで、そこにいた『白痴』のトーツキーを思わすような彼女のパトロンで現職の外務大臣・花樹清介をも巻き込む騒動を引き起こしていたことである（六・一三六〜一四一）。

そのポールは歓迎会でモートン夫人から雪見子と一夜を過ごすようにとそそのかされてそのよう

に行動したのだが、外務大臣花樹との愛人関係にあった雪見子を簡単にポールの誘いに同意させたのは、『白痴』のトーツキーとナスターシヤとの関係を意識した描写であるだろう。ポールが恭助に一夜を共にしたが雪見子とは「メイクラヴ」は出来なかったと告白しているのも、ムィシキンの「結婚できない」というセリフを踏まえているのかもしれない。

恭助の場合と同じようにポールにとっても性が生と結びついており、ポールが性をとおして「死」の「恐怖」から逃れるようとしていたことが強調されている。

## 五　上官・志村の「罪」と美意識の問題――『審判』における復讐と決闘のテーマ

鬼の面の話でひとときは暗くなった豪華な晩餐会は、唐見子が和服に着替えて現れるとなごやかな雰囲気を取り戻し、食後には教授夫妻が三味線と踊りを披露したが、その後で立て続けに招かざる客が訪れる。最初に訪れた高沢女官長は出音也教授が来春の御前進講に選ばれることを内々に知らせに来たのだが、弓子夫人には恭助と唐見子の行動についてくぎを刺した。

その後に血だらけになって車で運ばれて来たのが、約三万人の労働者や学生が集まった安保条約反対デモで警官に殴られて大けがを負った学生の柳村修三であり、それを見た高沢女官長が「では出《いで》さん、ではあなたは全学連のパトロンでもいらっしゃるのね」と言うと、その威圧的な言動に反感を覚えた吉備彦は思わず「黙っとれ」と怒鳴った（六・一九四～一九五）。

一方、吉備彦からの電話で夫の稲村の大けがを知って陣痛が早まった娘の華子を車で病院に送った河北画伯は、「長男をビルマの戦場で失い」、次男は「勤労動員で行っていた長崎兵器製作所で」被爆して亡くなり、小学校の教員だった妻の初代も被爆の翌年に原爆症で失っていた。それゆえ、画伯が「原爆後の長崎を描いた数百枚のデッサン」（六・二四二）を描いていたことが、ポールが志村の家で見ることになる原爆の絵のエピソードへの重要な伏線となっている。

華子も八歳のときに被爆していたが「結婚話がもち上って来てからは、ひそかに広島までも出掛けて診てもらっていたので」ほとんど不安はもっていなかったものの、「出来るだけ気軽なことを考えよう」とした彼女が思い出したのは、なんと吉備彦がいつか話してくれた『悪霊』のことであった。吉備彦がゲラゲラ笑いながら話してくれた時には華子も笑い出したが、彼女には「永久調和」という考えよりも、「この地上の永久破壊、破滅のイメージ」の方が生々しく存在していた。「小学校一年生のときに長崎で灼き込まれた、現実の原子砂漠の映像は、決して消えることがなく（……）逆に言えば、それがあるからこそ、華子は愉快な、いつなんどきでもロックンロールでもマンボでも踊ってみせるような派手やかなところのある娘に育ったのであったかもしれなかった。マンボ調でデモをやることくらいなんでもなかった」のである（六・二四五）。

『審判』に持ち込まれた『悪霊』のエピソードは、尻切れトンボで終わっているようにも見えるが、子供好きのキリーロフについての考察がほとんど省かれている小林秀雄の『悪霊』論との大きな違いを確認しておきたい。この長編小説では「やがて最後の陣痛が来て、男の子が生れた。五体健全なふとった子であった（……）一九五九年十月二十七日午前四時半であった」と記され、「この子は四十一歳で紀元二〇〇〇年を迎える。その頃に世界はどうなっているか」と遠い未来の可能性へと話が続いているのである。

ドストエフスキー研究者のピースは、『白痴』においてはムィシキンを理解して最後まで彼の助けをしており、お産で亡くなった母親の赤ん坊の世話をしているヴェーラ（注＝信や信仰という意味）という少女がきわめて重要な役割を果たしていることを指摘していた。[*28]

バフチンがカーニヴァルには「転換と交代、死と再生のパトス」があると規定していたことに留意するならば、[*29]「文学の場」で「生きてゆくためには幾度か死なねばならぬという真実。私は己れを戒めるためにむしろ死を生の、新生復活の前提に置く」と書いていた堀田善衞は、この出産のエピソードを原爆による悲惨な死に対置していたと思える。

なぜならば、カーニヴァル理論を構築するにあたってバフチンはラブレーの『ガルガンチュア物語』をモデルにしていたが、[*30]この作品の終わり近くではポールが自殺する前に自分の祖母から聞いた「ラブレーのガルガンチュワ物語やパンタグリュエル物語は、なんと滑稽で愉快な物語」であり、「生命力にみちたもの」であったことを思い出したことが強調されているのである（六・四六二）。

一方、大けがをした柳村修三が車で運び込まれるというドタバタ騒ぎの最中にひっそりと恭助を訪れてきたのが鋭利な刃物を隠し持った志村だった。恭助は自分が記憶している限りでも、志村が伍長時代に五人、軍曹時代に五人の中国人女性を中国人に変装して迫剝ぎをした後で強姦していたと語り、老婆を射殺するように命じられた際には、「お前を射ち殺してやろうか」と考えたが、「生かしといてやることが、お前を殺すことになるんだ」と判断して、殺すことを思いとどまっていたのである（六・二〇一、二〇七）。

この志村と恭助のかかわりが短編集『ベールキン物語』の中の一編で「余は決闘の認むる当然の権利によって彼を射ち殺さんと心に誓った」という題辞を持つ短編『その一発』における「復讐のテーマ」ときわめて似ていることに注意を払っておきたい。

『その一発』の主人公シルヴィオは、かつて平手うちにされた伯爵と決闘ざたになったが、相手が射ち損じ、いざ自分が射つ番になっても相手が桜んぼうを食べているのに腹を立て、自分の射つ権利を後に延ばして機会を窺っていた。数年後、伯爵が結婚するという知らせを受けるや、彼は勇躍相手の元へと出かけて、幸せに暮らしている相手を見つけると、自分の残されていた権利を要求し、じっくりと狙いを定める。だが、彼はすぐには撃たずに二度も中断して、伯爵をさんざん待たせ、死の恐怖を味わわせた後に「僕は満足した。僕は君の取り乱したところも怖気づいたところも、とっくり拝見した（……）君の身柄は君の良心に預けておくとしよう」（傍点は引用者）と言い残して去って行くのである。[*31]

『審判』の恭助の言葉とプーシキンの『その一発』のテーマに強い関連を見ようとするのは、あまりにも強引だと思われるかも知れない。しかし、一九六三年に発表したエッセイで、プーシキンを「世界の近代文学開祖の一人」と讃えた堀田善衞は、『その一発』の「銃口は読者の心理にぴたりと狙いをつけている。ドストエフスキーにいたって大成するものの種子がまかれている」と指摘しているのである（一四・三九二〜三九四）。

実際、すでにデビュー作『貧しき人々』で往復書簡という形でプーシキンの短編集『ベールキン物語』の『駅長』やゴーゴリの『外套』についてのやり取りをとおして「文学の意味」や「言論の自由」の考察が行われており、この作品はその後のドストエフスキー作品における対話という方法の重要性も示している。

ドストエフスキーは『白痴』の主人公の創造にあたって「この同情を喚起させる術のなかにユーモアの秘密があるのです」と述べ、「美しい人間」の好例としてドン・キホーテを挙げ、その理由として「彼が美しいのは、それと同時に彼が滑稽であるためにほかなりません」と説明しているが、[*32]それは「小娘」という苗字をもつ『貧しき人々』の主人公ジェーヴシキンを特徴付けている性質でもあり、デビュー作と『白痴』の両作品の主人公の類似性をも示唆しているだろう。[*33]

そして、農奴解放や司法改革が行われた「大改革」の時期に発表した『虐げられた人々』で「復讐のテーマ」を取り上げたドストエフスキーは『地下室の手記』（一八六四）でも傷つけられた自尊心をいやすために主人公がさまざまな復讐の方法を思いめぐらすことを描いている。[*34]

プーシキンの『その一発』とドストエフスキーとの係わりを考察したポドドゥーブナヤは、この短篇における主人公の心理や行動、さらに「良心」という単語を分析して、「ここにいるのはもはや復讐者ではなく、公平で厳しい裁判官である」と記したウージンの考察を高く評価している。[*35]一見、正当に見える「復讐の権利」が個人の決闘や国家の戦争にも持ち込まれることによって、「流血」の連鎖となることを示唆していたドストエフスキーは『白痴』や『悪霊』でもこのテーマを深めているのである。

ただ、「良心の呵責」から自殺をしたスタヴローギンの「告白」とは異なり、『審判』では犯罪の目撃者だった恭助の「告白」となっているのが大きな違いだが、それは「強い美意識」を持ちながらも「良心の呵責」を覚えなかった経師屋の軍曹・志村のきわめて日本的な「良心観」を浮き彫りにするためだったと思える。

一九三四年に書いた評論で、司法取調官ポルフィーリイとの「良心」をめぐる白熱した議論や、弁護士ルージンの自由主義的な経済論への批判を省いて『罪と罰』を考察した小林秀雄も、「罪の意識も罰の意識も遂に彼（引用者注＝ラスコーリニコフ）には現れぬ」と断言していた（小林、六・四五）。

しかし、「すべて裁判官は、その良心に従い、独立してその職権」をおこなうと憲法で定められているが、「人の噂も七五日」という諺があるように忘れることが美徳とされる日本では「良心」という語は定着していない。それゆえ、堀田は「良心」という言葉を用いずに、殺人や戦争犯罪の問題を考察しているのである。

たとえば、恭助は有名な絵画の経師屋の弟子だった志村を探し出して訪れ、「河北画伯の鹿の絵の表装」も立派に行う元上官に戦場における行為を問い詰めたが、妻と四人の子供と共に平穏に暮らしていた志村は「おれは、経師屋だ！」とだけ何度も繰り返して、過去のことに触れられることを拒否していた（六・八一）。

二度目の対決でも過去のこと犯罪のことを追及された志村は「……高木、おれにゃ、四人の子があるんだ。おれたち職人にゃ、健康保険もなにもありゃせん……。復員してから十四年、おれは経師屋としては、ほんとに一生懸命に働いて来たんだ……」と弁解し、「お前みたいに働かんで、むかしのことにいつまでもこだわっておれる身分じゃないんだ」と語って、自分を問い詰める恭助を刃物で刺そうとした（六・二〇八〜二一一）。

堀田は恭助がポールと共に志村の家を再び訪れた三度目の対決に、河北画伯が書いた原爆の絵をからませることで、このテーマをさらに掘り下げている。

歓迎会の翌日にポールはたどたどしい日本語で、平時には「人を殺した人は（……）自分の犯した罪を自覚して、国家の出す死刑の命令を受諾して殺される」が、戦争の場合は「国家が国民に命令を出して敵国民を殺せ」と命令するだけで、「殺した人の罪を、国家は決して背負っても処理してもくれません。国家は、それは神さまの領分だ、といって、知らぬ顔をします」と恭助に語りこう続けた。

「それでは戦争で人を殺して来て、しかも神さまもなくて、国家にもプイとそっぽをむかれた人は、ではどこへ行ったらいいのでしょうか、どこにいることになっているのでしょうか。」（六・二六〇）

そしてポールは、もしそのような人が、「誰もかれも、なにもかも、みんな間違っているのですよ！／そこにあるすべては、一切は、全部間違っていますよ、偽りのものですよ！／殺したいなどとはまったく、ツユ思わずに、一瞬に二十万からの人を殺したわたくしが言うのですよ、だからわたくしの言うことは、正しいのですよ」(六・二六一)と言ったとしたらどうなりますでしょうかと問いかけた。

この言葉を聞いて「あなたは、キリストかもしれない、裏がえしの」と語った恭助にポールは、八月六日の午前零時過ぎに広島へ原爆を投下しに飛び立った際には従軍牧師から「イエス・キリストの名において」祝福されていたことを告げたのである(六・二六三)。

この「殺した人の罪」をめぐる議論の後で恭助がポールとともに志村の家を再び訪れると、同行者がアメリカ人であることを知った志村はなぜか入れと勧め、ポールが鯉の絵を見つけて河北画伯の絵を知っていると告げると眼を輝かせて画伯の絵が階段のすぐ前の黒い箱に入っていると言って彼を見に行かせていた(六・二九九~三〇一)。

それを見た恭助は漢口郊外での出来事を思い出して胸騒ぎを覚えたのだが、志村は自分の田舎では帰還兵は「みんないまの若いもんつかまえて、自分がどんなわるいことをして来たとか、女ぁ何人やって来たとかちうことばかり自慢しとるよ」などと語りかけた。

それは時間を稼ぐためであり、しばらくするとポールの異様な叫び声が聞こえてきて、あわてて駆けおりた恭助に志村は「出て行ったよ、へ、、、」と言って鍵をちらちらさせたことで、彼の企みが明らかになる。

厳重に鍵をかけた箱に入れてしまわれていた絵には、「墨と鉛筆で、ぶすぶすと煙をあげている完全に炭化してしまっているかと思われる屍の数々や、死者、負傷者、屍で埋った小川等々が、これがあの典雅で装飾画風の日本画家の手になるものかと疑われるほどの、ひたすらな正確さで写し切って」（六・二〇五）あったのである。

この後で河北画伯の多数の原爆の絵を表装のために預かっていたことを明かした志村から、「おれぁな、二三日ほど前から毎日その箱んなかのもんを見とってな、それで昨夜《ゆんべ》決心してな、お前のとこへ行ってみたんさ」と打ち明けられた恭助は、「これだけの後楯《うしろだて》があれば大丈夫だと思ったんだな」（六・二〇六）と語った。

堀田は自分の戦争犯罪から眼を背けていた志村が、非人道的なアメリカの原爆投下と比較することで、自分の残虐な行動の罪も問われることはないと考えていたことを明らかにすることで、ロシア文学における「良心の呵責」いうテーマを「責任感の欠如」という形で『審判』に持ち込んでいたのである。

## 六　「逆キリスト」としてのポールと「大審問官」のテーマ

こうして堀田は、「キリストは一人か」と題した章で従軍牧師から「イエス・キリストの名において」祝福されて原爆を投下していたことで絶望したポールには「逆キリスト」になる可能性を示唆していた。

恭助はポールの言葉を聞きながら、隣を歩く彼の顔を横目でちらと見て不意に写真で見たアメリカの核物理学者のオッペンハイマーの「なにやら虚栄の影を含んだ仮面のような顔」を思い出したが、「仮面は仮面でも、ポールのこの仮面はちがう」と感じた（六・二六四）。

そして、「この男は、広島と長崎の爆発で、まさに真空のところへ吹きとばされ、放り出されてしまったのだったか。なにも無いところへ、放り出されたのだったか。人工衛星にのって大気圏外の宇宙《スペース》へ放り出された人といえども、これほどになにも無いということはないだろう」と考えたのである。

この描写は「（ヒットラーが）縊死したとすれば、スタフローギンのように、慎重に縄に石鹸を塗ったに違いない。その時の彼の顔は、やはりスタフローギンのように、凡そ何物も現していない仮面に似た顔であったと私は信ずる」と、「ヒットラーと悪魔」で記していた小林秀雄の文章を強く意識していると思われる。

一九三七年に書いた『悪霊』論で小林秀雄は、「スタヴロオギンは、ムイシュキンに非常によく似ている、と言ったら不注意な読者は訝るかも知れないが、二人は同じ作者の精神の沙漠を歩く双生児だ」と断言していたからである（小林、六・一五八〜一五九）。

一方、アンデルスはケネディ大統領に送った一九六一年一月一三日付けの書簡で、何百万という人間の「みな殺し計画」を実行にうつしたアイヒマンが、「自分は〝テロの機構の中の一本の小さなネジ〟にすぎなかった」と裁判で、「〝良心にかけて〟証言している」ことに注意を促していた。[*36]

このようなアイヒマンの「良心観」は、非凡人は「自分の内部で、良心に照らして、流血をふみ越える許可を自分に与える」（傍点は引用者）のだと語って高利貸しの老婆の殺害を正当化していた『罪と罰』のラスコーリニコフの「良心観」を連想させる。

『罪と罰』の本編終わり近くで自首の決意をしたラスコーリニコフも、「兄さんは、血を流したんじゃない！」と語った妹のドゥーニャに対して、「殺してやれば四十もの罪障がつぐなわれるような、貧乏人の生き血をすっていた婆ァを殺したことが、それが罪なのかい？」と問い、さらに自分が犯した殺人と比較しながら、「なぜ爆弾や、包囲攻撃で人を殺すほうがより高級な形式なんだい」と反駁していたのである。これらの言葉から分かるように、ラスコーリニコフは自首の直前にはまだ犯行を悔いてはおらず、むしろ自分がその行為の重みに耐え切れなかったことのほうに非を認めていたのである。

志村から原爆後の長崎を描いた河北画伯の数百枚の絵を見せられて精神の均衡を破られたポールは刃物店のショウウィンドウに飾られていたナイフを買い、その後でタクシーで雪見子のいる新世界ホテルに向かう。彼のことを心配してその後をつけていた恭助は、「戦傷者だけではなく、すべて戦場に出たことのある人間は、たとえ五体完全で帰還していたとしても、彼もまた傷痍者」であり、「他人の同情などというものが何の役にもたたぬ」と考えて追うのを止めた（六・三二一）。なぜならば、ポールがナイフを買い求めたのは「おそらく〝護身〟のためであろう」と感じ、「自分があの行為によって世外の人物（……）になっていることをつねに自覚し」つづけるための「自己拘禁のためではなかろうか」と解釈したからでもあった（六・三九三）。

一方、ホテルでポールが「左手の指にナイフをはさみぐるぐるまわし」ながら雪見子に近づくのを見た唐見子は、姉が刺されるのではないかと緊張したが、何ごともなかったかのようにナイフを鞘に納めたポールは雪見子の腰に手をあてがい、「現代のキリストのはりつけ像の絵は、キリストの方が、キリストのつい隣で同じくはりつけにされている泥棒よりも、より一層惨めに描かれている」などと語りかけながら、二人でエレヴェーターの中に消えた（六・三三二～三三三）。

「キリストの死体」について語っているポールの言葉を聞いた唐見子は、叔父・恭助の犯罪はまだ「自ら罰し得る範囲」だが、ポールの場合はそれを越えており、あるとすれば「北極風景のように、硬く冷たい、無意味そのもののような巨大な全否定」のようなものになるのではないだろうかと感じた。

そのあとの会話で恭助に「ポール以外の、原爆の爆撃機に同乗していた奴らは、（……）黙示録の予言者みたいにさえなれる」機会があったが、その機会を「自分で投げ出してしまった」と語らせた作者は、原爆投下の命令を出したトルーマン大統領には「後悔する能力もない」と批判させている。

『カラマーゾフの兄弟』ではスメルジャコフに「父親殺し」を「教唆」していただけのイワンも、裁判の前日に訪れて来たスメルジャコフから奪ってきた金を見せられると譫妄症の発症寸前になり、意識混濁と幻覚を伴う悪夢を見てアリョーシャに、悪魔《チョールト》から、「良心！　良心が何だっていうんだ！

そんなものは自分で作るものさ。じゃ、何で苦しむのか？　習慣でさ。世界中の人間の七千年来の習慣でだよ。それならそんなものは忘れて、神々になろうじゃないか」と語られたと告げる。[*37]
それを聞いたアリョーシャは「イワンの病気」の原因は、「誇り高い決心の苦しみ、深い良心の呵責なのだ！」と感じたが、恭助もポールの深い苦悩に人間としての誠実さを見たといえるだろう。
これに対して「そうするとポールさんは、たった一人の、予言者」と唐見子が応じると、恭助は「自ら自覚せざる、だろうな、（……）いろいろな意味でポールはまったく新しい人間なんだ」と語り、こう続けている。
「ところでだね、いまこの東京へ、東京でなくてもワシントンでもモスクワでもいいよ、ロンドンでもパリーでもいいが、そこへ突然キリストが出て来たらどういうことになるだろう。どうしたって逮捕して気違い病院へ入れないわけには行かないだろう。」（六・三四三〜三四六）
こうして、この長編小説では『カラマーゾフの兄弟』の「大審問官とキリストとの対話」のテーマが取り上げられているのである。
この記述からはなぜ堀田善衞が一九六三年に行われたドストエフスキーについてのアンケートで「現代のあらゆるものは、萌芽としてドストエーフスキイにある。たとえば、原子爆弾は現代の大審問官であるかもしれない」と記したかの理由は明白だろう。
「原爆」と「大審問官」の問題のつながりにも言及しているこのテーマの重要性については昭和初期を描いた『若き日の…』で示唆された後、『ゴヤ』や『路上の人』でより深く掘り下げられることになる。

この後で広島を訪れたポールは古物商で「顎からとび出した顴骨《けんこつ》にかけて無気味に火の色に彩られくすぶったような」「橋姫」の「まことに凄然たる能面」を買い求めた後に（六・四九三、四九七）、自殺するという悲劇的な結末へと一気に向かう。

一方、ポールを追って広島の町を彷徨った恭介が「自分はあの中国の婆さんを殺した、そうしてもとの自分ではなくなった」と感じるが（六・五〇三）、この言葉はラスコーリニコフがソーニャに語った、老婆を殺したことによって「自分を殺したんだ、永久に！」という言葉を連想させる。[*38]

そして、「もし原子爆弾や水素爆弾が悪であり否定し廃止すべきものであるとしたら、それはこの武器が、一切を虚無化して行くからなのだ」、広島自体が「ポイント・オブ・ノー・リターンの頂点なのだ。つまりはこの町は審問官だ」と感じた恭介は、「とすれば、ほかならぬこの町をさまよっているポールは、逆立ちした、逆キリストということになるか」と考える（六・五〇四）。

鬼の面をかぶって「ワタ……クシハー……、オニー……デスー……」と叫んでいるポールを見つけた恭助は唐見子とともに駆けよるが、彼らに体当たりし突き倒したポールは鬼の面を残してそのまま走り去る。

ホテルについた唐見子とタクシーで帰って来た雪見子に待っていた吉備彦が「お婆ちゃんが死んだ。いま父さんから電話があった」と伝え、一時間ほどして警官たちに付き添われて「全身ぐしょ濡れで」戻って来た恭助が、ポールが平和大橋から落ちたと語ってこの長編小説は終わる（六・五一四

〜五一五）。それゆえ、ポールに焦点を当てて考察すると『審判』では「絶望ニヒリズム」が描かれているようにも見える。

しかし、黒澤映画『白痴』は悲惨な事件を描いた後のラストのシーンで、綾子（アグラーヤ）に「そう！……あの人の様に……人を憎まず、ただ愛してだけ行けたら……私……私、なんて馬鹿だったんだろう……白痴だったの、私だわ！」と語らせていた。[*39]

『審判』もポールの自殺によって終わっているが、大作「群鯉繚乱図」をようやく完成した後で、のっそり入って来た志村から原爆の絵の表装を断られても河村画伯は落胆せずに、人間の屍体を運んできた「あの馬の眼の、この世のものとは到底思われぬような、優しさ」に取り掛かろうと決めていた。堀田は画伯が日本的な美の感覚で作られた鯉が泳ぐ池を壊して、元気に生まれて来た孫のためにプールにしようとも考えたと記すことで古い美意識との決別をも示唆している。

さらにこの長編小説では「この原子爆弾という観点から世界を見た場合、世界は二つにわかれると思うのです」と語る氷川丸に乗船していた快活で饒舌なビルマ（現在ミャンマー）の青年技師のトインビー解釈とマルクス主義的な解釈を組合わせた独特な「原爆プロレタリアート」理論も記されている。

「われわれ原爆なき外部《アウター》のプロレタリアートが、人間と精神道徳《モラール》の快復と、原爆をもってしまったことによって、終末観におびやかされ、途方にくれている現代文明の内部《インナー》のプロレタリアートを救済しなければなりません。」（六・三二七）

それに対して「それはその通りだと思いますが、あなたの、橋を架けるお仕事や道路のお仕事と、その運動とをどう結びつけますか」と尋ねて、「もちろんそれはわれわれの政府を通じ、また世界の輿論と国連を通じてやります」という答えを得た唐見子は、こういう青年を吉備彦や柳村修三や河北華子などに紹介してやりたい、とつくづく思ったと作者は描いている。

赤ん坊を生んで「こみあげて来るような喜びと落着き」を見せている華子が、自分の論文のテーマであるアルジェリアの独立闘争についてふれながら、「日本の独立と解放ということもアジアやアフリカでの民族解放運動の一環なのではなかろうか」と語るのを聞いた吉備彦も「まったく新しい視角がひらかれる」という気がしていたのである（六・四〇三）。

## おわりに　『審判』から『スフィンクス』へ

独立運動と反核のテーマは「斜視《ルーシュ》」という謎めいた単語をキーワードとして複雑な国際情勢に巻き込まれた若いユネスコ職員の菊池節子の思いや行動が描かれている長編小説『スフィンクス』に受け継がれている。

日本協議会事務局長としてアジア・アフリカ作家会議にも深く関わった体験や情報を活かして、アルジェリアの独立戦争末期の複雑な情勢を描いたこの作品は一九六三年四月二日号から一九六四年四月一一日号まで「エコノミスト」に連載された後で一九六五年に毎日新聞から単行本として刊行された。その内容を簡単に見ておきたい。

エジプトのアスワン・ハイ・ダムの建設で沈むことになるヌビア遺跡を移設するための募金活動を行っている女主人公の菊池節子が、アルジェリア臨時政府の出張所で働く友人から手紙を託されたことでアルジェリア民族解放戦線（FLN）とフランスの秘密軍事組織（OAS）との激しい争いに巻き込まれて行く過程を様々な都市の風俗や国際情勢を盛り込みつつスリルとサスペンスを交えて描いている。

戦時中は南京で節子の父親の菊池将軍の下で中国の回教徒に対する工作を担当しており、現在はカイロで働く商社マンの奥田八作をもう一人の主人公に配することで、旧日本軍やナチスの問題をも描き、アイヒマン裁判が行われたころの当時のドイツと日本の情勢の比較もなされている。

フランスがサハラで核実験を強行したことに抗議してナイジェリアとスーダンが国交を断行したことをも描かれているが、圧巻は遠いアフリカの出来事と思われていたアルジェリアの独立戦争と極東の日本との関係が示される箇所であろう。すなわち、フランスとの独立交渉では、民族解放戦線側が広島と長崎に投下された原子爆弾とその被害をも視野に入れつつ、「独立のための条件についての交渉で、断乎としてこの、核実験をやめさせる、決して許さないという方針をとって」いたことが明かされるのである。[*40]

最後にFLN幹部などの口を通して節子がカイロ、マドリッド、ボンなどで出会った人々の役割を説明し、「斜視作戦《ルーシュ》」というキーワードの意味を明かしている。

映画『モスラ』の原作で水爆実験場となった島の住民たちの願いで復活した怪獣モスラが捕らえられた「発光妖精」を救うために水爆実験を行う国にまで飛んで大暴れをするシーンを描いていた堀田善衞は、この作品では核兵器を持たざる国が連携して核兵器禁止に向けて協力することの必要性を描いた。作家の五木寛之は『ジャッカルの日』(一九七一年)でドゴール大統領暗殺未遂事件を描いたフレデリック・フォーサイスの闇兵器売買や白人傭兵の問題をも視野に入れて描いた『戦争の犬たち』(一九七四年)とこの長編小説を比較して、「(前者は)二度読める小説ではないのに対して『スフィンクス』は再三読み直すごとに別の興味と感想をそそる作品である」と記している。[*41]

今年二〇二一年一月二二日に核兵器禁止条約が発効したことでようやく、核兵器は「違法化」された。ドストエフスキーの作品を踏まえて書かれた堀田善衞の『零から数えて』や『審判』、『スフィンクス』などの作品の理解は、被爆国でありながらいまだに条約の批准をしていない日本の状況を改善し、核兵器廃絶に向けた流れを加速するためにもますます重要になるだろう。

# 第五章　ナポレオン戦争と異端審問制度の考察――『ゴヤ』から『路上の人』へ

「人間認識においては、ヨーロッパの〝遅れた〟辺境である西端のスペインと、東の端のロシアとは、相対的に、意外に類似したものをもっているのである。ゴヤの晩年、彼の死の七年前に生れたドストエフスキーのことを思い出してみるのも無駄ではない筈である。『カラマーゾフの兄弟』中に挿入されている大審問官の劇は、スペインにおける異端審問にかかわっていることは言うまでもないであろう。」

（堀田善衞『ゴヤ』[*1]）

## はじめに　プラーテンの詩と『美しきもの見し人は』

大著『ゴヤ』（一九七四〜一九七七）で『カラマーゾフの兄弟』における「大審問官」の意味を考察し、『路上の人』（一九八五）では十字軍によるカタリ派の虐殺を考察することになる堀田善衞は、一九六六年から六八年にかけて「藝術新潮」に連載された主に西洋絵画とキリスト教についての考察を収録した『美しきもの見し人は』を一九六九年一月に新潮社から刊行していた。

『若き日の詩人たちの肖像』でも引用された詩人プラーテンの

美《うる》はしきもの見し人は、
はや死の手にぞわたされつ、
世のいそしみにかなはねば

という詩句より取られた題名を持つこの著作ではアジア・アフリカ作家会議のうち合わせなどで旅をした際に訪れていた美術館で見た多くの西洋絵画から受けた鮮烈な印象が記されている。

たとえば、『審判』ではポールが磔刑にかけられたキリストの死について唐突に語る場面も描かれているが、マチアス・グリュネヴァルトの十字架像を見た時の印象を堀田は「白衣の聖母マリア、手を組んで跪いているマグダラのマリアの恐怖と絶望についても、やはりドストエフスキーに語ってもらうことにする。私にはかくまでの絶望の経験はなく、その資格がない」として、『白痴』の次のような文章を引用している。

「この死骸を取り巻いていたすべての人は、自分の希望、いな、表現ともいうべきものを、悉く一時に粉砕されたこの夕べ、恐ろしい悩みと動乱を心に感じたに相違ない。／勿論みんなめいめい、どうしても奪うことの出来ない偉大な思想を得たでもあろうが、しかし彼等は言語に絶した恐怖を抱きつつ、その場を去ったに違いない。」（一三・一二三）

しかも、キリストの屍を描いたホルバインの絵画から受けた印象が描かれているこの本はスペインの「アルハンブラ宮殿」についての記述から始まり、「ガウディのお寺」や中国の「天壇」などを訪れた際の記憶だけでなく、『ヨハネの黙示録』についての詳しい考察も記されている。それゆえ、本章ではまず堀田の「黙示録」観と若い頃の体験が描かれている「異民族交渉について」とを考察する。

次いで『罪と罰』におけるナポレオンの意味とスピノザ哲学との関係にも注目しながら、『ゴヤ』を考察し、『カラマーゾフの兄弟』における「大審問官」のテーマに注目しながら『路上の人』を考察する。

最後に初期の長編小説『時間』でモンテーニュの『エセー』の文章を引用していた堀田善衞が、晩年に大作『ミシェル 城館の人』でペストが猖獗をきわめる中で家族を連れて方々を流浪しながらも『エセー』を書き上げたモンテーニュを描いたことの意味に迫る。そのことによって堀田善衞が現代的な視点から「人間の共存の根拠」に迫ろうと真剣に試みていたことを明らかできるだろう。

## 一 『ヨハネの黙示録』と「異民族交渉について」――『美しきもの見し人は』

「我また新しき天と新しき地を見たり」という『ヨハネの黙示録』の句を題辞とした短編『至福千年』(一九八四)において堀田善衞は、「少年の頃に洗礼を受けようと考えたことがあり、そのときにこの黙示録なるものを読んで驚愕したことがあった。それは理性的ヨーロッパという、いわば一つの規範を、少年であった私のなかで根本的に覆してしまったからである」と書いている。[*2]

『美しきもの見し人は』ではこの『ヨハネの黙示録』の特異性が次のように明確に記されているので、長くなるが引用する。

「新約聖書のなかでも、ヨハネの黙示録というものは、一種別格のものである。ここで『約』といわれているのはTESTAMENT、つまりは神と人間とのあいだの、イエス・キリストを介しての聖なる契約、というほどの意」であり、「イエス・キリストとその使《つかい》がなかに入っているのであるが、にもかかわらず、神なるものが、かくまでも身をのり出して来てじかに語るということは、新約中でも他に例がない。」

さらに「この神は、マリア信仰に見られるような農耕祭神としての、人及び万物の生成に対するいつくしみなどをもつものではなくて、岩だらけ石だらけの荒野の遊牧民と相対している、荒々しい怒りの神である」と記した堀田は、『ヨハネの黙示録』が、「ローマ皇帝ネロの、キリスト教徒及びユダヤ人に対する大迫害の時代に（あるいはその直後に）、小アジアの七つの教会に対する、いわばはげましの使書として書かれたもの」と指摘している。

「とりわけてはじめのヨハネのそれに読み入って、その怖ろしさに身と心とが慄えるほどの思いをしたことが、これまでに二度あった。その第一回目は、広島と長崎に原子爆弾が投下されたとき「地で」あったと書き、『ヨハネの黙示録』では第二の封印が解かれた際には「赤き馬」に乗るものが「地より平和を奪い取ることと、人をして互に殺さしむる事」を許したと記されるなど「おどろおどろしく怖ろしい、戦争と飢饉と死と地の獣の、いわゆる黙示録の四騎士の話を読み進めて行き、やがて、七つのラッパをもった天使が、数多《あまた》の雷《いかずち》と声と雷光《いなずま》と地震をともないながら、一人一人、そのラッパを吹き鳴らす」と記して、その記述を詳しく引用している。

坑夫の子として生まれて「十歳にならぬうち、この書をすでに十たびは聴いたり読んだりしていた」D・H・ロレンスも『ヨハネの黙示録』からこのような印象を受けており、第四章の「この四つの活物《いきもの》おのおの六《む》つの翼《つばさ》あり、翼の内も外も数々の眼に満ちたち」などという章句の「大仰な不自然さ」に悩まされたと書いている。しかし、「無教育な人々の間に黙示録」は「福音書や偉大なる使徒行伝以上に影響力を保ってきた」ことを指摘したロレンスは、ことに大文字で記された「奥《おう》義《ぎ》、大なるバビロン、地の淫婦《いんぷ》らと憎むべき者との母」というその文句は、「大なるバビロン」が大ローマ帝国を暗示するので、今も坑夫など弱者の熱気を燃えあがらせていると記し、[*3]こう続けている。

「黙示録とは（……）人間のうちにある不滅の権力意志とその聖化、その決定的勝利の黙示にほかならない」。[*4]

一方、「広島とブッヘンワルト強制収容所という、二つの、まことに禍々《まがまが》しいものが契機となり、本気で黙示録に読み入ったことがあったので、自然、私は黙示録の絵画としての表現をも注意して見るようになって行った」とした堀田は、「要するに、黙示録は、一言で言ってキリスト教世界の危機感の表現なのだ。それは本当に、キリスト教世界そのものが死ぬ、没落する、滅びるという、彼らにとっての世界没落の二つなき危機の表現なのであった」と記し、「現代にも通じうるものとしての表現」として、デューラーの「黙示録」木版画シリーズのことに「四人の騎士」の絵を挙げてこう続けている。

「まことに、全人類を滅ぼしつくしてなおあまりあるという原爆水爆の鍵を与えた者はいったい誰なのだ、と言いたくもなるというものである。原爆水爆とブッヘンワルト・アウシュヴィッツ――現代も、ある意味では黙示録的時代であると言いうるであろう。ヴェトナムでのアメリカの戦争が、第一のラッパであるかないかは、誰にも言えないことである。」（一三・四五）

ここには自己の価値観を絶対化するラスコーリニコフの「非凡人の理論」にも通じるような「黙示録」的な見方に対する厳しい批判があるが、しかし、それを一神教的な世界に対する批判と単純化することはできない。なぜならば、堀田善衞の若い頃の体験が描かれている「異民族交渉について」では、誰もが「奈良や京都へ行くので、私はガンコに、おれは行かんぞ、とがんばっていた」が、駈落ちのような形で関西へ行って、「そこでお寺や古仏などを眺めて歩いて、やはり、ある感銘を得た」とし、その感銘についてこう説明しているからである。

「古き日本、古く純粋なる日本、日本精神に帰れ、と人は言うけれども、ここらにあるものは、これは悉《ことごと》く外国種《だね》のものばかりではないか！　何が純日本なものか！　純日本などというものは、存在しないのではないか。」

ここには「日本精神」を絶対化し、それを批判する者を拷問して殺し、「八紘一宇」のスローガンのもとに他国の侵略も正当化していた昭和初期の日本に対する鋭い批判がある。

実際、堀田善衞は短編『囚われて』で憲兵だった主人公の父親と戦時中に盛んだった宗教との密接な関りを記していたが、第三章で見たように谷口雅春は『古事記』における須佐之男命《すさのおのみこと》の「八《や》岐大蛇《またのおろち》退治」と『ヨハネの黙示録』の第一二章に記された「赤い龍」の話を詳しく比較して「世界戦争の予言」をしたたばかりでなく、「神風」の例を挙げて「如何《いか》なる時にもわが日本国は神に守られておるのでありますから、滅びるなどということはない」と主張していた。[*5]

注目したいのは、奈良や京都に行ったときの「そういう感銘を、ふたたび思い出したのは、それから十数年を経て一九五六年の冬に、インドのアジャンタ石窟のなかに立ち、その壁画群をつくづくと眺めたときのことであった」と書いた堀田が、こう続けていることである。「愛も、戦いも、崇敬も絶望も、極端な場合には殺人もまた人間と人間との交際の一形式」なので、「実にさまざまなる、異なるものを、九百年にわたって次から次へと相手にして行った画工たちの仕事の喜びというものも、じっと眺めているとわかって来るのである。」(一三・三三)そして堀田は、トインビーが「文明の衝突と挑戦」という用語で論じた「〝挑戦〟(challenge)」の意義にも言及している。

このような危機感と広い視野が堀田をアジア・アフリカ作家会議やベトナムの反戦運動に向かわせたと思える。その意味では後に見る『路上の人』で従者ヨナの視点から描かれた僧セギリウスや騎士アントン・マリアの和平のための活動はきわめて切実なものであったといえよう。

## 二　異端審問所とスペインの独立戦争の考察——ゴヤとドストエフスキーへの関心

一九七三年一月から一九七六年九月まで「朝日ジャーナル」に連載され、その後新潮社から全四巻の単行本として出た大著『ゴヤ』の冒頭で、堀田は主人公のゴヤについて記す前に、国土回復運動からスペインの歴史を簡単に振り返ることで、なぜスピノザがオランダで『倫理学（エチカ）』を書いたかを考察している。

スピノザの祖先は「スペイン最北部のカンタブリア山脈の麓の寒村エスピノーサ・デ・ロス・モンテロスに住んでいた」が、当時のイスラム王朝は「キリスト教徒に強制的に改宗を迫るようなことはなく、人頭税をさえ払ってくれればよいとしていた。」（ゴヤ・一・二〇）

それゆえ、「コルドバ、セビーリア、トレドは、全ヨーロッパにとっての、いわば徳川期のわが国にとっての長崎のようなものであった。ルネサンスはまずアラブ経由でヨーロッパにもたらされたものであった。そうしてこの仲介にあたっての文化的大役を果したものが、スピノザの祖先がそうであったように、主としてスペイン・ユダヤ人であったということは、特筆しておかなければならぬ事実であった。」（ゴヤ・一・二二）

しかし、「イスラム王朝によってイベリア半島の北辺に閉じこめられていたカトリック教徒が反撃に出て、国土回復運動を開始し、南下しはじめたところで、宗教的な意味でのこの擬似楽園に急変を来たした」。

すなわち、「一四九二年、最後のイスラム王朝のとりでであったグラナダのアルハンブラ宮殿がカトリック教徒の手におちたとき、そこでアルハンブラ訓令なるものが発せられてユダヤ教徒に対しての二者択一が命じられた。カトリックに改宗するか、あるいはスペインを去るか、である。スピノザの先祖たちはポルトガルへのがれた。しかし、一四九八年には追い打ちをかけるかのようにして、ポルトガルが今度はユダヤ教徒への強制洗礼を断行した。強制洗礼をされたユダヤ人たちは、マラーノと呼ばれた。マラーノとは、豚、あるいは汚い奴、という意である。」（ゴヤ・一・二五〜二六）

ことに、一四七一年に異端審問所が設立されると「三世紀の間に三万二〇〇〇人が焚殺され、一万七〇〇〇人が絞首刑に処せられた。そうして二九万一〇〇〇人が投獄された」のである（ゴヤ・一・二九）。

こうして、スペインの歴史を詳しく振り返った堀田は、「良心の自由」の重要性にも注意を促しながらこう記している。「後年、こうしたユダヤ教徒たちが、スペインから独立したオランダにうつったのは、良心の自由と商才を発揮する機会がアムステルダムとロッテルダムにあったからであり、スピノザが『神国論』、あるいは『倫理学（エチカ）』を書くにいたった、あるいは書かざるをえなかったのは、政治的にも宗教的にも、彼ら転宗ユダヤ人なるものが、きわめて抽象的な存在と化していたからであった。」（ゴヤ・一・二六）

スピノザ研究者の齋藤博が記しているようにスペインから追放されたユダヤ人を両親に持つスピ

ノザの『倫理学（エチカ）』には、このような権力の側の要請による「文明のモラルを根底から問う」ことにより、「文明の衝突」を回避させうるような「エチカ」の働きも書かれているのである。[*6]

一方、堀田は晩年に『ゴヤ』について触れた文章で戦時中に起きたドストエフスキー作品との出会いの意味についてこう記している。

「読者の方々のなかには、まことに奇怪なことに思われる方もおありであろうが、徐々に、戦中戦後を通じて、次第に私を内面からゴヤに、あるいはスペインに導いて行ったものは、ドストエフスキーの小説であった。[*7]」

さらに、題辞で引用したように『カラマーゾフの兄弟』中に挿入されている大審問官の劇」が「スペインにおける異端審問にかかわっている」ことに注意を促した堀田は、次のようにこう記している。「ひところは、／「もしもわしの教区で奇蹟なんぞを起した奴がいたとしたら、わしはそいつを火あぶりにしてやる。」／と語った審問官がいたという話を、多くの書物はしるしているが、それはまことにスペイン的であると同時に、ドストエフスキー的でもある。再復活などをして来たキリストは、火あぶりにされるであろう……[*8]」（ゴヤ・一・一七九）

アンケートに「原子爆弾は現代の大審問官であるかもしれない」と記していた堀田善衞は、『審判』では主人公の一人である原爆パイロットのポールに彼らがテニアン島の基地から広島に飛び立つ前に従軍牧師がイエス・キリストの名において「主の加護を」祈ったと語らせていた（六・二六二）。そのことに留意するならば、堀田にとって「異端者」を裁く「大審問官」の意味が明確になる。つまり、自分の考えを「正義」として自分とは考えの違うものを殺害することは、「他者」の虐殺ばかりでなく、『罪と罰』のエピローグに記された人類の滅亡につながる危険性が高いのである。

しかも、兵器の進歩の危険性も認識していた堀田は、近代戦争としてのナポレオン戦争の危険性も熟知していた。王政だったスペインがナポレオン占領軍と一八〇八年から一八一四年まで「血みどろの独立戦争」を行ったように、帝政ロシアも一八一二年に大陸軍を率いて侵攻したナポレオンとの「祖国戦争」を行っていたのである。

それゆえ、バロック芸術の専門家ドールスが「ヨーロッパはここで、ある意味ではアフリカとの国境を見出すのである。かかる都市城砦兼国境、悲劇的辺境としてのマドリードは、一方ではローマを、ヨーロッパを注視し、他方ではアフリカを、砂漠を注視しているのである」と書いている文章を紹介した堀田はこう続けている。

「「アフリカとの国境」を「アジアとの……」と入れ替え、「ローマを、ヨーロッパを注視し、他方ではアフリカを、砂漠を」というくだりを「パリを、ヨーロッパを注視し、他方ではアジアを、中国を……」とすれば、それはそっくりそのままロシアにあてはまるものである。」（ゴヤ・二・二二五～二二八）

そして、「自由、平等、博愛」の理念を高らかにうたった革命によって創設されたフランスの「国民軍」の問題が現代まで続いていることを指摘した堀田は、その国民軍と戦ったスペインとロシアの「独立戦争」と「祖国戦争」の類似性だけでなく、その後の反動の時代の類似性をも指摘している。

すなわち、フランス革命によって「はじめは志願による市民軍、後には徴兵令によって召集された国民軍」が創設されたことが、戦争の悲惨さの拡大につながったことを堀田はこう説明している。「敵に対する憎悪もまた国民的規模をもつようになる。それまでは戦場となった地域の住民は、流れ弾にでもあたらぬ限り、傭兵同士の戦争と関係はなかった。一時避難をすればよかったのである。ところが国民戦争となればそうは行かない。戦場が敵地であるとなれば、地域の住民もまた敵である。南京大虐殺の素地はすでにここにあったと言ってもさほど過言ではないであろう。」（ゴヤ・三・七七）

ここで日本軍による南京大虐殺の問題に言及されているのは、ナポレオンの戦法が、「軍隊の現地自活、戦費も征服によって現地でまかなう。つまり徴発による戦争」であり、「荒され、搾取されるものは現地の住民であり、鍋釜はもっていても兵隊に生活はかかっていず、親方ナポレオンで人殺しに専念する」からである。

それゆえ、ナポレオンは「異端審問所」や「領主の裁判権」を廃止するなどの布告を出して、「絶対君主制に代る穏健にして立憲制の君主制とする」ことを宣言したが、自国を「野蛮」と規定されて一方的に侵攻されたことは、スペイン人の「自尊心」を傷つけ、貴族だけでなく民衆をも「独立戦争」に参加させることになった。

同じことが帝政ロシアでも起きた。「祖国戦争」を描いた『戦争と平和』でトルストイもボロジノの戦いに勝利してモスクワの町を見下ろしたナポレオンに史実に基づいてこう語らせていた。

「野蛮と専制の古い石碑の上に、おれは正義と慈愛の偉大なことばを書きつけてやる（……）おれは彼らに正義の法を与えてやる、おれは彼らに真の文明の意義を示してやる。[*9]」

この言葉は多国籍軍からなる「大軍隊」を率いてロシアへと侵攻した戦いをナポレオンが「正義の戦争」と見なしていたことを物語っており、一方的に「野蛮」と規定されて侵略されたロシア人の怒りを招くことを示唆している。両国の類似性を堀田はこう記している。「一八〇八年、占領下のスペインにおいて独立戦争に民衆が立ち上り、一八一二年、ナポレオンの〝運命〟にとらわれることを免れるために、ロシアはモスクワを燃やさなければならなかった。」（ゴヤ・三・一四一）

しかも、こうして両国はナポレオンとの戦争に勝利したのだが、より大きな悲劇はその後に訪れた。「ナポレオンに制覇された諸国の人民にとっての悲劇は、征服者ナポレオンの政治こそが、革命的、民主的、進歩的であり、それなくしては政治も経済も文化も前進しえぬことは明瞭なことであるのに、しかもなお〝独立〟を求めるとなれば、それはどうしても絶対王制、貴族、教会の支配という旧制度への〝復帰〟という、超反動的なことにならざるをえないという辛さにあった。」（ゴヤ・三・二二七）

実際、ナポレオンとの「祖国戦争」に勝利した帝政ロシアではナショナリズムが高まり、一八三三年には「自由・平等・博愛」に対抗するロシア独自の「正教・専制・国民性」の「三位一体」を強調した「道徳綱領」が出され、それに反する者は厳しく罰せられるようになった。スペインでも「憲法」が否定されて異端審問所が復活し、ゴヤの友人の改革派の知識人が次々と捕らえられるようになった。

## 三　『罪と罰』の考察とスピノザの哲学――「ナポレオン現象」と「非凡人の理論」の克服

『方丈記私記』で鴨長明だけでなく藤原定家の『明月記』など当時の日記文学にも言及しながら当時の神官や僧侶の腐敗を指摘した後で堀田は、「法然、親鸞、日蓮などの新興民間宗教が、ここでもすさまじいばかりの思想弾圧に耐えて、人々の心のひだに食いいって行った」（二六一）と書いた。

そして、親鸞が「宗教者としての真の発足をするにあたって」、教行信証の末尾に「主上臣下、法にそむき義に違し、いかりをなしうらみをむすぶ」と書いて朝廷に対する激烈な弾劾を叩きつけて流罪に処せられたと書いた後でこう記していた。

「人は流罪に処せられてはじめて民衆を知るのである。言っておきたいのだが、この流罪ということと民衆を知るということとは直通したことである。」この時、堀田は農奴解放や言論の自由などを求めて捕らえられ、シベリアに流刑となったドストエフスキーが、流刑から戻ると「大地主義」を唱えて「時代」を創刊し、自分の体験を元に描いた『死の家の記録』で、囚人に対する体刑や刑吏と囚人との支配と服従の関係を詳しく描いていたことを想起していたと思える。なぜならば、ゴヤが「『気まぐれ』制作の前後から囚人を描くことに異常なほどの関心をもって来ていた」ことに注意を向けた堀田は、こう続けているからである。

「後に触れることになる私用のデッサンには、男女の囚人だけではなくて、種々の拷問、異端審問所の被告や乞食、労働者、不具者、狂人などの、社会の下層、あるいは政治的、宗教的圧迫に苦しむ人々の姿が、実に続々と言ってよいほどに描かれるのである。」(ゴヤ・三・三九八)

この文章を書いた時におそらく堀田は、フーコーの『監獄の誕生——監視と処罰』に先立って『死の家の記録』に記された制度としての監獄についての考察が、[*10]『罪と罰』におけるナポレオンの考察につながっていることを理解していたと思われる。『ゴヤ』において堀田はナポレオンの問題について次のように詳しく記している。

「思想としてのナポレオン現象は、まことにゲーテの言った通りに、「ますます大きくなって行く」のである。/トルストイの『戦争と平和』だけではなく、ドストエフスキーの『罪と罰』でさえが、これらの巨大な作品でさえが一つのナポレオン論であると言ってもそうそう大きな間違いを犯したことにはならない。ドストエフスキーの神人、人神論にもナポレオンの影が濃い。ラスコーリニコフは言うであろう。「僕はナポレオンになりたかった。そのために人を殺したんだ……」と。スタンダールの諸作、ユーゴーの『レ・ミゼラブル』なども巨視的に見れば、これらも別途のナポレオン論である。」(ゴヤ・三・一四一)

実際、ドストエフスキーは「非凡人の理論」を編み出したラスコーリニコフに「すべてを許された真の強者は、ツーロンを廃墟と化したり、パリで大虐殺をやったり、エジプトに大軍を忘れてきたり、モスクワ遠征に五十万もの人間を浪費したりしながら、ヴィルノではしゃれのめして平気でいる。そしてその男が死ぬと、銅像が建てられる。つまり、いっさいが許されるんだ」とナポレオンについて考えさせている。[*11]

注目したいのは、堀田がさらに「そうしてこの巨人の影は、ニーチェの「超人」論にまで及んで行き、そのニヒリズムはついにナチズムを生むところまで行くであろう」と続けていることである。拷問による自白の強要というような手段はとらずに、心理的な駆け引きと「良心」をめぐる激しい議論をとおして、当時西欧で流行していた「弱肉強食の理論」などによって自分の犯罪を正当化していた容疑者の「良心」の問題に鋭く迫った司法取調官のポルフィーリイは第四章でも引用したように、「あの婆さんを殺しただけですんで、まだよかったですよ。もし別の理論を考えついておられたら、幾億倍も醜悪なことをしておられたかもしれないんだし」とラスコーリニコフに語っていた。

この指摘はラスコーリニコフの「非凡人の理論」を民族にまで拡大すればヒトラーの「非凡民族の理論」となり、犯罪がはるかに大規模なものになりえたことを示していたのである。

ただ、『罪と罰』ではラスコーリニコフが自首してシベリアに流刑になったものの、彼の確信は変わらず、エピローグでも「彼の激した良心は（……）罪をひとつとして見出すことができなかった」と描かれている。

その理由を「感情の力は、感情以外の人間の活動、あるいは、能力を凌駕することができる。それほどに感情は頑強に人間に粘着している」ことを指摘したスピノザの記述が説明していると思える。[*12]

ドストエフスキーが兄とともに出版していた雑誌「時代」にはストラーホフの訳による「神に関するスピノザの学説」という論文も掲載されており、ドストエフスキーがスピノザの考えをある程度知っていたことは充分に考えられるからだ。[*13]

「人間は、常に必然的に受動感情に屈従」するという指摘は、自分が感情や他人の意見に左右されずに理性的に行動していると考えていたラスコーリニコフのような人々にとっては苦痛と思えるが、スピノザが指摘しているように、多くの場合「人々が自由であると確信している根拠は、彼らには自分たちの行為を意識しているがその行為を決定する原因については無知である」という理由に基づいている。[*14]

この意味で注目したいのは、ドストエフスキーが『罪と罰』のエピローグで「人類滅亡の悪夢」を見させる前に、「やせ馬が殺される夢」と「殺された老婆が笑っている夢」をラスコーリニコフに見させていたことである。

これらの夢について考える上で注目したいのは、一九五四年に書いたエッセイで堀田が、夢の恐怖について記したあとでスピノザの哲学に言及していることである。

「夢は真に怖るべきものである。夢に対抗する手段は、方法は、無い。眼覚めるという単純な行為による以外には、夢に囚われた状態から解放されることは、出来ない、のである。そして都合のよいときに、うまい工合に眼覚めることも、出来ない。そこでは、方法も、意志も、無効である。私は聖書の、あのヨハネの黙示録に出て来る、第一の天使ラッパを吹き云々、以下の、第七の天使までの、原子爆弾か水素爆弾のようなものが続々と降ってくる、あの話を恐れる。大いに恐れる、読む毎に肌寒くなる。しかも私は、あの伝説的原爆水爆に対しては勿論、天使たちに対しても、対抗し、これを処理する何等の方法をもたない。」（一五・七九）

そのような「恐怖」という感情に対峙する論理がスピノザの哲学にはあることを堀田は次のように説明している。

「あの第一の天使にやっつけられ、つづいて第二、第三と来て息がつまりそうになったとき、たとえばスピノザの「激情というものは、我々がそこからそれにふさわしき理念をつくり出すとき、激情たることを止める」という言葉を思い出したとしたら、私の恐怖は一時に、そして大いに減り、ついには私はまったく別のことを考え出す。すなわち、恐怖は、単なる黒一色の恐怖ではなくて、いまちょっと触れたように、たとえば〝恐れ畏み、祈り〟するという行為にかわる。（……）私はいまあげたスピノザの言葉のうち、傍点を附しておいた〝つくり出す〟という一語を最も重視し、尊いものに思っている。そして、この平凡な一語が、年齢を加えるとともに、その重要さの度合を増してゆくように思う。」

長い引用になったが、夢とスピノザについての考察は、なぜラスコーリニコフはシベリアで「復活」することができたのかをも示唆している。

まず注目したいのは、シベリアにも同行したソーニャ（愛称、正式な名前はギリシャ語で英知を意味するソフィア）の存在である。哲学者の齋藤博はスピノザが「隣人・同胞の苦しみを感じとる力」を「精神の単なる受動とは考えず、あくまでも人間精神の能動として、理性との結びつきによってなることを明らかにしている」と説明している。[*15]「近代的な〈知〉」のパラダイムではソーニャのような学問のない人間は「無知」と規定された。しかし、スピノザ的な考えによれば、「隣人・同胞の苦しみを感じとる力」を持つソフィアは、字句通りに英知を持つ者とも理解しうるのである。

しかも、『未成年』の登場人物はある感情のとりこになった人間を正常に戻すには「その感情そのものを変えねばならんが、それには同程度に強烈な別な感情を代りに注入する以外に手はない」と語っている。[*16]この言葉は「感情は、それと反対の、しかもその感情よりもっと強力な感情によらなければ抑えることも除去することもできない」というスピノザの定理を強く思い起こさせる。[*17]

こうして、病気の時に見た「人類滅亡の悪夢」の「印象が長いこと消え去ろうとしないのに悩まされた」ばかりでなく、ソーニャが病気にかかり彼女の不在に悩まされていたラスコーリニコフの前に彼女が不意に現れたある暖かい日の朝のことをドストエフスキーはこう記している。

「（彼らの）病みつかれた青白い顔には（……）全き復活の朝焼けが、すでに明るく輝いていた。ふたりを復活させたのは愛だった。」

スピノザの哲学を踏まえて解釈すれば、それまで自分の理論に囚われていたラスコーリニコフの強い自負心が、「その感情よりももっと強力な感情」である「愛」によって克服されたと言えるだろう。

一方、ゴヤの『五月の二日』と『五月の三日』を論じた堀田は、次のように記している。


事実として、ゴヤのこの二作の足許、あるいは背後には〝文学〟がすでにひたひたと押し寄せて来ているのである。このあとに続くものは文学の他にはありえないであろう。

スタンダールであり、トルストイ、ドストエフスキーである。

われわれはすでに文学の世紀である一九世紀へ入っているのである。


さらに「この二枚は、ある種の宗教画」であるかもしれないとし、その理由をこの二作が「人々に、民衆に、マドリード市民に、スペイン人の全体に、ひいては人類のすべてに、人間性に対して話しかけているのである。それは人々に話しかけ、しかも何かを人々から求めている」(ゴヤ・三・四三六~七)と説明している。

## 四　「大審問官」の考察——『路上の人』と『カラマーゾフの兄弟』

『方丈記私記』の第一〇章「阿弥陀仏、両三遍申してやみぬ」で、堀田善衞は「神州不滅」などのスローガンが流行った「戦時中ほどにも、生者の現実は無視され、日本文化のみやびやかな伝統ばかりが本歌取り式に、ヒステリックに憧憬されていた時期は、他に類例がなかった」と書き、こう続けていた。

「論者たちは、私たちを脅迫するかのようなことばづかいで、日本の伝統のみやびを強制したものであった。危機の時代にあって、人が嚇ッと両眼を見開いて生者の現実を直視し、未来の展望に思いをこらすべき時に、神話に頼り、みやびやかで光栄ある伝統のことなどを言い出すのは、むしろ犯罪に近かった。」(二二一)

『方丈記私記』を書き終えた後で取り組んだ『定家明月記私抄 続篇』の序で堀田はこう記している。[*18]「一昨年(一九八四年)の春に、明月記の承元二年(一二〇八年)——藤原定家四十七歳——までを一応の中じきりとして休筆することにし、その間に、長年のあいだ考えつづけていた、西欧中世に舞台を求めた小説を、一気に書き下した。『路上の人』である。」

『ゴヤ』ではスペインの異端審問所の問題が描かれていたが『路上の人』(一九八五)では、時代をさかのぼって法王の勅令によって「犯罪や残虐行為からも免罪をされていた」アルビジョア十字軍(一二〇九〜一二二九)による侵略戦争が終結した後も異端審問制度によって追い詰められたカタリ派の人々の抵抗が描かれている。[*19]

堀田は『路上の人』のテーマを文芸評論家の篠田一士に「島原の乱の西洋版」と説明しているが、[*20]かつて、幕府による激しい切支丹迫害に抗して原城に立てこもった三万七千もの人数が虐殺された島原の乱を長編小説『海鳴りの底から』(一九六一)で描いていた作者は、この作品でも思想の違いで他者を虐殺することの問題を僧セギリウスの従者ヨナの視点から描いている。

この長編小説の魅力の一つは「誇り高い乞食として彷徨をしていた頃」に、「膝から下のない不具者を装っていたときの後遺症で」、「左足を引きずるようにして」歩いていた従者ヨナが、七ヵ国もの言語を操り、「馬と駱駝」との比較などを語って人を笑わすこともでき、琴や弦を弾く楽士たちや手品師や道化役者などの芸人たちの一団にも入るような人物として造形されていることである（二八）。

「キリストは果して笑ったか」などの問題を法王の秘密の指令をうけて究明しようとしたセギリウスとともにトレドに向かい、そこで三ヵ月も寝込んだ僧のために薬草学の知識も得て看病したヨナは、文書庫に籠って研究を続けていた寡黙な僧から「清貧を旨とするフランチェスコ会」を創設したフランチェスコ師の話を聞いて深い感銘を受ける（五〇〜五五）。

しかし、法王の許可を得て禁書とされていたアリストテレスの書も研究をしていた僧セギリウスは、突然、客死してしまう。毒殺を疑ってすぐにそこから離れたヨナが、ミレトの僧院で出会ったのが和親・平和（コンコルディア）のための使節として派遣された法王の秘書官で、セギリウスとも仲のよかった快活なアントン・マリア伯爵であった。

彼が持ってきた十数枚の羊皮紙に書かれた文書に記された文章から、それが「故セギリウスの草稿である」と本能的に知った「ヨナは自分が深くセギリウスを愛していたことを知った」と描かれている。そこには「教会が、その固定した教義《ドグマ》を、それに背く者に厳罰の脅しをもって上から課するのは誤りであること」との明確な提言が記されていた（一四二）。

ロレンスは『ヨハネの黙示録』を聖書中に組み入れることには「東方の神父たちが、烈しくこれに反対した」と記していたが、[*21]冷牟田幸子もドストエフスキーの各小説と『ヨハネの黙示録』との関りを詳しく分析した後で、セギリウスの教会への改革の提言の草稿には「この預言書を聖書からはずし、附属書とすべし」と記されていたことに注意を促している。[*22]

カタリ派の人々に「もっと南へ下って、イスラム教徒の支配するコルドバか、グラナダへ行け、イスラム教徒は、もっと寛容である、とすすめた」アントン・マリア伯爵も、ヨナの問いに対して「わたしは彼等の支配下で、キリスト教徒たちがユダヤ教徒とも一緒に、嬉々として暮しているのを、この眼で見ている」と答えていた（一九六）。

初めはカタリ派と同じように清貧を旨としていたドミニコ会が異端討伐と審問の最前線に出て来たことに対して、「騎士としてのわが名に賭けても」、「和親・平和」をなし遂げなければならぬと考えていたアントン・マリアには、「セギリウスの死は、身を切られるほどにも」こたえていたのである（二一四〜二一五）。

さらに、ピレネー山脈の高峰に点々と続く山巓城塞を見ながら、自らは真のキリスト教となのる片目をえぐり取られたカタリ派の黒衣の完徳者（司祭）のことを考え、涙を流していた憂い顔の騎士は、突然、ヨナに「やはり、セギリウスが正しいのだ」と語りかけた（二四九〜二五一）。

そして、「一二二九年にトゥルーズで開催された会議で、信徒が聖書を読むことを禁止」して、「教会だけが聖書を独占しようとしたこと」を批判した騎士は、「木版の技術がもっと普及されねばならぬ、と言っていたのも正しい。（……）映像と記号だけでは、往々にして一方通行になり、支配の道具に化けるだけである」と続けた。

これを聞いたヨナが「セギリウス様は、金属板に絵を刻み込んで版画が出来るのに、何故金属を使って印刷が出来ないのか、と言っておられました」と伝えると騎士は感嘆の声をあげつつも、「おそらく教会はそれを禁止し、その発明者を毒殺するか、異端として火刑に処するであろう」と語って沈黙したのである（二四九～二五一）。

「謹厳きわまりない僧」であったセギリウスの死後に、ヨナを広い視野を持ち、ヴェネツィアのカーニヴァルの時期にはルクレツィアと熱烈な恋もしていた騎士アントン・マリアの従者とすることで、悲惨な十字軍の物語にふくらみを与えている。

こうして、セギリウスの死後にヨナの彼に対する理解はより深まっていくが、このような長編小説の構造は、『カラマーゾフの兄弟』におけるゾシマ長老とアレクセイとの関係を連想させる。

騎士はある枢機卿が「イエス・キリストが再臨などをして来たならば、躊躇なく引っ捕えて火刑に処せよ、ということにならざるをえないであろう」と言ったことも伝えていた。

そして、降誕祭を迎えた時期にカタリ派の信徒が立て籠もる山巓城塞からも歌声が聞こえて来たときにヨナが、「ルクレツィア様も歌っておいででしょうな」と語りかけ、さらに「キリスト様がもし、いまここへおいでになったら、どうお裁きになりますでしょうか？」と問いかけると、「うむ……。

恐らく、黙って、双方の足に接吻をして、黙ってこの場を去られるであろう」と騎士は返事をしていたのである（三二六～三四二）。

この「黙って、接吻する」という行為は、『カラマーゾフの兄弟』でイワンがアレクセイに語る一六世紀スペインのセヴィーリャを舞台とした壮大な物語詩「大審問官」におけるキリストの再臨と異端審問官との対話の場面を思い起こさせ、[*23]昭和初期にこの長編小説を読んだ堀田がその後もこの問題を考え続けていたことを示しているだろう。ただ、ここで「足に接吻して」と書かれているのは、後で見るモンテーニュが法王に謁見した際の儀礼に従ったものと思われるが、冷牟田幸子は「アントンの語るイエスの沈黙の接吻には、続く「恐るべきことを言い抜いてしまった」という付言から、愛と赦しに加えて、現実の世界にキリストは無力であるという苦い認識が込められているように思われる」と記している。[*24]

ドストエフスキーは「大審問官」で異端裁判のことを描いていたが、堀田善衞は『路上の人』で十字軍によるカタリ派の虐殺を描くことにより、自己の価値観により他者を「悪」として「殲滅」させた「大審問官」的な考え方が、原水爆を有する現代においては地球を破滅させる危険性を指摘していたのである。

こうして、『路上の人』では騎士の奔走にもかかわらず、モンセギュールの山巓城塞に立てこもった多くの信者は火刑に処せられて死んでいった。このような野蛮な戦争が「これからも何十年と続けられるであろうことも目に見えている。歳月を経、経験を積むごとに、おそらく告発や糾問、拷問の技術は、ますます洗練されて行くであろう」と感じた「和親・平和《コンコルディア》」の騎士、アントン・マリアは、異端審問の書類の山に埋れて卓子に顔をつっ伏していたと記した堀田は、「彼の額のすぐ前の羊皮紙には、／《人間性の尊厳について》／という題名」が記されてあったと続けていた（二八八）。

そして、ローマに帰りつくと法王付大秘書官のアントン・マリアは約一ヵ月も「館に籠って書き物」をつづけてそれを書き終えると法王付大秘書官の法服をまとい、「部厚く製本された羊皮紙本を脇に抱え、法王庁へ登庁」した。しかし、騎士は「退出してくるなり、法服を脱ぎ捨て」、「ローマにいるとセギリウスと同じ目に遭わされかねない」と告げてヨナとともに異国へと旅立ったのである（三六二～三六五）。

注目したいのは、『時間』で「白馬」の夢を象徴的な形で描写し、『若き日の詩人たちの肖像』では北海道の小さな炭坑町で見た二頭の盲目の馬について主人公に語らせるとともに、軍馬として売られてしまうことになる子馬への愛情が描かれている映画『馬』に「マドンナ」が出演していたことを記した堀田善衞が、『路上の人』でも従者ヨナと騎士が「ジェノヴァのアラビア人から買った〝ジェム〟という名前の馬との交流を描いていることである。

すなわち、ヨナと騎士の二人がカタリ派の信徒が立て籠もるモンセギュールの城塞にむかう途中でヨナが「わたしも何か聞こえるような気がします」と騎士に答えると、「馬のジェムもが耳を欹《そばだ》てていた」と記した作者は、こう続けている。

「ヨナはこの頃はずっとジェムの轡《くつわ》をとって歩いているので、いつもジェムの大きな片目が頭の上にあり、それがつねに憂いに潤んでいるように見え、こいつは何も言わないけれども、何もかもわかっているのかもしれないな、と思わざるをえなかった。異様な光景を目にしたときには、当方の気のせいもあったかもしれないが、長い睫《まつげ》の瞼を何度も何度も瞬《しばた》いてもいた。」（二六八）

馬上の騎士にルクレツィアの居場所の手掛かりを尋ねた際にも、「ヨナの眼のすぐ上にジェムの大きな潤んだ片目があった」と描いた作者は（二五二）、キリストの接吻について語った後の沈黙の後で「不意に騎士が奇妙なことを言い出した」とし、次のような会話を書いている（三四二）。

「おれの故郷のコンコルディアの近くに、ミランドーラという町がある。そこの城で生れた従弟に、ニコロと呼ばれる青年がいる。この若者が、いまアレッポにいてヘブライ語の原聖書の研究をしている」

「アレッポとは、どこですかい？」

「シリアだ。アイシャの生れたところだ。馬のジェムは、そこからジェノヴァへ送られて来た」

たしかに奇妙な会話だがここではルクレツィアとともに黒衣の信徒となったアイシャにも言及されているとともに、「ミランドーラ」の城で生まれてヘブライ語の原聖書の研究をしている騎士の従兄にも言及されていることに注目したい。

「人間性の尊厳について」と題された論文について評論家の篠田一士が「作中ではコンコルディ

ア伯が書いたことになっていますが、あれは実際には、ルネッサンス時代の哲学者ピコ・デラ・ミランドーラが著したものを使われたかと思ったんですが」と指摘すると、堀田は「そうなんです。その題名だけ借りてきましてね」と答えているのである。[*25]

こうして、「人間の尊厳について」という演説の草稿を一五世紀後半に書いた人物を、カタリ派の人々のモンセギュールの山巓城塞に立てこもって戦い殲滅され最後の抵抗を見た和親・平和の騎士と設定し、ドストエフスキーが高く評価した『ドン・キホーテ』のサンチョ・パンサ的な性格を持つ従者ヨナの視点から描くことによって、堀田はこの作品をきわめて説得力のあるものにしているといえよう。

しかも、堀田善衞は理想を実現しようとする騎士の志は評価しながらも、「そのドン・キホーテは、彼にいかなる害をも加えたこともない、また加える筈のない風車に立ち向ってゆくのである。ドン・キホーテの恐るべき空想が、敵を作り出す」と「恐怖について」で指摘していた堀田は（一五・八五）、アントン・マリアを「和親・平和の騎士」として描いていた。

スピノザの哲学についてもふれていたエッセイ「恐怖について」はこう結ばれている。

「今更ひっこみがつかない」として突撃するような「宿命論、決定論、絶対主義、破局主義、御破算主義、何と呼んでもいいが、事態に対する人間的な原因の追究——これのみが恐怖を解くものだ」。

堀田善衞の晩年の大作『ミシェル 城館の人』三部作では、ミシェルの母親がスピノザと同様に「ユダヤ教徒に対する異端糾問のもっとも甚しかった」スペイン出身のユダヤ系の豊かな商人の出であることが記されている[*26]（ミシェル・一・三二〜三三）。

ミシェルの祖父や曽祖父が自由都市・ボルドオで廻船業に携わっていたことにもふれられているが、堀田の生家も江戸時代から北陸で廻船業を営んでいたことにも留意するならば、「つねに外国と接触を持っている者は、頑迷固陋であったりすることは、本質的に出来なかった」という記述は（ミシェル・一・八七）、堀田自身の精神的な骨格をも物語っているであろう。

しかも、『ミシェル』の冒頭近くでは『人間の尊厳について』という演説草稿を著わして「新しい、人間中心の人間観の確立を志し、また当時の占星術的な決定論を覆して、自由な人間、人間の自由を恢復再生させよう」としたピコ・デラ・ミランドーラが、「教会から破門され」、その後で毒殺された可能性が高いことが記されている（ミシェル・一・二九〜三〇）。そのことは『路上の人』と『ミシェル』との内的な密接なつながりを示していると思える。

モンテーニュは『エセー』で〈判断はあらゆる事象に適する道具であり、またどこにでも首を突っ込む。だから私は、ここで判断の試験（essais）をするのに、あらゆる機会を利用する。たとえそれが私にまったくわからない事柄であれ、そのわからぬ事柄に、自分の判断を試して（essayer）

みる〉と書いている（ミシェル・二・六九）。

この個所に注意を促した堀田は、これは「われわれが日常に経験する〈判断〉というものについての分析作業」であり、「主著作の総題名となるべきものが、ここに示唆されている」と記している。

このような方法で当時の時代を考察したミシェルは、〈私は、現代の人々が驚くべき無分別と安易さのなかに、その信念と期待とを、自分たちの党首の好むがままに利用されて、どこへでも引きまわされ、次々と間違いを重ね、幻想と錯覚を繰り返しながら平気でいるのを見て驚嘆したことがある〉と書いている（ミシェル・三・一八九）。それは地球を何回も破滅させるだけの威力のある核兵器を有しながら大国の指導者が互いに「自分の正義」を主張し合い、大衆がそれに影響されている現代の政治状況についての鋭い分析ともなりえている。

戦時中に書いた卒業論文で「殺すなかれ」というイエスの理念を語るムィシキン公爵を主人公とした『白痴』を取り上げていた堀田善衞は、「魔法使や魔女と称された者を処刑することについても」、〈人間を殺すには明白な証拠がなければならない〉と主張したモンテーニュに惹かれたのだと思える。しかし、明晰な分析が記されていた『エセー』は一六七六年にはローマ法王庁によって禁書とされ、禁書目録から削除されたのはようやく一九三九年のことであった。

一方、ミシェルの影響も受けていたアンリ四世は一五九八年に「信仰寛容令と称される「ナントの勅令」を発布して信教の自由」を認め、それによって、「ついにカトリック派とプロテスタント派の妥協が成立して宗教戦争が最終的に終了」した（ミシェル・三・四〇一）。

それゆえ堀田善衞は、「かくて、ミシェル・ド・モンテーニュは〈普通の人間〉の人権並びに人間生命の尊重において、一七八九年八月のフランス国民議会において採択された、十七条からなる人権宣言の基礎を築いた、と言っても過言ではないであろう」と記して『エセー』を高く評価したのである（ミシェル・三・三四九）。

なお、堀田は南京虐殺を中国の知識人の視点から描いた問題作『時間』では、「平和をつくり出すために、自分以外の誰からも、何物も期待しなかった」賢人・モンテーニュが、フランス宗教戦争（一五六二〜一五九八）の時代に「劫掠の市街に住して自家の扉を開け放していた」ことに注目して（七三）、『エセー』の次の文章を引用していた。

「防備は攻撃を誘い、警戒は害意を呼ぶ。私はあらかじめ兵士どもの意図をくじいた。つまり彼等から危険を冒し、お手柄に武勲を加えて輝かす材料を取り除いたのだ。」（ミシェル・二・七九）

その直後にモンテーニュは「こんなにも多くの家々が武装されているなかにあって、私と同じような身分の者で、自分の家の守りをまったく天に委ねたのは、私の知る限り、フランス広しといえども私だけだ」という日本の平和憲法の理念を先取りするような言葉も記していたのである。

『ミシェル』で『伝道の書』（日本聖書協会の新共同訳では『コヘレトの言葉』）がモンテーニュの愛読書でもあったことにも触れていた堀田は（ミシェル・三・三六九〜三七一）、一九九〇年に書いたエッセイで「旧約にはもう一つ、気持の落ち込んだときに、声に出して朗誦をして、緊縮した気持ちを解《と》き解《ほぐ》してくれるものがあった」として『伝道の書』を挙げている。そして、「キリストの言葉など一度も引用していない」モンテーニュが、「この書の十二箇所もの言句を引用して、彼の書斎の天井に銘文として記させている」ことに注意を促した堀田は、「ともあれ私には、この伝道の書は、浩瀚な聖書中の諸々の文章のなかでも、もっとも楽しい、至美なものと思われる」と書いている。[*27]

こうして堀田は晩年のこの大作で、ミシェル・ド・モンテーニュの『エセー』が「人間の共存の根拠」を求めたスピノザの『エティカ』やゴヤの絵画、ドストエフスキーの文学などの試みに先駆けていたことを明らかにしたのである。

グローバリズムの圧力により再びナショナリズムが高揚し、「自国第一主義」を掲げる人物の称賛や偶発的な核戦争の危機も強まっている現在、堀田善衞の考察の意義は高まっているといえよう。

宮崎駿監督映画『風立ちぬ』より © 2013 Studio Ghibli・NDHDMTK

# 終章　宮崎アニメに見る堀田善衞の世界

## ――映画『風の谷のナウシカ』から映画『風立ちぬ』へ

「お前の映画は何に影響されたかと言われたら、堀田善衞と答えるしかありません。もちろん手塚治虫さんとか、いろいろな人の影響を受けていますが、一番芯になっているのは、やはり堀田善衞なのです。」

（宮崎駿「堀田作品は世界を知り抜くための羅針盤」[*1]）

### はじめに　宮崎監督の映画『風立ちぬ』と「天上大風」の額

評論家の半藤一利との対談で「ぼくの読書遍歴は、堀辰雄から芥川龍之介に行って、それで夏目漱石に辿り着いた」と語った宮崎駿監督は、[*2]ことに『草枕』を愛読していた。

アニメ映画『風立ちぬ』では『草枕』の舞台となった前田家別邸の離れをモデルに、菜穂子が治療中のサナトリウムを抜け出して主人公・堀越二郎の上司・黒川夫妻の元で祝言を挙げた黒川邸が描かれている。注目したいのは、その玄関には凧あげをしている子供にせがまれて「凧」に書いたという言い伝えのある良寛による「天上大風」の文字が書かれた丸い額がかかっていることである。

堀田善衛の死後に出版された『天上大風《てんじょうたいふう》』に収められ、内外の事件と庭の樹木について記した「一九九七年二月二十日」というエッセイは「天上大風、／天下騒然。」という言葉で始まり、「天上大風、／天下騒然。／このまま二十一世紀へ入って行くものであろうか。」という言葉で結ばれている。[*3]

一方、二十歳過ぎの頃に芥川賞を受賞した堀田善衛の『広場の孤独』や『漢奸』と出会った宮崎監督は、「たとえ日本について嫌いだと思うところがあっても、〝それでも日本にとどまって生きなければならない〟という実に単純化したメッセージ」を受け取り、「その後ずっと長い間、自分のつっかえ棒になってくれました」と語っていた。[*4]

そして、一九九二年に行われた堀田善衛と司馬遼太郎との鼎談の冒頭で「じつは、お二人にお話ししていただきたいと、私はずっと長いあいだ熱烈に願っていたのです」と語っていた宮崎監督は、[*5]その翌年から鈴木プロデューサーと二人で堀田邸への新年の挨拶に訪れるようになっていた。

映画『風立ちぬ』では菜穂子が喀血したとの電報を受け取って彼女の実家に駆け付け、とんぼ返りで戻った二郎が呼び出されて設計の依頼をされた会社の会議室の正面にも長方形の大きな「天上大風」の額がかかっている。

そのことも思い出すならばこの映画では堀田善衛への謝辞は記されていないが、この二つの額のシーンは重苦しい激動の時代をしたたかにたくましく生きた作家・堀田善衛へのオマージュだと思える。
本章では二人の関りとアニメ映画『風立ちぬ』にいたる宮崎駿監督の作品をとおして、重苦しい時代を描いた『若き日の…』などの堀田善衞作品の現代的な意義に迫りたい。

## 一　映画『モスラ』とアニメ映画『風の谷のナウシカ』

太平洋戦争が始まった一九四一年に生まれた宮崎駿監督は、敗戦時の思いを二〇〇八年に行われた講演でこう語っている。[*6]

「戦争が終わった時は四歳でした。父親に負ぶわれて逃げる中で、B29が落とす焼夷弾が降ってくるのを目撃した最後の世代だと思いますが、戦争に負けて、小さい子どもなりに屈辱感に満ちていたのです。／同時にそれは、自分のいる日本という国が、何という愚かなことをして周りの国々に迷惑をかけたのだという、恥ずかしくて外に出られないような感覚でもありました。何を支えにこの国で生きていけばいいのだろうと。」

一方、堀田善衞や宮崎駿との鼎談で、自分も「なんでこんなばかな国にうまれたんだろう」と感じていたと応じた司馬も、「物を書きはじめてからは、すこしずつわかってきたことどもを、二十二歳の自分に対して手紙を出しつづけてきたようなものです」と語った。[*7]

それに対して「それは司馬さん、私なんか完全に同じですよ」と応じた堀田も、「これまでやってきた仕事は、ずっと戦時中の自分への手紙を書いていたようなものですよ。私の『ゴヤ』も、『方丈記私記』も『定家明月記私抄』も戦時中に考えたテーマなんですね」と答えていた。

しかも、戦前や戦時中には大本営発表の情報しか新聞に載せられなかった日本は、朝鮮戦争が勃発すると今度は占領軍による検閲という新たな問題に直面した。そのような緊迫した時期を描いた『広場の孤独』では、朝鮮戦争で原爆が使用される可能性もあったことや第三次世界大戦の話題も記されていた（一・三四二）。

一九八四年に公開された宮崎映画『風の谷のナウシカ』では巨神兵による「火の七日間」によって科学文明が終わり、瘴気を放つ腐海の森に覆われそこに棲む巨大な蟲《むし》たちに脅かされつつも、戦争を続けて人類が衰退の一途を辿っている千年後の世界が描かれている。

辺境にある「風の谷」は海から吹く風によって森の毒から守られて平和な暮らしを送っていたが、巨神兵の復活を目論む強大な軍事大国トルメキア帝国に襲われ、腐海の謎を解いて旅を続けていた剣士ユパやその弟子で人と自然の歩むべき道を求めていた族長の娘・少女ナウシカも戦いに巻き込まれていく。

興味深いのは、二十歳過ぎの頃に『広場の孤独』を読んだという宮崎の証言に従うなら、その時期は本多猪四郎監督の映画『モスラ』（一九六一）が公開された時期に重なることである。この映画の原作『発光妖精とモスラ』が、『若き日の詩人たちの肖像』にも綽名で登場する中村真一郎（富士君）、福永武彦（日伊文化協会の詩人）と堀田との共作であることを思い起こすならば、宮崎駿が堀田善衛の短編『広場の孤独』や『漢奸』を読んで感銘を受けたのはこの映画を見た後ではないかと思われる。[*8]

映画『風の谷のナウシカ』の冒頭では、腐海の森を守る巨大な王蟲《オーム》に襲われた騎士を救い、さらに騎士のつれていたキツネリスに噛まれた際にも、その小動物の不安を察知して怒らなかったナウシカの優しさが描かれている。そのことにより墜落する飛行機に捕虜として囚われていたペジテ市の王女ラステルに対する残虐な体刑の痕を見付けた時や、急襲してきたトルメキア帝国の兵士によって父親が殺害されたことを知って敵兵を切り倒すシーンでのナウシカの激しい怒りと悲しみが浮かび上がる。

注目したいのは、この王蟲と本多猪四郎監督の映画『モスラ』の幼虫モスラの形状がきわめて似ていることであり、一九八五年に宮崎駿の『天空の城ラピュタ』の宣伝のための文章を書いてもらうために堀田善衛宅を訪問したジブリの鈴木敏夫プロデューサーはこの時に映画『風の谷のナウシカ』のビデオを持参して見てもらっていた。それは堀田が原作者の一人となっていた映画『モスラ』とこのアニメとの関係を強く意識していた

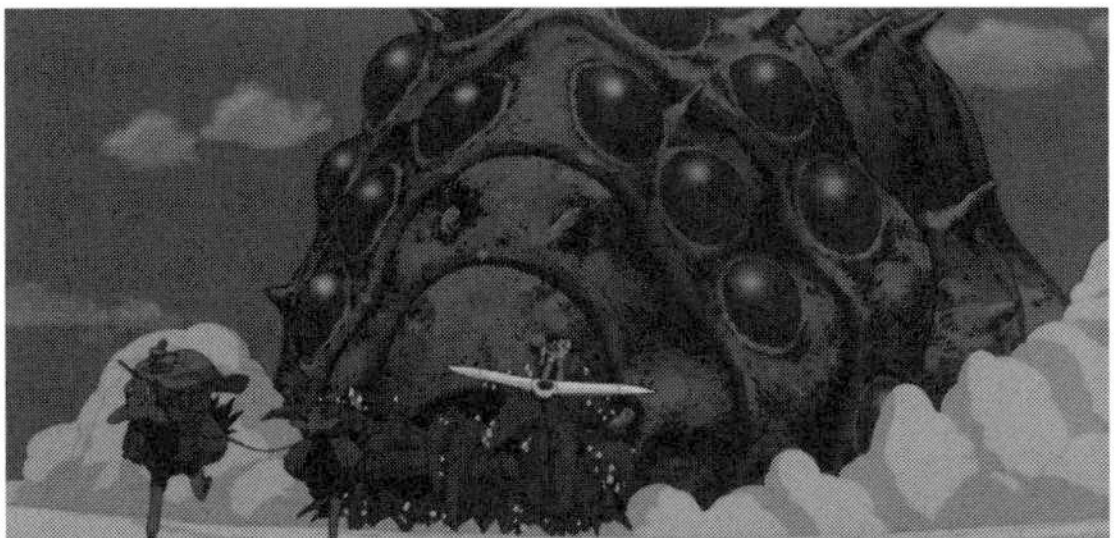

王蟲　映画『風の谷のナウシカ』より

からだと思われる。

一方、「火の七日間」によって滅亡に瀕している世界を描いた映画『風の谷のナウシカ』では、夢の中で子供の頃に戻ったナウシカが、自分の父親や村人によって「王蟲」の子供が殺されそうになるのを防ごうと「殺さないで」と叫んでいた光景が描かれており、それはナウシカが自分の危険もかえりみずに傷ついた「王蟲」の子供を守るというこの映画のラストシーンへと直結している。

この「王蟲の子供が殺される夢」のシーンは、『罪と罰』でラスコーリニコフが見る「やせ馬が殺される夢」のシーンを思い起こさせる。すなわち、犯行の前日にペテルブルグの郊外をさまよっていたラスコーリニコフは、草の上で寝た際に、七歳の頃に父親とともに祭の日の夕方に郊外を散歩して酒場の近くに来た時に、酔っぱらいの馭者が力まかせにやせ馬を鞭うっているのを見て「殺さないで」と叫んだ光景を夢で見て、自分の計画が「算術のように正確だ」としてもそんなことは決してできないと強く感じたと明記されている。

単なる偶然による類似の可能性もあるが、宮崎駿はナポレオンのような「英雄」には「悪人」を殺すことも許されているという「非凡人の理論」を考え出して「高利貸しの老婆」を殺した主人公の若者の行動と苦悩に迫り、彼がシベリアの流刑地で見た人類がほとんど滅亡するという悪夢も描かれている「ドストエフスキーの『罪と罰』は正座するような気持ちで読みました」と記している。[*9] 実際、宮崎が漫画家として尊敬していた手塚治虫は、『罪と罰』を「常時学校へも携えていき、ついに三十数回読み返してしまった」と記しており、[*10] 一九五三年に書いた漫画の『罪と罰』でも、少年時代に過ごした村の美しい自然の描写の後で虐げられたやせ馬が殺される場面を描いている。[11]

一九九三年に宮崎駿が対談した黒澤明監督も、[12]映画『夢』(一九九〇年、脚本・黒澤明)の「創作ノート」に『罪と罰』に記された「やせ馬が殺される夢」の一節をそのまま書き写しただけでなく、その横に「夢というものの特質を把握しなければならない。現実を描くのではなく、夢を描くのだ。夢が持っている奇妙なリアリティをつかまえなければならない」というメモを記していた。[13]

さらに、宮崎駿が深く敬愛した堀田善衞はこれまで見てきたように虐げられた馬のシーンを何度も描いているばかりでなく、夢の恐怖についても記していた。それらのことに留意するならば、意識的か無意識にかの違いはあるにせよ、単なる偶然とは片づけられないだろう。

『罪と罰』では主人公が老婆を殺したことを知ったソーニャは「今すぐ、すぐに行って、十字路に立つんです。おじぎをして、まず、あなたが汚した大地に接吻しなさい」と諭して自首を促していた。[14]こうして、大都会のペテルブルグで自然支配の思想に染まっていたラスコーリニコフはシベリアに流刑されたことにより、「ただ一条の太陽の光、鬱蒼《うっそう》たる森、どこともしれぬ奥まった場所に、湧きでる冷たい泉」の意味を徐々に理解して、「復活」することが示唆されていたのである。

『風の谷のナウシカ』でもタイトルバックで示される図には「その者青き衣《ころも》をまといて金色《こんじき》の野におりたつべし。失われた大地との絆《きずな》を結び、遂に人々を青き清浄の地に導かん」との言い伝えが織られていた。

しかも、「風の谷」を侵略したトルメキア帝国の皇女クシャナが、自分たちに従えば「王道楽土」

を約束すると語っているが、それは「満州国」建国の際に謳われた「五族協和」や「八紘一宇」と同じような標語の一つであった。『時間』で南京虐殺の問題を中国人の知識人の視点から描き、『若き日の…』では満州事変以降の太平洋戦争に突入する頃の重苦しい時代を若者の視点から描いた堀田が、敗戦後に書いた「文学の立場」で、「標語やイデオロジイは自ら思考する能力のない人のためにしか役に立たぬ」と批判していたことに留意するならば、この映画は堀田の文学観や歴史観をも反映しているように見える。

一方、堀田は映画『風の谷のナウシカ』のビデオを見た後で鈴木敏夫プロデューサーに求められたテーマについてこう書いている。

「私としても、アニメーションを作る人々から、〝人類の運命について〟という趣旨の文章を書け、などと言われようとは、想像もしないことであった。（……）（アニメーションなどは）、恐らくあらゆる時間と空間を超越したストーリーを展開する自由を持つ」が、「そうであればあるほどに、そこに展開される思考が堅固でなければならず、さもなければ、自由が死ぬであろう。[*15]」

しかも、鈴木によればこの時に十字軍によるカタリ派の虐殺を考察した長編小説『路上の人』の映画化権を堀田から与えられていた。そのことは『路上の人』で従者ヨナの視線をとおして和平のために活動していた僧セギリウスや騎士アントン・マリア伯爵を描いていた堀田善衞が、騎士ユパとその弟子のナウシカの言動をとおして人類が滅亡の危機に瀕している時代を描いた映画『風の谷のナウシカ』を見て、自分の文明観を深く理解しうるアニメ作家を見出したのだと思える。

二　卒業論文のランボオと映画『紅の豚』

第一次世界大戦終了後の一九二〇年代終わりのアドリア海を舞台に「飛べない豚は、ただの豚だ」とうそぶく賞金かせぎのクールなパイロットを主人公としたアニメ映画『紅の豚』（一九九二）[*16]は、工場で颯爽と働いている女性たちや空賊たちの陽気な姿も描かれており、制作者側の意図のとおりに上質で楽しい「活劇」になっている。[*17]

しかし、一九二二年以降のイタリアではムッソリーニのファシスト党が支配しており、宮崎氏はサン＝テグジュペリの『人間の土地』の「解説」として書いた「空のいけにえ」で、「（人類は）二十世紀の初頭に生まれたばかりの飛行機械に、才能と野心と労力と資材を注《そそ》ぎ込み（……）、わずか十年ばかりの間に大量殺戮《さつりく》兵器の主役にしてしまった」と書き、「空を飛びたいという人類の夢は、必ずしも平和なものではなく、当初から軍事目的と結びついていた」と説明し、こう続けていた。

「一九一八年に終戦となるまでに交戦国で生産された軍用機は、十七万七千機におよんだのであった。終戦時に任務についていた機数は一万三千。つまり十六万余機は戦争期間中に壊れ、燃え尽き、捨てられた」。「各交戦国は国民の戦意をあおるために、空中戦の戦果を個人名で発表し、英雄を作りあげた。五機以上の敵機を撃墜した者はエースと称えられ」たが、「その他多勢は墜とすどころかエース達のエサとなって殺される運命にあった。西部戦線の戦闘機乗りの平均寿命は、二週間などと当時でも言われていたのである」[18]。

では、主人公のポルコ・ロッソが第一次世界大戦で活躍したイタリア空軍のエース・パイロットであり、戦友から空軍への復帰を薦められても戻らずに、空の海賊ともいうべき空賊を相手に賞金稼ぎで生きているという設定で描かれているにせよ、暗い時代を描いたこの作品をどのようにして「明るく楽しい」作品とすることができたのだろうか。

この意味で興味深いのは、真っ赤な飛行艇で華麗な飛行を披露する伝説的なエース・パイロットを徹底的にデフォルメして豚として描き、「紅の豚（ポルコ・ロッソ）」という綽名で呼んでいることである。それは堀田善衞が『若き日の…』で「絶望と憔悴と虚無を強いられた若者」たちに、「冬の皇帝」「良き調和の君」といったユーモラスな綽名を付けることで、「小説世界に明るさと軽みを」添えていたことを連想させる。

祖父の経営するピッコロ社で設計士を務めてポルコに淡い恋心を抱く乙女フィオも描かれているこのアニメ映画は、『若き日の…』ではあまり詳しく描かれていない堀田のランボオ観についてのヒントも与えてくれる。

アジトの島の砂浜で休憩していたポルコが電話で起こされ、空賊によって船が襲われたという知らせを受ける冒頭の場面では、砂浜に置かれたラジオからシャンソンの「さくらんぼの実る頃」が流れているが、宮崎駿は『「紅の豚」劇場パンフレット』において、この歌が普仏戦争でナポレオン三世が降伏したあとで、市民と労働者が作ったパリ・コミューンで流行った歌であることに注意を促していた。[*19]

ブルジョワの道徳に反抗して一八七〇年八月に家出をして普仏戦争下のパリに向かったランボオは、翌年の三月から五月にかけて「理想的にいろんな（政治的な）形を実行した」パリ・コミューンを支持していた。注目したいのは、ブルジョワジーによって厳しく鎮圧されたあとでランボオが「さくらんぼの実る頃」を作詞した詩人のジャン・バティスト・クレマンなどパリ・コミューンの亡命者とブリュッセルで度々会っていたことである。[*20]

映画では空賊たちの人質となっていた子供たちを解放したポルコは、幼馴染のジーナが経営するホテル・アドリアーノを訪れるが、興味深いのは空賊も訪れるそのホテルでは中立が守られており、争いごとは禁じられていたことである。

そのホテルでジーナが歌う「さくらんぼの実る頃」には、「en fête 浮かれ出す」という歌詞があるが、「fête」にはもう一つ「祝祭／祭り」という意味がある。そのことに注意を促した奥田浩司は、「パリ・コミューンとは、民衆にとって何よりも祝祭的な空間で」あったと記している。[*21]しかも、コミューン崩壊後に書き加えられた四番の歌詞には、「弾圧され虐殺され流刑されていった多くのひとびとへの思い」が記されていた。

映画『紅の豚』ではこの後で調子の悪くなっていた飛行機に乗っていたポルコを空賊に雇われて撃ち落としたアメリカ人のカーチスが、ジーナのホテルの庭に忍び込んで愛を打ち明ける。しかしジーナからはある人が昼間この庭を訪れたら「今度こそ愛そう」と賭けをしていると断られるシーンが描かれており、物語の結末が示唆されている。

一方、破壊された飛行機をピッコロ社に持ち込んだポルコは、若い女性のフィオを紹介されて最初は断ろうとしたが、その才能を知って設計を依頼すると女性ばかりの作業員によって組み立てられた飛行艇はファシストの見張りと追撃を振り切って無事に離陸した。

ポルコのアジトの島も空賊たちに占拠されていたが、設計士の乙女フィオは飛行機乗りを讃えつつも大事な飛行機を壊そうとする卑劣さを敢然と批判した。それを見て今度はフィオに惚れたカーチスは、彼女に結婚を申し込み、大空での決闘で彼がポルコに勝ったらフィオはカーチスとの結婚を承諾し、負けたらカーチスがポルコの飛行機の修理費用を払うという賭けが成立した。

決闘の前夜に何か話をしてとフィオから求められたポルコは、第一次世界大戦中に多くの敵の飛行機を撃墜し、仲間の死も目撃したあとで見たシーンについて語る。

敵機との激しい空中戦で疲労して意識を失ったポルコは、気が付くと遥か上空を不思議な雲がひとすじ流れているのを見るが、それは空に散った飛行機の列で、雲間から現れた同僚のベルコーニの機もその列に合流してしまう。このシーンは戦争という「野蛮な手段」によって国家間の問題を解決しようとすることのむなしさをも象徴的に示している。こうして、生き残った主人公が「豚のポルコ」に変身するという設定により、復讐心に駆られて次の戦争を起こす人間の愚かさを象徴的に描いていた。

映画のクライマックスでは空賊たちの仕切りによって、決闘の勝者をあてる賭けも大々的に祝祭のような華やかさで催されることになり、多くの観客の前で主人公のポルコと凄腕のパイロット・カーチスとの華々しい空中戦が活劇のように繰り広げられる。しかし、ポルコがカーチスから何度撃たれても自分からは撃ち返さなかったために空中戦では決着がつかずにボクシングのような殴り合いになってようやくポルコが勝った。その後で無線で空軍の襲撃を知ったジーナの知らせで解散となり、ジーナの飛行艇に無理やり乗せられたフィオの声で、その後ジーナと友達になったことが語られ、余韻のある終わり方となっている。

こうして宮崎駿はバフチンが指摘しているような「笑いの原理にもとづいて組織されたカーニヴァル」における「祝祭的な世界感覚」をこの映画で描き得ていたのである。[*22]

## 三　映画『風立ちぬ』と『若き日の詩人たちの肖像』の時代

映画『風立ちぬ』の冒頭では少年時代の二郎が『となりのトトロ』のメイを思わすような妹の加代と昼寝していた時に夢の中で屋根の上に置かれた鳥の羽のような美しい翼を持つ飛行機に乗り込んで飛び立つというシーンが描かれている。このシーンはタイトルバックが示された直後に少女ナウシカがドイツ語で「カモメ」を意味する「メーヴェ」という飛行機で風の流れなどを利用して颯爽と滑空する『風の谷のナウシカ』のシーンを連想させる。

ジブリの次作が言論の弾圧が厳しかった一九三七年に『日本少国民文庫』（山本有三編纂、新潮社）の一冊として発行された吉野源三郎の『君たちはどう生きるか』の映画化であることがすでに発表されており、[*23]そこではいじめの問題に直面した少年の苦悩と克服が描かれているが、興味深いのは、少年時代のエピソードでは二郎がいじめを止めさせようとするシーンもすでに描かれていることである。

実は、宮崎は古本屋で『君たちはどう生きるか』の冒頭に挿入されていた「主人公のコペル君と叔父さんがデパートの屋上から東京の街を眺めている挿絵」の記憶から論を展開する次のようなエッセイを二〇〇六年にすでに記していた。

すなわち、この本が出版された一九三七年頃には「軍事上の理由から、デパートのような高い建築物から下を撮る写真撮影そのものが禁止されて」おり、「東京に大正十二年に関東大震災があって、そこから世界恐慌を経て、日本中が戦争に向かい、空襲で燃えてしまうまで、わずか二十年そこそこしかない」ことに注意を促している。

そして宮崎は、こう続けているのである。「(吉野源三郎さんは現在の) 風景が、まさに目の前で失われつつあった時代に、そんな東京の町を見つめながら、そのとき自分に何が発信できるのかを真正面から考えて、この本を書いている。だからこそ、表題にある『君たちは〜』という問いかけに意味があり、物語の中に出てくる叔父さんは、少年であるコペル君に向かって、本当に切実な想いで真正面から語りかけているのだと僕は思うんです。[*24]」

次作のテーマについても語っていると思えるこの記述は、映画『風立ちぬ』のテーマにも当てはまるだろう。ではなぜ、この映画では「零戦」と称される十二試艦上戦闘機の設計者として賛美され、英雄化されることが多い堀越二郎（一九〇三～一九八二）を主人公の一人に選んだのだろうか。この節では「堀越二郎のことを描かないと、かつてのこの国のおかしさは出てこない」と語っている宮崎監督の言葉に注意を払いながら、この映画と『若き日の…』との関係を考察することにしたい。

最初の夢では鳥の羽のような美しい翼を持つ飛行機は、『ハウルの動く城』に出て来たような飛行機の爆弾によって撃墜されてしまうが、学校から借りてきた飛行機についての本を読みながら寝てしまった二郎が見た二回目の夢では「イタリア航空界の黎明期から一九三〇年代にかけて世界的に知られた飛行機製作者」である「カプローニおじさん」と出会う。この人物は厳しい時代に生きた二郎の夢の中に、たびたび現れて挑発したり助言したりするのである。

夢の中に現れるこの人物は、宮崎監督が「ぼくにとっては、運命の映画であり、大好きな映画なんです」と述べていた一九五七年のソ連のアニメ映画『雪の女王』に出てきて、よい子には白い傘をさすと面白い夢が見られるし、悪い子に黒い傘をさすと夢は見ないなどと語りながら物語を進めている「夢の精」ルポイとどこか似ている。[*25]

重苦しい時代が描かれている映画『風立ちぬ』でも、二郎の夢の中に現れるカプローニおじさんは、「日本帝国が破滅にむかってつき進み、ついに崩壊する」という厳しい時代を生きた二郎だけでなく、未だに原発事故が収束せずに泥沼化している現代の日本に生きる青年にも、ルポイのように白い傘をさして、未来への「夢」を与え得ているのである。

その「カプローニおじさん」の役割を『若き日の…』では、中村真一郎が師事していただけでなく、当時の多くの若者たちから私淑されていた作家の堀辰雄が果たしているように見える。

法学部政治学科から文学部仏蘭西文学科に転科してきてからの堀田の堀辰雄に対する評価の変化を序章では見たが、その一因はヴァレリーの詩の一節 "le vent se lève, il faut tenter de vivre" が題辞でフランス語で引用されている堀辰雄の中編小説『風立ちぬ』にあると思える。一九三六年から翌年にかけて書かれた五つの章の初めに置かれた「序曲」では、「風立ちぬ、いざ生きめやも」の詩句が効果的に引用されている。

「それらの夏の日々、一面に薄《すすき》の生い茂った草原の中で、お前が立ったまま熱心に絵を描いていると、私はいつもその傍らの一本の白樺の木蔭に身を横たえていたものだった」という美しい叙情的な文章が綴られた後で、「風立ちぬ、いざ生きめやも」／ふと口を衝いて出てきたそんな詩句を、私は私に靠《もた》れているお前の肩に手をかけながら、口の裡《うち》で繰り返していた。」

さらに、第二章の「春」でも「私、なんだか急に生きたくなったのね……」「あなたのお陰《かげ》で……」という節子の言葉の後で再びこの詩句が引用されている。[*26]

「私、なんだか急に生きたくなったのね……」という節子の言葉を思い出すならば、『若き日の…』の主人公が『風立ちぬ』の作者である堀の書斎の灯を見た後で、「空は一面星に飾られ非常に輝かしかったので、それを見ると、こんな空の下に種々の不機嫌な、片意地な人間が果して生存し得られるものだろうかと、思わず自問せざるをえなかったほどである」という人生に前向きな姿勢の『白夜』の文章を思い出しているのは偶然ではないだろう。

こうして、一二月九日の夕方に「成宗の先生」と出会って立ち話をした際に若者は、「天使」のようだと感じていた『白痴』のムィシキンのことを想起しながら「ほとんど上《うわ》の空」で、「ランボオとドストエフスキーは同じですね。ランボオは出て行き、ドストエフスキーは入って来る。同じですね」と自分の卒業論文のテーマについて語ることになるのである（下・八三）。

映画『風立ちぬ』では風に飛ばされた二郎の帽子をつかまえた菜穂子がヴァレリーの「風立ちぬ、いざ生きめやも」という詩句の前半をフランス語で呟き、二郎がその後半を唱えるという二人の出会いの場面のすぐ後に関東大震災が発生する。高台に停車した列車から脱出した二郎と菜穂子の眼をとおして観客は、大地震の直後に発生した火事が風に乗って瞬く間に広がり、強い風で東京が一面の火の海と化して、座席も地震で揺れているような錯覚に陥るほどの圧倒的な迫力を感じる。

この大震災の場面では堀田善衛の『方丈記私記』の記述が強く意識されていると思える。「三月十日の東京大空襲から、同月二十四日の上海への出発までの短い期間」、「ほとんど集中的に方丈記を読んですごした」堀田は、『方丈記』が「精確にして徹底的な観察に基づいた、事実認識においてもプラグマティクなまでに卓抜な文章、ルポルタージュとしてもきわめて傑出したものであること」（一七）に思い当たっていたからである。

実際、鴨長明の『方丈記』には大火の詳しい記述や大地震の記述があり、「『方丈記私記』を映画にしないか」と提案されて、初めて読んだ時のことを宮崎はこう書いている。「僕は『方丈記私記』を（……）夜中に寝床で読んでいたのですが、まるで平安時代に自分がいるのではないかと思えて、立ち上がって思わず窓を開けてしまったほどの感覚に陥りました。[*27]」

それゆえ宮崎は、「堀田善衞の『方丈記私記』のアニメーション化、それも商業映画としてつくること、いや、つくれるか。／この途方もなく常識はずれで、成算も何もないと判っている思いつきを、空想の中で転がしている」と書いていた。[*28]その構想は二郎が知り合ったばかりの菜穂子の女中が足をくじいたのを知って彼女を背負って歩き始める場面で逃げ惑う民衆の姿がアニメ映画とは思えない克明さで描かれているシーンにも反映されていると思える。

宮崎駿の漫画『妄想カムバック　風立ちぬ』の第三話では零戦の設計者・堀越二郎と堀辰雄が、洋食店ペリカンで知り合い、互いに夢を熱く語り合う場面が描かれている。そのシーンを描くことになったきっかけを宮崎は、堀越二郎が最初の試作機の設計と試作が終わって休暇をもらって行った軽井沢で絵を描く娘と出会って紙飛行機を飛ばすが、その娘がサナトリウムに入ってしまうという体験をしていたことだったと明かしている。[*29]

映画『風立ちぬ』の「企画書」では堀越二郎が「トーマス・マンとヘッセを愛読し、シューベルトを」好んで、戦争へと至る暗い時代に美しい飛行機を作ろうという夢を抱いた人物であるとも記されている。[*30]

しかし、この漫画の映画化を提案されたときに宮崎は「それをつくると、子どもたちは土俵の外に置かれてしまうなあ」と最初はしばらく逡巡していた。なぜならば、『零戦』（角川文庫）という華々しい題名を持つ堀越の著作には「十三機で敵二十七機を屠《ほふ》る」や、「五十機撃墜、損害は三機」などの小見出しがついているだけでなく、第七章には「太平洋上に敵なし」と名付けられており、まさに宮崎が『人間の土地』の「解説」で批判したエース・パイロットを礼讃するような記述もみられたからである。[*31]

それゆえ、「堀越さんが自分で書いた『零戦』（角川文庫）という本を読んでも、ほんとうのことを書いていないというのはすぐわかる」が、この艦上戦闘機の設計者として讃美されることが多いために、宮崎監督は「堀越二郎のことを描かないと、かつてのこの国のおかしさは出てこない」と考えて、彼を主人公のモデルにしていたのである。[*32]

たとえば、長編小説『永遠の0《ゼロ》』で作者の百田尚樹は、なぜ「零戦」と呼ばれたかという質問に対して、一二試艦上戦闘機が「正式採用になった昭和一五年が皇紀二六〇〇年にあたるので『末尾のゼロをつけた』」と元パイロットに説明させ、零戦は「魔法のような戦闘機だった」と讃美させていた。[*33]そして、百田尚樹は小説の終わり近くでは戦闘を避けたがっていた主人公の零戦のエース・パイロットに突撃を敢行させて、それをアメリカ軍の指揮官に彼こそは「『本当のエースだ』」と賞賛させることで、特攻を美化していたのである。

つまり、宮崎監督は堀越二郎も組み込んで物語を編むと当時の歴史のことも記すことになり子どもたちには理解が難しくなるが、「いまわからなくても、わかるときが来るかもしれません」と言う助言を受け入れて制作に踏み切っていた。

注目したいのは、飛行機の制作会社に入社しすぐに設計技師として頭角を現した二郎が、すでに暗くなった街角で親の帰りを待つ少女を見て買い求めていた「シベリア」という甘いお菓子を与えようとすると、喉から手が出そうになりながらも少女が「やせ我慢をして」受け取らずに走り去る場面である。

ここには西欧列強との戦争に勝つために、最新の兵器の購入や研究には惜しみなく経費を注ぎ込みながらも、「ほしがりません勝つまでは」というスローガンのもとに国民には耐乏生活を強いていた当時の政策の問題点が象徴的に描き出されていた。その後の技師・本庄との会話では、攻撃こそは最大の防御であるとされてパイロットの生命を守る防御の面にはあまり重点をおかれていないことが語られているが、評論家の半藤一利は「攻撃こそは最大の防御という考え方は、「自衛」という名の侵略主義に結びつく」とも説明していた。

映画『風の谷のナウシカ』ではすでに軍事大国トルメキア帝国の大型輸送船が極端に攻撃に弱いことが描かれていたが、映画『風立ちぬ』でも零戦も攻撃力は優れていても防御力に欠けることが描かれている。

友人の本庄とともに飛行機の設計の技術などを学ぶためにドイツに派遣された堀越が、ゲシュタポ（政治警察）に追われるドイツ人とすれ違う場面は印象的な「影」の映像でナチスの問題も暗示されている。

このシーンはラジオから流れてきたナチスの宣伝相ゲッベルスの演説に「明らかにある種の脅迫」を感じて、ドイツ語からフランス語の学習に切り替えたことが記され、日独防共協定の調印のあとでは、「日独青年団の交換ということで訪日していた」ヒトラー・ユーゲントについても記されている堀田善衛の『若き日の…』との関係が深いと思われる（下・一七）。

主人公が卒業後に勤めた国際文化振興会調査部の「ドイツ長期滞在の部長の机の上には、いつもヒトラーの『我が闘争』の原書がおいてあり、それにはゲッペルス《ママ》の献辞と署名がしてあるというのが部長の自慢であった」ことが批判的に記されていたからである（下・三二七）。

映画『風立ちぬ』では避暑地のホテルには山盛りにしたクレソンをムシャムシャと食べているカストルプという名の「謎」のドイツ人も滞在しており、優秀な飛行機を製造していたユンカース社の社長がナチスドイツと対立して危険な状態にあることを告げる。

ナチスを「ならず者の集まり」と指摘し、「満州国」を作った日本がそれを国際社会から批判されて「国際連盟」から脱退したことを厳しく批判するこのドイツ人カストルプについて、宮崎監督はこの人物のモデルがスパイとして処刑されたゾルゲであると語っている。[*34]『若き日の…』でも主人公の「若者にとっての大衝撃の一つ」は、「十月十五日に発表されたゾルゲ・尾崎秀美のスパイ事件についてであった」と記されている（下・七六〜七七）。

ただ、この人物に長編小説『魔の山』の主人公と同じカストルプという名字が与えられていることにも留意するならば、一九二三年には著作『ドイツ共和国について』において、ユダヤ人に対する憎しみをかき立てていたナチスの危険性とワイマール共和制への支持をドイツの知識層に呼びかけていた作家トーマス・マンの思想も投影されていると思える。なぜならば、その翌年からトーマス・マンは、『風立ちぬ』と同じようにスイスのサナトリウムで療養していた妻を見舞った際に夫人から聞いた多くのエピソードを元にこの長編小説を書いているからである。

映画『風立ちぬ』では菜穂子は治療に専念するために療養院に入院するが、二郎からの手紙を読んで急いで上京して上司・黒川の別荘で結婚式を挙げる。この筋は夫に会うために山の療養所から「雪まみれになって抜け出して」来ながらホテルに一人で泊まるようになる堀辰雄の『菜穂子』とは異なってはいる。[*35] しかし、この長編小説ですでに示唆されていたように菜穂子が単に耐える女性ではなく能動的に行動する女性として描かれていることに対応しており、この映画でも兄の結婚を知って急いで駆けつけた妹の加代が女医として自立していたことなども描かれている。

厳しい時代に生きた二郎が何度も失敗しながら精いっぱいの努力をして「美しい飛行機」の制作に邁進する姿を活写したこの映画の見どころの一つは、堀辰雄の『風立ちぬ』『菜穂子』などの作品をも組み込んだことで、当時は死の病とされていた結核にかかりながらも、けなげに全力を尽くして生きようとした菜穂子との愛が描かれているところであろう。

注目したいのは、評論家の半藤一利の「宮崎さんが、芥川龍之介を主人公にした探偵モノを構想されたことがあるというのをだれかに聞きましたが」という問いに宮崎がこう答えていたことである。

「それもかたちにはなっていません。ぼく、芥川龍之介の若いときの文章を読むと、いいやつだなあと思いました（笑）ほんとうにいいやつなんですよ。漱石に読んでもらいたいがために、わざわざ雑誌をつくるんですからね。冷たいシニカルな顔をした写真がありますでしょう？　ああいう顔じゃない陽気な青年の芥川を、主人公にしてみたいと思ったんです。[*36]」

芥川龍之介の思い出は堀辰雄の短編『聖家族』（一九三〇）に反映しているが、すでに見たように、堀は卒業論文「芥川龍之介論──藝術家としての彼を論ず」（一九二九）で、芥川が所属した雑誌「新思潮」には自然主義的な「真」と唯美主義的な「美」と人道主義的な「善」の「三つの理想を調和しよう」とする綜合的な傾向があり、その調和が破れたことが芥川の悲劇につながったと分析していた。この論考は卒業論文という性格もあり長く一般読者の眼には触れなかったが、堀はここで芥川のトルストイ観やドストエフスキー観にも触れながら、「彼はあらゆるものを見、愛し、理解した」と書いて師の広い視野と洞察力を強調していたのである。[*37]

しかも堀辰雄の『風立ちぬ』を分析した評論家の清水徹は、「死のかげの谷」の章の後半では妻の死という深い喪失感、無力感を味わいながらも主人公はリルケの『鎮魂歌《レクイエム》』を読みながら、「書くこと（エクリチュール）の治癒力──死者を悼むことで死者を鎮め、生者を死の淵から連れ戻す力」を静かに語っていると指摘している。[*38]

終幕近くで飛行機が無事に完成したことを知った菜穂子は、散歩に出ると言って家を出るが、その姿を医者となった二郎の妹の加代がバスの窓から見かけて急いで菜穂子の部屋に行くと、残されていた手紙から再び療養院に戻る決意をしたことを知る。

二郎の設計した飛行機は初飛行で信じられないような高速をだし、そのことに浮かれる技術者たちの姿と一陣の風に驚いたように遠くを見つめる二郎の顔が映し出されている。

## おわりに　映画『風立ちぬ』と堀田善衞の「風立ちぬ」観

映画『風立ちぬ』のエピローグでは一転して上空を飛ぶ飛行機の大編隊や空襲で燃える町など、戦争末期の日本が描かれる。その後で、日本の飛行機の残骸が累々と横たわっている草原を二郎が歩いてゆくと、そこで再び出会ったカプローニは、二郎の飛行機を見て「美しい」と褒めるが、編隊はそのまま高い空まで飛び去ってしまい「雲」と化す。
宮崎監督は対談相手の半藤に「終わりの草原は現実で、「あれはノモンハンのホロンバイル草原だよ」ってスタッフに言っていた」と語っていたが、そこは司馬遼太郎が書こうと思いながら、果たせなかった最後の大作の舞台となる場所であった。[*39]
宮崎や堀田との鼎談集『時代の風音』で司馬遼太郎は二〇世紀の大きな特徴の一つとして「大量に殺戮できる兵器を、機関銃から始まって最後に核にまで至るもの」を作っただけでなく、「兵器は全部、人を殺すための道具ながら、これが進歩の証《あかし》」とされてきたことを厳しく批判している。[*40]作家・司馬遼太郎や堀田善衞の考察を踏まえて「ノモンハンの草原のシーン」を見るとき、映画『風立ちぬ』が文明論的な深い考察を秘めていることが分かる。

映画では最後に短い生命を燃やし尽くして亡くなった菜穂子が日傘をさして近づいてきて「あなた、生きて」と笑顔で語り、空に溶けていくシーンが描かれており、深い余韻の残る終わり方となっている。

一方、召集された後で病を得て兵役を免除されて上海に渡った堀田は、敗戦後の一九四六年に上海の日本語雑誌「新生」第一号に「文学の立場」を発表してこう記していた。

「標語やイデオロジイは自ら思考する能力のない人のためにしか役に立たぬのだ。真実を云うには如何に勇気が要るかということを今後の平時において異常時と同じく文学は経験してゆかなければならぬであろう。これは言論の自由などの埒外の問題である。政治と文学との関係においては、文学は人間に関して常に政治への警告者として、又その受難者としての二重にして一つの立場に立つ。」[*41]

ここに記された言葉は、「驚くべき夜であった。親愛なる読者よ、それはわれわれが若いときにのみ在り得るような夜であった」という文章で始まる『白夜』を発表した後で逮捕された若きドストエフスキーが監獄での厳しい尋問に対して、文学は「民衆の生活の表現の一つであり、社会を写す鏡である」と述べ、プーシキンの意義にも言及していたことを思い起こさせる。

「文学の立場」の先の文章に続けて堀田は、「己の片づかぬ心をもてあましている時など、頃日屡々(引用者注＝この頃、しばしば)

「風立ちぬ
　いざ生きめやも…………

という詩の一節が何気なく口をついて出て来るのを経験する」と記した堀田はこう続けていた。

「これを大声を発して怒鳴りたい気さえする。これは第一次大戦後「精神の危機」を説き欧州の危機を警告し続けて今次大戦中に死んだ詩人ポオル・ヴァレリイの詩の一節である。

風立ちぬ、いざ生きめやも――我々は待っているのだ。新しい生への誘いに我等を駆り促す風の立ち初め、颯々として吹きつのり、戦時から引き続いている我々の苦悩の熱度を少しでもさましてくれることを。」

　ここではすでに映画『風立ちぬ』のテーマが示唆されていたのである。

# 注

## 序章

1 堀辰雄「芥川龍之介論——藝術家としての彼を論ず」『堀辰雄作品集』第五巻、筑摩書房、一九八二年、一四～六四頁。

2 青野季吉「芥川龍之介の死に関連して」『日本現代文学全集六八 青野季吉・小林秀雄集』、一九八〇年、五七～六〇頁。

3 川端康成「芥川氏の死」『昭和期文学・思想 文献資料集成第三輯 春陽堂月報』五月書房。

4 小林秀雄「芥川龍之介の美神と宿命」『小林秀雄全集』（全一二巻、一九六七～一九六八年）第二巻、新潮社、一九六八年、一三八～一四〇頁。以下、本文中の（）内に「小林」と略記し、その後に漢数字で巻数と頁数を示す。

5 高橋英夫「解説」『堀辰雄作品集』第五巻、四二八頁。

6『芥川龍之介全集』（全二二巻、一九七七～一九七八年）第六巻、岩波書店、一九七八年、二〇四頁。以下、本文中の（）内に「芥川」と略記し、漢数字で巻数と頁数を示す。

7 保阪正康『五・一五事件 橘孝三郎と愛郷塾の軌跡』ちくま文庫、二〇一九年、二二八頁。危険性を察知した日本人秘書の機転で当日の出席をキャンセルしたためにチャップリンは殺害を免れた（大野裕之『チャップリン暗殺 5・15事件で誰よりも狙われた男』メディアファクトリー、二〇〇七年、一二七～一三三頁）。

8 夏目漱石「思い出す事など」『文鳥・夢十夜』新潮文庫、一九七六年、一八一頁。
9 高橋誠一郎（以下、高橋と略記）『「罪と罰」の受容と「立憲主義」の危機――北村透谷から島崎藤村へ』成文社、二〇一九年、一〇四～一〇五頁。
10 森鷗外「沈黙の塔」『森鷗外全集』第二巻、岩波書店、一九七八年、二九〇～二九八頁。
11 森鷗外『青年』岩波文庫、二〇一七年、五五頁。
12 須田清代次「解説――〈いま・ここ〉への注視」森鷗外『青年』岩波文庫、三三二頁。
13 北村透谷と徳富蘇峰との激しい論争については、高橋、前掲書『「罪と罰」の受容と「立憲主義」の危機』、第三章「透谷の『罪と罰』観と明治の「史観」論争」参照。
14 徳冨蘆花『謀叛論』岩波文庫、一九七六年参照。
15 平川祐弘『西欧の衝撃と日本』講談社学術文庫、一九八五年、三五八頁。
16 関口安義『芥川龍之介』岩波新書、一九九五年、二八～三三頁。
17 関口安義『評伝 成瀬正一』日本エディタースクール出版部、一九九四年、三四～三六頁。
18 同右、一三七～一五一頁。
19 倉田容子「羅生門と一九世紀末～二〇世紀初頭の老婆表象――ジェロントフォビア（gerontophobia）の系譜」『F-GENSジャーナル』第八号、二〇〇七年、四一頁。
20 江川卓『謎解き「罪と罰」』新潮選書、一九八六年、一七一～一七二頁。
21 宮坂覺「芥川龍之介のドストエフスキー体験――その地平に潜むもの、ふたたび『羅生門』との関りに触れつつ」『玉藻』四二号、二〇〇七年、一五八頁。
22 Достоевский,Ф. М. Полное собрание сочинений в тридцати томах,Л., Наука,Т.6.с.211. 訳は江川

卓訳『罪と罰』(全三巻) 岩波文庫を用いた。第二巻、一九九九年、一七四頁。
23 夏目漱石、「趣味の遺伝」『漱石全集』第二巻、岩波書店、一九六六年、一九七頁。
24 夏目漱石『吾輩は猫である』新潮文庫、一九八〇年、三七二頁。
25 橋川文三『昭和維新新論』、講談社学術文庫、二〇一三年、二六頁。
26 島薗進『国家神道と日本人』岩波新書、二〇一〇年、一七一頁。
27 井竿富雄「シベリア出兵におけるスペイン・インフルエンザの問題」山口県立大学学術情報 第四号〔国際文化学部紀要 通巻第一七号〕二〇一一年三月。
28 山室建徳『軍神——近代日本が生んだ「英雄」たちの軌跡』中公新書、二〇〇七年、一八〇頁。
29 三好行雄「芥川龍之介論 第一章」、宮坂覺編『日本文学研究資料新集 一九 芥川龍之介・理智と抒情』有精堂、一九九三年、四〇～四二頁。
30 中村真一郎「解説」、『奉教人の死、煙草と悪魔』岩波文庫、一九九一年、一八八頁。
31 ロトマン、磯谷孝訳『文学と文化記号論』岩波現代選書、一九七九年、二九六～二九八頁。
32 福沢諭吉「ひゞのをしえ」『福沢諭吉選集』第三巻、岩波書店、一九八〇年、三三～四五頁。および、桑原三郎『福澤諭吉と桃太郎——明治の児童文化』慶應義塾大学出版会、一九九六年参照。
33 鳥越信『桃太郎の運命』、ミネルヴァ書房、二〇〇四年、三四頁。
34 島崎藤村『破戒』新潮文庫、二〇〇五年、三六七頁。
35 ヒトラー、平野一郎、将積茂訳『わが闘争』下巻、角川文庫、昭四八年、二六頁。
36 中山弘明『第一次大戦の〝影〟——世界戦争と日本文学』新曜社、二〇一二年、七二～七六頁、二二一～二二三頁。

37 引用は谷口雅春『古事記と日本国の世界的使命――甦る『生命の實相』神道篇』光明出版社、二〇〇八年、二〇五～二一一頁。八六～八七頁。なお、宗教学者の島薗進氏によれば現在の宗教団体「生長の家」はエコロジー路線への転換をしており、旧生長の家の政治勢力とは対立している。

38 ドストエフスキーのイエス伝に対する関心については、高橋、『黒澤明と小林秀雄――「罪と罰」をめぐる静かなる決闘』成文社、二〇一四年、第四章、および、中村健之介「ルナンのイエスとムィシキン」、坂内徳明・栗生沢猛夫・長縄光男・安井亮平編『ロシア 聖とカオス』彩流社、一九九五年、二四七～二六五頁。冷牟田幸子「イエスの奇蹟について――ドストエフスキーとルナン」『ドストエーフスキイ広場』、第八号、一九九八年、五四頁も参照。

39 『罪と罰』の悪徳弁護士のルージンはこのような考えを昔の道徳として批判して、「己の利益を第一にせよ」という経済学の理論を語るが、ラスコーリニコフから厳しく反駁されている。

40 丸山珪一「晩年の芥川龍之介その側面――中野重治との関わりで――」『社会文学』一四号、二〇〇〇年。

41 桜井厚二「明治から昭和初期の新聞記事に見る「ドストエフスキー」」『ドストエーフスキイ広場』三〇号、二〇二一年、一九二頁。

42 北村透谷『明治文學全集二九』、筑摩書房、一九七六年、二九〇頁。

43 『北村透谷選集』岩波文庫、一九七〇年、一〇四頁。

44 黒澤明『蝦蟇の油――自伝のようなもの』岩波書店、二〇〇一年、一三五～一三六頁。

45 槇田寿文「黒澤明の青春～ナップとその時代」『黒澤明研究会誌』二四号、二〇一一年、一八一頁。

46 一九四一年に書かれた「歴史と文学」を読むと小林は学生の頃には「将軍」から感銘を受けていたので、小林がこの時期に大きく芥川観を変えたのは、徳富蘇峰が外国人新聞記者が書いた乃木伝を讃えたためだと思える（前掲著『「罪と罰」の受容と「立憲主義」の危機』、一六九〜一七二頁参照）。
47 堀田善衞・椎名麟三「現代をどう生きるか」『堀田善衞全集』第一四巻、筑摩書房、一九七五年、七二〜八六頁。初出は『群像』一九五三年五月号。椎名麟三のドストエフスキー観については、椎名麟三『私のドストエフスキー体験』教文館、一九六七年。および、木下豊房「椎名麟三とドストエフスキー」『ドストエフスキーの作家像』鳥影社、二〇一六年、三〇七〜三二三頁参照。
48 高橋『欧化と国粋——日露の文明開化とドストエフスキー』刀水書房、二〇〇二年、一五八頁。引用は工藤精一郎訳によった（『ドストエフスキー全集』第五巻、新潮社、一九七九年）。
49 黒澤明の映画『わが青春に悔なし』については、高橋、『黒澤明で「白痴」を読み解く』成文社、二〇一一年、一八六〜一八八頁参照。
50 白井浩司「三五年来の友人」『堀田善衞全集』月報一、一九七四年、五頁。
51 堀田善衞「堀辰雄のこと」『堀田善衞全集』、筑摩書房、一九七五年、第一四巻、八七〜九〇頁。
52 陳童君『堀田善衞の敗戦後文学論——「中国」表象と戦後日本』鼎書房、二〇一七年、二九〜三二頁。
53 堀辰雄「リルケ年譜」『堀辰雄作品集』第五巻、筑摩書房、一九八二年、二四六頁。
54 堀田善衞・司馬遼太郎・宮崎駿『時代の風音』朝日文庫、二〇一三年、二八頁。
55 池澤夏樹・吉岡忍・鹿島茂・大高保二郎・宮崎駿著『堀田善衞を読む——世界を知り抜くための羅針盤』集英社新書、二〇一八年、二七頁、一一三頁。
56 芥川龍之介のドストエフスキー観については下記の文献も参照。
国松夏紀「芥川龍之介とドストエフスキイ——『カラマーゾフの兄弟』から「藪の中」へ」『ロシア文化の森へ——比較文化の総合研究』第2集、ナダ出版センター、二〇〇六年、六〇七〜六二四頁。および、

Киносита Т. История переводов Достоевского на японский язык и восприятия его творчества японскими писателями // Творчество Ф.М. Достоевского: Проблема авторской позиции (Сб.статей), СПб., 2017.С.63–87.

## 第一章

1 『若き日の詩人たちの肖像』では、この『白夜』の訳者が米川正夫とされているが、実際には、三宅賢訳の『白夜——夢想家の日記の感傷的な物語』（三笠書房、一九三四年）であり、米川正夫の『白夜』の初訳は一九五〇年発行の河出書房版『全集』一三巻である（高橋、例会配布資料「『白夜』の翻訳について（改訂版）」、「堀田善衞の会」、二〇二〇年九月二六日）。

ただ、このことは単に堀田の記憶違いを示すだけでなく、この当時いかに多くのドストエフスキー作品の翻訳がなされたかをも物語っている。たとえば、三宅賢訳は一九三四〜三五年と一九三五〜一九三七年には全一八巻と全二四巻の三笠書房版『全集』が相次いで発行された、三宅の「叔父の夢」と「地下室の手記」の訳と「作家の日記」（共訳）が掲載されている（『比較文学年誌』第二四号別冊、「ドストエフスキー翻訳年表（独仏英米日）、一八八一〜一九四五」、早稲田大学比較文学研究室、一九八八年）。一方、一九一七〜二一年の新潮社版『全集』で『カラマーゾフの兄弟』、『白痴』、『悪霊』を訳していた米川は、三笠書房版の『全集』でも『罪と罰』と『未成年』を訳出しており、堀田には米川の名前が印象に強く残ったのだと思われる（「米川正夫年譜・翻訳年表」『ドストエーフスキイ全集』別巻、河出書房、一九七一年、四四七頁）。

2 栗原幸夫「解題」堀田善衞「若き日の詩人たちの肖像」『堀田善衞全集』第九巻、一九七五年、四九三頁。

3 堀田善衞「『白夜』について」『堀田善衞全集』一九九四年版、第一五巻、三四一頁。

4「歴史を重層的なものとして見る私」という表現に注目した橋本進は、『めぐりあいし人びと』（集英社文庫、一九九三年）の解説で、堀田の見方を「重層史観」と呼んでいる。

5プーシキン『オネーギン』池田健太郎訳、岩波文庫、一九六二年、三三頁。

6高橋『ロシアの近代化と若きドストエフスキー――「祖国戦争」からクリミア戦争へ』成文社、二〇〇七年、第一章「父ミハイルと若きドストエフスキー」参照。

7高野雅之『ロシア思想史――メシアニズムの系譜』早稲田大学出版会、一九八九年、一〇五頁。

8高橋、前掲書『ロシアの近代化と若きドストエフスキー』、第二章「自己と他者の認識と自立の模索――『貧しき人々』」参照。

9雑誌「チャイカ」（第三号）。高橋「ドストエーフスキイと井上ひさし」『場　ドストエーフスキイの会の記録Ⅳ』、二四四〜二四五頁。なお、このインタビューで『吉里吉里人』は『罪と罰』を「側に置きながら」書いたと語った井上は、一九九三年には「共和国を創った小説家――『海鳴りの底から』と『吉里吉里人』」（『ちくま』二六六号、一九九三―三）という題で、その翌年にも「モンテーニュへの試み」（『すばる』一六巻、一九九四―一）という題で堀田と対談を行っている。この他にも一九七五年のパネルディスカッション「抵抗の詩人・金芝河を語る」に参加していた二人は、一九七九年には「『人間らしさ』を求めて」というテーマで対談している（丸山珪一編「堀田善衞 対談・座談会・インタビュー等リスト」増補改訂版、二〇二〇年、一二〜一六頁）。

10ミリュコーフ「ドゥロフ・サークルのこと」、原卓也・小泉猛編訳『ドストエフスキーとペトラシェフスキー事件』集英社、一九七一年、一〇二頁。

11法橋和彦『ロシア文学の眺め』新読書社、一九九九年、四四二〜四四四頁。

12 後藤明生『ドストエフスキーのペテルブルグ』三省堂、一九八七年、九八頁。
13 Николай Кузин,Плещеев М., Молодая гвардия,1988.c.66-67.
14 ベリチコフ編、中村健之介訳『ドストエフスキー 裁判記録』北海道大学図書刊行会、一九九三年、八六頁。
15 堀田善衞、前掲「『白夜』について」『堀田善衞全集』一九九四年版、第一五巻、三四一頁。
16 高橋、前掲書『「罪と罰」の受容と「立憲主義」の危機』、第五章「『罪と罰』で『破戒』を読み解く」参照。
17 堀辰雄「二人の友」『堀辰雄作品集』第四巻、筑摩書房、一九八二年、二八〇頁。
18 フランシス・ジャム、大岡信訳「ぼくは驢馬が好きだ…」『ジャム詩集』河出書房、一九六八年、一〇～一一頁。
19 高橋『黒澤明で「白痴」を読み解く』成文社、二〇一一年、六二頁、引用は河出文庫の望月哲男訳によった。
20 井桁貞義『ドストエフスキイ 言葉の生命』群像社、二〇〇三年、四六頁。
21 丸山珪一「『若き日の詩人たちの肖像』のいくつかの問題」二、『海龍』一七号、二〇二一年、二〇～三〇頁。
および季刊『文学的立場』（第二次）第八号参照。

22『どん底』の日本公演については、宮沢俊一『ロシアを友に 演劇・文学・人』群像社、二〇〇二年、二三〇～二三二頁参照。
23 高橋「堀田善衞の黒澤明観——黒澤映画《白痴》と映画《用心棒》の考察を中心に」『黒澤明研究会会誌』第四三号、二〇二〇年参照。
24 橋川文三、『日本浪曼派批判序説——耽美的パトリオティズムの系譜』、講談社文芸文庫、一九九八年、一〇三～一〇四頁。
25 同右、一〇七頁。
26『ユリイカ 詩と批評』「特集 日本浪曼派とは何か」一九七五年一〇月号、青土社、一一六頁。

27 水溜真由美『堀田善衞　乱世を生きる』ナカニシヤ出版、二〇一九年、二一八頁。
28 黒田俊太郎『「鏡」としての透谷——表象の体系／浪漫的思考の系譜』翰林書房、二〇一八年、二一六〜二三二頁。
29『日本の文学四一　中野重治集』中央公論社、一九六七年、四二六〜四三一頁。なお、橋川文三は中野が昭和の『文学界』を「第二『文学界』」と呼んでいたことに注意を促している（前掲書『日本浪曼派批判序説』、一四頁）。
30 両者の交流については丸山珪一「中野重治・堀田善衞交流小史」、竹内栄美子・丸山珪一編『中野重治・堀田善衞　往復書簡一九五三〜一九七九』影書房、二〇一八年、二三三〜二四九頁参照。
31 この長編小説で描かれた芥川比呂志に言及した哲学者の長谷川宏は、「骨身に沁みるように時代の暗さを経験した作家は人物を戯画化し、誇張」してユーモラスな綽名を付けることで、「小説世界に明るさと軽みを添えようとして」いると記している（『日本経済新聞』、コラム「半歩遅れの読書術」、二〇二一年一月二三日）。
しかも、第三章で見るように、堀田が夏目漱石を強く意識しながら日本の近代化の問題を考察していることをも考慮するならば、ここでの綽名の使用法は教頭を「赤シャツ」と名づける一方で、元会津藩士を「山嵐」と、悲劇のヒロインを「マドンナ」と呼んで明治時代の学校制度の問題点を浮き彫りにした『坊っちゃん』を強く意識していると思える（高橋、『新聞への思い——正岡子規と「坂の上の雲」』人文書館、二〇一五年、三三六〜三三九頁参照）。
32 教学局編纂『我が風土・國民性と文學』（國體の本義解説叢書）、一九三八年、六一頁。
33 黒田俊太郎、前掲書『「鏡」としての透谷』二二五頁。
34 中川弘明『戦間期の『夜明け前』——現象としての世界戦争』双文社出版、二〇一二年、一六九頁。

35 村上重良『国家神道』岩波新書、一九七〇年、二〇六頁。
36 堀場正夫『英雄と祭典 ドストエフスキイ論』、井桁貞義・本間暁編『ドストエフスキイ文献集成』、大空社、一九九六年参照。
37 橋川文三、前掲書『日本浪曼派批判序説』、三四頁。
38 北村透谷と山路愛山や徳富蘇峰との論争については、高橋、前掲書『「罪と罰」の受容と「立憲主義」の危機』、第三章「透谷の『罪と罰』観と明治の「史観」論争」参照。
39 高橋、前掲書『黒澤明で「白痴」を読み解く』、第四章「『貧しき騎士』の謎」参照。
40 堀田善衞、スタジオジブリ編『時代と人間』徳間書店、二〇〇四年、六五～六六頁。
41 陳童君『堀田善衞の敗戦後文学論――「中国」表象と戦後日本』鼎書房、二〇一七年、二八～二九頁。
42 同右、三四～三六頁。
43 橋川文三、前掲書『日本浪曼派批判序説』、四九頁。

第二章

1 堀田善衞「文学の立場」『すばる』集英社、二〇一九年三月号、二四七頁。初出は、『新生』第一号(一九四六・三)。
2 近代文学、中国文学研究会、荒地の三者共催による一九五二年二月二五日の芥川賞受賞記念祝賀会での堀田善衞の挨拶(一・五〇一)。
3 堀田善衞、紅野謙介編『堀田善衞 上海日記――滬上天下《こじょうてんか》一九四五』集英社、二〇〇八年、一三頁。
4 堀田善衞・開高健「対談 上海時代」、前掲書『堀田善衞 上海日記』三九四頁。
5 堀田善衞「武田泰淳」『堀田善衞全集』第一六巻、一九七五年、二五頁。

6 埴谷雄高「ドストエフスキイと私達」『埴谷雄高ドストエフスキイ全論集』講談社、一九七九年、一六六頁。
7 木下豊房「武田泰淳とドストエフスキー」『ドストエフスキーの作家像』鳥影社、二〇〇六年、三三六～三三二頁。
8 武田泰淳「審判」『武田泰淳全集』筑摩書房、一九七八年、五頁。
9 同右、二五頁。
10 武田泰淳「戦争と私」『武田泰淳全集』第一八巻、増補版、筑摩書房、一九六七年参照。
11 黒澤監督の映画《夢》の創作ノートには『罪と罰』の「やせ馬の殺される夢」についての考察が記されている。高橋、前掲書『黒澤明と小林秀雄』、第四章「映画《夢》と長編小説『罪と罰』」参照。
12 高橋、前掲書『欧化と国粋』、第三章「権力と強制の批判――『死の家の記録』と「非凡人の理論」」参照。
13 井桁貞義『ドストエフスキーと日本文化』教育評論社、二〇一一年、六八頁。
14 堀田百合子『ただの文士　父、堀田善衞のこと』岩波書店、二〇一八年、二三頁。
15 菊地昌典「歴史的現実とモノローグの世界」『堀田善衞全集』第三巻、四〇三～四一五頁。
16 辺見庸「解説」『時間』岩波現代文庫、二〇一五年、二七二頁。
17 同右、二七八頁。
18 堀田善衞「上海・南京」日本語雑誌『新大陸』(一九四五・八・一)、『すばる』二〇一八年三月号掲載。秦剛「上海で出発した戦後派作家――雑誌『新生』の堀田善衞と武田泰淳」、二五四～二五九頁参照。
19 福井勝也「堀田善衞のドストエフスキー、そしてリハチョフの「年代記的時間」～『若き日の詩人たちの肖像』から『時間』と『路上の人』まで」『ドストエーフスキイ広場』第二九号、二〇二〇年、一三一～一四九頁。
20 堀田善衞、前掲論文「文学の立場」『すばる』二四二～二四三頁。

21 水溜真由美、前掲書『堀田善衞　乱世を生きる』、一四四～一四五頁。
22 「おれ」という一人称で語られる一連の短編は後に『現代怪談集』（一九五八）に収められた。
23 佐野眞一『阿片王　満州の夜と霧』、新潮社、二〇〇五年、一七六頁。
24 高橋『「罪と罰」を読む（新版）――〈知〉の危機とドストエフスキー』、刀水書房、二〇〇〇年、一九一～一九二頁参照。
25 大江健三郎「典型的人間、典型的文学者」『堀田善衞全集』第一巻、四八七～四九〇頁。
26 堀田善衞はエッセイ「森の話」で「トルストイもまた、ヤスナヤ・ポリャーナ村のこういう森のなかに眠っている」と記し、「その森と草を見て、私もこの巨人がやはりロシア人であったことを納得した」と書いている（一四・三九一）。高橋「トルストイとドストエフスキー――長編小説『白痴』の受容の問題を中心に」『緑の杖』第一五号、二〇一八年、三〇頁。
27 『時間』でも主人公が「わたしは、ロシアの小説で読んだある場面を思い出す」としてロゴージンがナイフを持ってムィシキンを付けまわしていると思われるシーンを詳しく描写している（二〇〇～二〇一）。
28 大江健三郎、前掲解説『堀田善衞全集』第一巻、四九三頁。
29 安岡章太郎、岩崎昶との鼎談「黒沢明の人間研究」では、主に映画『天国と地獄』や『生きる』などをめぐって議論を交わした際に、堀田は「日本映画の一つの完成者であることはたしかです」と黒澤明を評価している。（『朝日ジャーナル』五巻一八号、一九六三年五月五日、三〇～三七頁）。
なお、短編「歯車」（一九五一）では長編小説『罪と罰』を中国流に翻案した映画「恋之火」で主人公に扮した俳優が女性スパイの陳秋瑾の夫に似ていたために、彼女は「黄の運命が思いやられて息をするのさえ辛くなって」来たという形でこの作品の筋に組み込まれている（一・二五二）。

30 ベートーヴェンの交響曲第九番『合唱』についての康子の感想には違和感を持つ読者も多いと思われるが、この記述は一九四二年四月一九日のヒトラー誕生日の前夜祭でフルトヴェングラーの指揮によりこの曲が演奏されていたことを強く意識したものと思われる（ＮＨＫの「映像の世紀プレミアム——世界を震わせた芸術家たち」参照）。

31 長編小説『海鳴りの底』（一九六二）の自分の考えを述べた個所で「私はむかしからこの短篇のことが妙に気になっている」と記し、その概略も詳しく記した後で、不安にさせられるのは「パアドレ・オルガンティノとともに、われわれ自身ではないか…」と書き、本地垂迹説の問題について考察している。

32 佐野眞一、前掲書『阿片王　満州の夜と霧』、一四七～一四八頁。

33 日本の知識人を批判的に描いていた長編小説『時間』では、「鬼子たちの理屈はわからぬ」と日本兵のことを批判した商人の言葉を聞いた陳英諦に鬼子という用語は「人々の判断を誤り、眼を曇らせるであろう。彼等は鬼ではない、人間である」と批判させている（八六）。

34 鳥越信、前掲書『桃太郎の運命』、一三二～一三五頁。

35 川端香男里『ロシアの言語文化』日本放送協会、一九八五年、八四頁。

36 宮崎駿「堀田作品は世界を知り抜くための羅針盤」、前掲書『堀田善衞を読む』、一四九頁、一五一頁。

37 「日本脱出をやめて闇ドルを焼く主人公の姿」と映画《白痴》のシーンとの比較は、高橋「堀田善衞の黒澤明観——黒澤映画《白痴》と映画《用心棒》を中心に」『黒澤明研究会会誌』第四三号、二〇二〇年参照。

38 大江健三郎、前掲解説『堀田善衞全集』第一巻、四八二頁。

39 『めぐりあいし人びと』で語られているように、堀田は東和映画の川喜多夫妻氏のところにいて戦犯の疑いがかけられていた山口淑子を、李香蘭は有罪だが、山口淑子は日本人で無罪だという案を出して助けていた

（集英社文庫、一九九九年、四三～四四頁）。
40 高橋、前掲書『「罪と罰」の受容と「立憲主義」の危機』、八〇頁。
41 同右、八一～八二頁。

第三章

1 堀田善衞、紅野謙介編、『天上大風——同時代評セレクション一九八六～一九九八』ちくま学芸文庫、二〇〇九年、六七頁。
2 堀田善衞、紅野謙介編、前掲書『堀田善衞　上海日記』、一三頁、三九四頁。
3 同右、三三頁。
4 『定本 坂口安吾全集』第七巻、冬樹社、一九六七年、三二〇～三二八頁。
5 寺田透『ドストエフスキーを読む』筑摩書房、一九七八年参照。
6 『小林秀雄全作品』第一五巻、新潮社、二〇〇三年、三四～三六頁。および高橋、前掲書『黒澤明と小林秀雄』、五二～五五頁。
7 『大岡昇平全集』別巻、筑摩書房、一九九六年、二一一～二一二頁。および、大岡昇平『文学における虚と実』講談社、一九七六年参照。
8 「鈴木敏夫プロデューサーが語る堀田善衞さんとスタジオジブリ」「復刊記念特別WEBサイト 堀田善衞「時代と人間」——スタジオジブリと堀田善衞（https://ghibli.jp）」
9 寺田透「小林秀雄氏の死去の折に」『文学界』一九八三年、七〇頁。長瀬隆は松尾隆（木寺黎二）が、埴谷雄高に「日本の批評家が一番きらいなのは、ドストエフスキーなんか読む場合にも（……）単なる刺激物、興奮剤にする」と語って、小林秀雄を批判していたことを伝えている（『ドストエフスキーとは何か』成文社、二〇〇八年、四二五頁）。

10 寺田透「その頃のヴァレリー受容——小林秀雄氏の死去の折にⅢ」『私本ヴァレリー』、筑摩叢書、一九八七年、五八～六三頁。および、高橋「作品の解釈と「積極的な誤訳」——寺田透の小林秀雄観」『世界文学』第一二二号、二〇一五年、九九頁。

11 小林秀雄「対談 人間の進歩について」、『小林秀雄全作品』第一六巻、新潮社、二〇〇四年、五一～五四頁。および、高橋、前掲書、『黒澤明と小林秀雄』一〇八～一〇九頁参照。

12 谷口雅春、前掲書『古事記と日本国の世界的使命』、六二頁、一一八頁。

13 川端康成「末期の眼」『川端康成随筆集』岩波文庫、二〇一三年、八～二六頁。

14 ここではスピノザ哲学についての考察も記されているが、それについては第五章で考察することにする。

15 堀田善衛は『上海にて』に所収されている日本と中国の文学者を比較した「自殺する文学者と殺される文学者」で、中野重治の文章を引用しながら、芥川龍之介だけでなく『レ・ミゼラブル』や『罪と罰』の深い理解を示しつつも日清戦争前夜の一八九四年に自殺した北村透谷にもふれている（一一・八四～八五）。

16 比較文明学者の山本新は日本における「文明開化」を「皮相上滑りの開化」と指摘した夏目漱石とロシアの近代化の問題を考察したロシアの思想家チャアダーエフの歴史認識を比較している。高橋、前掲書『欧化と国粋』、序章参照。

17 堀田善衛「文学とモラル——深く入った眼の必要」、『文学体系講座Ⅰ』阿部知二編、青木書店、一九五六年、二二三四頁。

18 小林秀雄『考えるヒント』文春文庫、七〇～七一頁。以下、本文中のかっこ内に頁数を記す。

19 小林秀雄の満州国観については、以下の文献を参照。山城むつみ『小林秀雄とその戦争の時――「ドストエフスキイの文学」の空白』新潮社、二〇一四年、西田勝「小林秀雄と満州国」『すばる』集英社、二〇一五年二月号。および高橋「書評 山城むつみ著『小林秀雄とその戦争の時――「ドストエフスキイの文学」の空白』」、『ドストエーフスキイ広場』第二四号、二〇一五年、一四四～一五〇頁。
20 笠森勇『堀田善衞の文学世界』桂書房、二〇一九年、一八一頁。
21 佐々木基一「昭和三十年代の苦渋と苛立ち」『堀田善衞全集』第五巻、三九〇頁。
22 『ヨハネの黙示録』の性格については一九六九年に刊行された『美しきもの見し人は』で詳しい考察が行われているので第五章で言及する。
23 ドストエフスキー、望月哲男訳『白痴』河出文庫、二〇一〇年、第二巻、三四三頁。
24 小林秀雄、国民文化研究会・新潮社編『学生との対話』新潮社、二〇一四年、八六頁。
25 堀田善衞、前掲書『天上大風』、六七頁。
26 津田左右吉『古事記及び日本書紀の研究』毎日ワンズ、二〇二〇年、三頁。
27 小林秀雄の本居宣長観については、以下の文献を参照。小林秀雄『本居宣長』(上・下)新潮文庫、二〇〇七年。子安宣邦『「宣長問題」とは何か』ちくま学芸文庫、二〇〇〇年。子安宣邦『本居宣長』岩波現代文庫、二〇〇一年。柄谷行人・中上健次「小林秀雄を超えて」『柄谷行人・中上健次全対話』講談社文芸文庫、二〇一一年。
28 小林秀雄、国民文化研究会・新潮社編、前掲書『学生との対話』、九五～九六頁。
29 切通理作『本多猪四郎 無冠の巨匠』洋泉社、二〇一四年、一八六～一九三頁。
30 本多猪四郎・平田昭彦「対談 ステージ再録 よみがえれゴジラ」『初代ゴジラ研究読本』、洋泉社 MOOK、二〇一四年、六九頁。
31 前田哲男監修『隠されたヒバクシャ――検証、裁きなきビキニ水爆被害』凱風社、二〇〇五年参照。
32 中村真一郎・福永武彦・堀田善衞『発光妖精とモスラ』筑摩書房、一九九四年、一七一～一七二頁。
33 小野俊太郎『モスラの精神史』講談社現代新書、二〇〇七年、六四頁。

## 第四章

1 堀田善衞「アンケートへの回答」、荒正人編著『ドストエーフスキイの世界』河出書房新社、一九六三年、三四一頁。
2 C・イーザリー、G・アンデルス、篠原正瑛訳『ヒロシマわが罪と罰――原爆パイロットの苦悩の手紙』筑摩書房、一九八七年。（以下、この章では本書からの引用頁数は本文中のかっこ内に漢数字で示す）。
3 水溜真由美、前掲書『堀田善衞　乱世を生きる』、九八頁。
4『カラマーゾフの兄弟』の翻訳などではこれまで「大審問官」と訳されてきたが、スペインの「異端審問」の歴史的背景も詳しく考察した杉里直人はこの人物は「異端審問長官」と訳されるべきことを明らかにしている。杉里直人「注・解説・年譜編」、ドストエフスキー『詳注版　カラマーゾフの兄弟』水声社、二〇二〇年、八五頁、八八頁。ただ、本書では堀田の使用法に従って「大審問官」と記す。
5 С.Такахаси *Проблема совести в романе "Преступление и наказание"*//Достоевский: Материалы и исследования.Л., Наука,1988. Т.10. С.56–62. および、高橋、前掲書『「罪と罰」を読む（新版）』九八～一〇二頁、一五八～一六三頁、一八〇～一八四頁参照。
6 杉里直人は帝政ロシアでも「予審制度の導入計画はあったが、計画段階にとどまり、実現しなかった」と指摘し、一八六〇年に新設された「司法取調官」の訳語を採用している。（前掲書『詳注版　カラマーゾフの兄弟』「注・解説・年譜編」、一二八頁）。
7 ドストエフスキー、江川卓訳『罪と罰』（全三冊）、岩波文庫、二〇〇〇年、下巻・二二〇～二二一頁。以下も『罪と罰』からの引用は江川卓訳による。
8 クズネツォフ『アインシュタインとドストエフスキー』小箕俊介訳、れんが書房新社、一九八五年、九頁。
9 高橋『ロシアの近代化と若きドストエフスキー――「祖国戦争」からクリミア戦争へ』成文社、二〇〇七年、六〇～六二頁。
10 平野謙「現代における個人の責任」『堀田善衞全集』第六巻、五二四頁。
11 小中陽太郎「解説　終末論的なピカレスク小説」『日本の原爆文学』第六巻、ほるぷ出版、一九八三年、五六四～五六六頁。
12 同右、五六六～五七一頁。
13 同右、五七一～五七六頁。
14 水溜真由美、前掲書『堀田善衞　乱世を生きる』、一一二～一一三頁、一一八頁。
15 ドストエフスキー、米川正夫訳『悪霊』（『ドストエーフスキイ全集』第十巻）、河出書房新社、一九七〇年、四六二～四六三頁。ただし、この版では引用と少し違いがある。
16 高橋、前掲書『ロシアの近代化と若きドストエフスキー』、第二章「自己と他者の認識と自立の模索」参照。
17 平野謙、前掲「現代における個人の責任」『堀田善衞全集』第六巻、五二四頁。
18 野村剛はケールレル胸像のモデルとなったミュルレルの胸像が一九五九年に盗難に遭っていることや、重要な舞台となっている「新世界ホテル」のモデルが当時は藤山財閥の運営するホテルニュージャパンであり、そこには一九六〇年まで外相を務めた藤山愛一郎の事務所があったことなどを指摘している。「堀田善衞の会」例会配布資料（二〇一九年一一月二三日）

19 高橋、前掲書『「罪と罰」の受容と「立憲主義」の危機』、八二頁。

20 『審判』における『悪霊』の記述に先立って、堀田は『週刊読書人』の一九五九年一一月二三日号の「スターリニズム批判のこと――カミュの脚色した『悪霊』について」（一六・七〇〜七二）でアルベール・カミュの『正しき人人』と戯曲『悪霊』との関係を論じ、一九六〇年五月二日号の「生きた小説の秘密――思想は裸では生きられない」（一六・八二〜八五）では『悪霊』について吉備彦と同じような見解を展開している。

21 椎名麟三『私のドストエフスキー体験』教文館、一九六七年、四九頁。木下豊房、前掲論文「椎名麟三とドストエフスキー」、三〇七〜三二三頁、および、西野常夫「椎名麟三『小さな種族』と『永遠なる序章』におけるキリーロフ的人物像」『ドストエーフスキイ広場』第二一号、二〇一二年、および高橋「椎名麟三の『悪霊』理解の深さとその意義――西野常夫氏の論文を読んで」ドストエーフスキイの会、合評会（二〇一二年七月二一日）配布資料も参照。

22 椎名麟三「『死との対話』について」『椎名麟三全集 二〇』文藝春秋、一九七七年、四六六〜四六九頁。初出は亀井勝一郎・臼井吉見編『人生の本〈第四〉死との対話』、文藝春秋、一九六七年。

23 高橋、前掲書『「罪と罰」の受容と「立憲主義」の危機』、第五章「『罪と罰』で『破戒』を読み解く」参照。

24 水溜真由美、前掲書『堀田善衞　乱世を生きる』、九八頁、三九六頁。

25 たとえば、夏目漱石は弟子の森田草平宛ての書簡で「明治の小説としては後世に伝うべき名篇也」と絶賛した（三好行雄編『漱石書簡集』岩波文庫、一九九〇年、一五八頁）。

26 長編小説『家』（岩波文庫、全二冊）と『新生』（岩波文庫、全二冊）で描かれた島崎藤村とこま子との関係を簡単に整理しておく。一九〇五年三月に小諸義塾を退職して書きかけの原稿を持って上京し西大久保（新宿）に住んだ島崎藤村は上京後に次々と幼い娘たちの死を看取ることになり、一九一〇年には四女を出産した妻の墓をたてることになった。こうして幼い三人の息子と生まれたばかりの四女を残されて苦しんでいた藤村を最初は姉〈ひさ〉とともに住み込んで育児と家事の手伝いをして助け、後には一人で助けていたのが藤村の兄広助の次女・こま子だったが、一九一二年の半ばころから彼女は叔父と関係を持つようになった。

27 中野重治『むらぎも』講談社文芸文庫、一九八九年、二一六～二二六頁。

28 高橋、前掲書『黒澤明で「白痴」を読み解く』、二六八～二六九頁。

29 井桁貞義「武田泰淳の『富士』とカーニバル」『ドストエフスキイ　言葉の生命』群像社、二〇〇三年、四三三頁。

30 バフチン、杉里直人訳『ミハイル・バフチン全著作〈第七巻〉「フランソワ・ラブレーの作品と中世・ルネサンスの民衆文化」他』水声社、二〇〇七年参照。

31 プーシキン『スペードの女王・ベールキン物語』神西清訳、岩波文庫、一九六七年、七五～九七頁参照。

32 Достоевский,Ф.М. *Полное собрание сочинений в тридцати томах*,Л., Наука, Т.28-2, с.251. 訳は木村浩訳の『白痴』（新潮文庫）の「あとがき」より引用した。

33 ジェーヴシキンは同僚たちから「ねずみ」と馬鹿にされた際には、「このねずみが益をもたらすのです」として浄書の能力を持つ自分の存在の意義をも主張していた。このような浄書の能力は「小ねずみ」を意味するムィシキンという苗字を持ち、「白痴」と馬鹿にされる『白痴』の主人公にも受け継がれている。

34 高橋、前掲書『欧化と国粋』、九五～九六頁。

35 Поддубная,Р.Н., Герой и его литературное развитие.(Отражение“Выстрела” Пушкина в творчестве Достоевского). Достоевский. Материалы и исследования, т.3, Л., Наука, 1978,

c.54-66.

36 C・イーザリー、G・アンデルス、篠原正瑛訳、前掲書『ヒロシマわが罪と罰』、二一八〜二一九頁。

37 ドストエフスキー、杉里直人訳、前掲書『詳注版 カラマーゾフの兄弟』、九三二頁。

38 高橋、前掲書『「罪と罰」を読む（新版）』、一二七頁。

39 高橋、前掲書『黒澤明で「白痴」を読み解く』、二六七〜二六九頁。

40 中桐史雄「『スフィンクス』の人びと――中間報告」「堀田善衞の会」第三六回例会資料、二〇二一年三月二七日参照。堀田善衞とアジア・アフリカ作家会議との関りについては、竹内栄美子・丸山珪一編、前掲書、『中野重治・堀田善衞 往復書簡』、二〇一八年、および、水溜真由美、前掲書『堀田善衞　乱世を生きる』、三二七〜三八四頁参照。

41 五木寛之「政治的人間の魅力」『堀田善衞全集』第八巻、月報一〇、一〜三頁。

## 第五章

1『ゴヤ』（全四巻、集英社文庫、二〇一〇〜二〇一一年）第一巻、九三頁。

2 堀田善衞「至福千年」『聖者の行進』徳間書店、二〇〇四年、二六頁。

3 D・H・ロレンス、福田恒存訳『黙示録論 現代人は愛しうるか』ちくま学芸文庫、二〇〇四年、三五〜三七頁。

4 同右、四七頁。ただ、その後でロレンスは『ヨハネの黙示録』には、異教世界の「壮大なコスモスの観念を暗示」（七一頁）しているとして、「古代異教文明」的な視点からの再評価を行っているが、一九三〇年に書き終えたこの書ではナチズムや原爆の批判はなされていない。

他方、長瀬隆は「ドストエフスキーの黙示録」という章を最後に置いたジラールの『欲望の現象学』を批判的に論じる一方で、ロレンスの『黙示録論』を高く評価したマルクスやエンゲルスが貨幣経済の考察という視点から『ヨハネの黙示録』に強い関心を持っていたことを『ドストエフスキーとは何か』（成文社）の第六章と第七章で詳しく記している。
5 谷口雅春、前掲書『古事記と日本国の世界的使命』、一四四～一六七頁。
6 齋藤博『文明のモラルとエティカ――生態としての文明とその装置』東海大学出版会、二〇〇六年、一三四頁。
7 堀田百合子、前掲書『ただの文士　父、堀田善衞のこと』、七八頁。
8「大審問官」に関する文献は多いが、ここではその一部を挙げておく。J・S・ワッサーマン編、小沼文彦・冷牟田幸子訳『ドストエフスキーの「大審問官」』（ヨルダン社、一九八一）には、ドストエフスキーのテキストと書簡とともに、シェストフやベルジャーエフやロレンスなどの多くの重要な考察が掲載されている。ゴロソフケル、木下豊房訳『ドストエフスキーとカント――「カラマーゾフの兄弟」を読む』（みすず書房、一九八八年）では「大審問官」の作者イワンの「良心」の問題が深く考察されている。冷牟田幸子『ドストエフスキー　無神論の克服』（近代文藝社、一九八八年）。中村雄二郎『悪の哲学ノート』（岩波書店、一九九四年）にはスピノザへの言及もある。木寺律子「ドストエフスキーの物語詩「大審問官」とプレスコットの歴史書」鳥取環境大学紀要、一九九五年。井桁貞義『ドストエフスキイ　言葉の生命』（群像社、二〇〇三年）では、比較文学的な視点から考察した「ドストエフスキイとシラー」や「ローレンス「大審問官・序文」の謎」などが所収されている。清水孝純「『カラマーゾフの兄弟』の現代性――イヴァンの言説「大審問官」の章を中心に」『江古田文学』二〇〇七年。
9 トルストイ、藤沼貴訳『戦争と平和』岩波文庫、第五巻、二〇〇六年、一四三頁。
10 高橋、前掲書『欧化と国粋』、第三章「権力と強制の批判――『死の家の記録』と「非凡人の思想」」。およびフーコーの『監獄の誕生――監視と処罰』、田村俶訳、新潮社、一九七七年。
11 前掲書、江川卓訳『罪と罰』、岩波文庫、中巻、一七五頁。
12 スピノザ『エティカ』（『世界の名著』第二五巻）工藤喜作・斎藤博訳、中央公論社、一九六九年、二七三頁。
13 Нечаева В. С. Журнал М.М. и Ф.М.Достоевских «Время»,1861-63. М.,1972.С.178. キルポーチンは『悪霊』の登場人物が「神と自然は、すべて一つのものである」というスピノザの言葉を語っていると述べている。（黒田辰男訳『ドストエーフスキイの世界と自己――そのロマンの典型』啓隆閣、一九七二年、三五五頁）。
14 スピノザ、前掲書『エティカ』、一九二頁。
15 齋藤博『文明への問――文明学の基礎づけのために』、東海大学出版会、一九七九年、一八九〜一九〇頁。
16『未成年』工藤精一郎訳、（新潮社版『ドストエフスキー全集』）、六四頁。ドストエフスキー自身も長編小説『未成年』の草稿でしばしばスピノザの名前をあげている（Литературное наследство, Т.77, М., Наука, 1965, С.С. 287,289,292, 294,312-4, 496-8）。
17 スピノザ、前掲書『エティカ』、二七三頁。
18 堀田善衞『定家明月記私抄　続篇』ちくま学芸文庫、一九九六年、一三頁。
19 堀田善衞『路上の人』徳間書房、二〇〇四年、一九二頁。以下、本書からの引用頁数は漢数字で本文中のかっこ内に示す。
20 堀田善衞・篠田一士「対談 西欧中世の路上より」、前掲書『路上の人』、三七六頁
21 D・H・ロレンス、前掲書『黙示録論 現代人は愛しうるか』、一一三頁。
22 冷牟田幸子「ドストエフスキーと「ヨハネ黙示録」そして堀田善衞『路上の人』『ドストエーフスキイ広場』

第三十号、二〇二一年。
23 前掲書、杉里直人訳『詳注版 カラマーゾフの兄弟』、三五五～三八〇頁。
24 冷牟田幸子、前掲論文、六二頁。
25 堀田善衛・篠田一士「対談 西欧中世の路上より」前掲書『路上の人』、三七六頁。
26 堀田善衛『ミシェル 城館の人』集英社文庫、第一部、二〇〇四年、三三一～三三三頁。
27 堀田善衛「創世記と伝道の書」、前掲書『天上大風』、一六二頁、一六四頁。

終章

1 宮崎駿「堀田作品は世界を知り抜くための羅針盤」、前掲書『堀田善衛を読む』、一六一頁。
2 半藤一利・宮崎駿『腰ぬけ愛国談義』、文春ジブリ文庫、二〇一三年、一六一頁。
3 堀田善衛、前掲書『天上大風』、三一八～三二四頁。
4 宮崎駿「堀田作品は世界を知り抜くための羅針盤」、前掲書『堀田善衛を読む』、一四九～一五一頁。および『高志の国文学館紀要』第四号、二〇一八年参照。
5 堀田善衛・司馬遼太郎・宮崎駿、前掲書『時代の風音』、一〇頁。
6 宮崎駿、前掲「堀田作品は世界を知り抜くための羅針盤」、一四九～一五〇頁。
7 堀田善衛・司馬遼太郎・宮崎駿、前掲書『時代の風音』、一六三～一六四頁。満州の戦車隊に徴兵されていた司馬は、『竜馬がゆく』の「勝海舟」と名付けた章で、幕末の「神国思想」が「国定国史教科書の史観」となったと書き、「その狂信的な流れは昭和になって、昭和維新を信ずる妄想グループにひきつがれ、ついに大東亜戦争をひきおこして、国を惨憺《さんたん》たる荒廃におとし入れた」と記している。

8 評論家の岡田斗司夫は一九六一年に宮崎駿は映画『モスラ』の公開時に渋谷の映画館で見ていたと指摘している（blog.freeex.jp/archives/51493425.html、二〇一六年九月二一日）。

9 宮崎駿『本へのとびら――岩波少年文庫を語る』岩波新書、二〇一一年、七〇頁。宮崎監督にも強い影響を及ぼしていると思われる手塚治虫の『罪と罰』観については、高橋「黒澤明と手塚治虫――手塚治虫のマンガ『罪と罰』をめぐって」『黒澤明研究会会誌』第三九号、二〇一八年参照。

10 手塚治虫『ぼくのマンガ道』新日本出版社、二〇〇八年。

11 手塚治虫『罪と罰』角川文庫、一九九五年、五五～七三頁。および、井桁貞義「『罪と罰』と二十世紀後半の日本」、前掲書『ドストエフスキイ　言葉の生命』、三九二～三九三頁参照。

12 黒澤明・宮崎駿『何が映画か　「七人の侍」と「まあだだよ」をめぐって』スタジオジブリ、一九九三年。高橋「黒澤明と宮崎駿――《七人の侍》から《もののけ姫》へ（ロシア文学と民話とのかかわりを中心に）」黒澤明研究会、二〇一七年六月二五日の例会資料参照。

13 高橋、前掲書『黒澤明と小林秀雄』、四頁。

14 ドストエフスキー、江川卓訳、前掲書『罪と罰』、下巻、一三五頁。

15 一九九五年版『堀田善衞全集』第一五巻、四二八～四三〇頁。

16 DVD《紅の豚》ウォルト・ディズニー・ジャパン株式会社、二〇一四年。

17 宮崎駿「演出覚書――紅の豚メモ」『スタジオジブリ作品関連資料集Ⅳ』徳間書店、一九九六年。

18 宮崎駿「空のいけにえ」『折り返し点 1997～2008』徳間書店、二〇〇八年、二一一～二一二頁。

19 奥田浩司「『紅の豚』と〈非戦〉――〈九・一一〉以降」米村みゆき編『ジブリの森へ　高畑勲・宮崎駿を読む』森話社、二〇〇三年、一二二～一二九頁。

20　大島博光『ランボオ』新日本新書、一九八七年、一六七頁。
21　奥田浩司、前掲論文「『紅の豚』と〈非戦〉」、一二九頁。
22　バフチン、前掲書『ミハイル・バフチン全著作』第七巻、二三頁。
23　シネマトゥデイ「宮崎駿監督の新作『君たちはどう生きるか』は冒険活劇ファンタジー!」、二〇一七年一一月三〇日。
24　宮崎駿「失われた風景の記憶――吉野源三郎著『君たちはどう生きるか』をめぐって」、前掲書『折り返し点　1997〜2008』、四五六〜四六〇頁。
25　「解説」、DVD新訳版《雪の女王》スタジオジブリ、二〇〇七年。
26　堀辰雄「風立ちぬ」『堀辰雄作品集』第二巻、筑摩書房、一九八二年、八〇頁。
27　宮崎駿、前掲「堀田作品は世界を知り抜くための羅針盤」、一五九頁。
28　宮崎駿「僕の宿題」『宮崎駿　出発点1979〜1996』徳間書店、一九九六年、二九四頁。
29　宮崎駿『風立ちぬ 宮崎駿の妄想カムバック』大日本絵画、二〇一五年、三頁。
30　映画『風立ちぬ』、映画パンフレット、二〇一三年参照。
31　堀越二郎『零戦 その誕生と栄光の記録』角川文庫、二〇一二年、一五〇頁、一九五頁。
32　半藤一利・宮崎駿、前掲書『腰ぬけ愛国談義』、一六四頁。
33　高橋『ゴジラの哀しみ――映画《ゴジラ》から映画《永遠の0《ゼロ》》へ』のべる出版企画、二〇一六年、第二部「ナショナリズムの台頭と「報復の連鎖」」参照。
34　半藤一利・宮崎駿、前掲書『腰ぬけ愛国談義』、二三一頁。
35　堀辰雄「菜穂子」『堀辰雄作品集』第三巻、筑摩書房、一九八二年、二九九〜三一三頁。

36 半藤一利・宮崎駿、前掲書『腰ぬけ愛国談義』、一二二頁。
37 堀辰雄、前掲論文「芥川龍之介論」、一四～六四頁。
38 清水徹「作家論」『堀辰雄作品集』第五巻、三六五頁。
39 半藤一利『清張さんと司馬さん』文春文庫、二〇〇五年、一六九頁。
40 堀田善衞・司馬遼太郎・宮崎駿、前掲書『時代の風音』、二八頁。
41 堀田善衞、前掲論文「文学の立場」、二四四頁。

パンデミック禍での執筆となったが、なんとかドストエフスキーの生誕二〇〇年の誕生日（新暦で一一月一一日）までに上梓することができてほっとしている。

第一次世界大戦が終わる一九一八年に北陸の港町で生まれた堀田善衞は、アメリカや欧州の軍隊と共に日本がシベリア出兵に踏み切ったことにより国内でもスペイン風邪が流行ったことを長編小説『夜の森』で描いていた。この時はスペイン風邪を軽く見た政府の政策により日本でも三九万人を超える死者が出ていたが、今回もパンデミック禍の最中にオリンピックという国際的な祭典を強行開催したことで、国内での感染も急速に拡がりを見せて、今日現在で感染者が百万人を越えている。日本政府が百年前の悲劇から何も学んでいないのは残念だが、このことは広く深いドストエフスキー作品の文明論的な視野が日本ではまだ定着していないことをも語っているように思える。

本書を書く中で確認することになったのは、ドストエフスキーの作品にも言及しながら「昭和初期」の日本を描いた堀田善衞の『若き日の詩人たちの肖像』が、モスクワ大学への留学のきっかけを与えてくれたばかりでなく、私のドストエフスキー論の視野や方法とも深く関わっていたことである。それゆえ、ここでは『若き日の詩人たちの肖像』との出会いとこの長編小説との再会をとおして、私自身のドストエフスキー観と堀田善衞観の深まりを記しておきたい。

私が生まれたのは戦後四年目のまだ占領下で、『罪と罰』の影響が強く見られる黒澤明監督の映画『野良犬』で描かれたような雰囲気が色濃く残っていた一九四九年であり、映画『生きものの記録』(一九五四)で描かれているように水爆実験の影響が心配される時代に子ども時代を過ごした。

ドストエフスキー文学では自殺の問題も大きなテーマとなっているが、一九六三年にはアメリカの傀儡政権による激しい弾圧に抗議したベトナムの僧侶が米国大使館前で焼身自殺をしていた。堀田善衞の長編小説『橋上幻像』(一九七〇)の後半では「良心的脱走兵」の話も記されているが、日本の基地から飛び立った飛行機が上空から「枯葉剤」を散布するようになった後の一九六七年には日本政府への抗議行動として反戦運動家の由比忠之進が首相官邸前で焼身自殺を図り、一九六九年にパリで女性が自殺した後では「フランシーヌの場合は」という歌が日本でも流行った。その一方でベトナム戦争の頃には平和を唱えていた学生たちが過激化して内ゲバと呼ばれる内部闘争で殺し合うようになっていた。

このような時期に青春を過ごした私は、兵器の近代化によって五千万人もの戦死者を出した第二次世界大戦の後も戦争が続けられていることに強い危機感を覚えて、文学書や宗教書だけでなく哲学書に読みふけって新しい価値観を模索するようになった。

それゆえ、「非凡人の理論」を考え出して高利貸しの老婆を「悪人」と規定してその殺害を正当化した主人公のラスコーリニコフが、後に老婆を殺したことによって「自分を殺したんだ、永久に！」と語る『罪と罰』の場面からは、自己と他者についての深い哲学的な考察がなされていると感じた。エピローグで主人公が見る「人類滅亡の悪夢」からは、第二次世界大戦で使用され、世界を破滅させることのできる量が産み出された原子爆弾の使用とその危険性を予告しているだけでなく、近代的な自然観の見直しの必要性をも示唆していると感じて強い感動を覚えた。

「告白」の重要性に注意を払うことによって知識人の孤独と自意識の問題に鋭く迫った小林秀雄のドストエフスキー論からも、当初は強い影響を受けた。しかし、多くの研究書やペトラシェフスキー事件の記述などをとおしてドストエフスキーが青年時代を過ごした「暗黒の三十年」と昭和初期の日本の「祭政一致」政策や厳しい検閲制度などに類似性を感じ始めていた私は、戦前の日本の価値観を賛美するようになっていた小林秀雄の評論が入試などでも取り上げられることに強い危機感を覚えて、現代の危機に対応できる価値観を求めるために文明学科という新しい学科に入ってスピノザ哲学を学ぶとともに日露の近代化の比較というテーマでの考察を始めた。

ツルゲーネフの『その前夜』を読んでいたこともありブルガリアへの留学に踏み切った私は、ブルガリアが一時はローマ帝国を脅かすほどの勢力を誇り、キエフ公国よりも先にギリシア正教を受容していたことやポーランドから来ていた留学生のロシア観がきわめて厳しいことなどを知った。

ソ連でドストエフスキー文学の研究をする機会を得た際には、ロシア正教との関連で研究することは難しいだろうと考えて迷ったが、その際に私の背中を強く押してくれた作品が堀田善衞の『若き日の詩人たちの肖像』だった。ことに題辞で引用されている『白夜』の文章や昭和初期の日本の状況の描写からはドストエフスキーの初期作品の研究が『罪と罰』や『白痴』の理解にもつながることが分かり、初期作品の研究に的を絞って留学することにし、モスクワでは厳しい共産党による検閲にもかかわらず敬虔なロシア正教徒の研究者によるドストエフスキー文学の研究は進んでおり、それは映画や演劇にも反映されていることを知った。

『ロシアの近代化と若きドストエフスキー――「祖国戦争」からクリミア戦争へ』（成文社、二〇〇七年）の終章では本書の中核となる堀田善衞の『若き日の詩人たちの肖像』における『白夜』の位置についても少し言及した。

しかし、この長編小説でムィシキンが「外界」から「入って」来たことに注意を促している文章が、「天皇機関説」事件で「立憲主義」が崩壊する前年の一九三四年の『白痴』論で、「ムイシュキンはスイスから還ったのではない、シベリヤから還ったのである」とした小林秀雄独自の「解釈」に対する鋭い批判である可能性に気付いたのは、『黒澤明と小林秀雄――「罪と罰」をめぐる静かなる決闘』（成文社、二〇一四年）を執筆していた時であった。

それゆえ、この本を上梓した後で、真剣に『若き日の詩人たちの肖像』の再考察と堀田善衞作品の考察を始めた私は堀田善衞の初期作品『祖国喪失』にはすでに無国籍のユダヤ人の登場人物がスピノザについて語っているばかりでなく、エッセイや大作『ゴヤ』でもスピノザが重要な位置を占めていることに気付いた。

しかも、私は日本におけるドストエフスキーの受容についての考察を日露の近代化の比較という視点から考えていたが、堀田も『インドで考えたこと』や長編小説『審判』で比較文明学の創始者と位置付けられているトインビーの考えを取り入れて「重層的な歴史観」を展開していたのである。

ただ、『若き日の詩人たちの肖像』では平田篤胤の復古神道の問題なども論じられているために、前著『「罪と罰」の受容と「立憲主義」の危機——北村透谷から島崎藤村へ』（成文社、二〇一九年）では、『罪と罰』からの強い影響が指摘されている『破戒』だけでなく国学者の父親をモデルとした島崎藤村の『夜明け前』も詳しく考察した。

ようやく今回、「良心」という用語は使用していないものの、「強い美意識」と「責任の欠如」の問題をとおしてドストエフスキー作品の深みに通じるような深い作品を著わしていた堀田善衛の文明観に迫ることができたと思える。

本書において、「大審問官」と原爆についての考察をとおして、『罪と罰』のエピローグで描かれた「人類滅亡の悪夢」にも迫ることで、「核兵器禁止条約」の成立の必要性をも記していた堀田善衛のドストエフスキー観の現代的な意義を明らかにし、日本のドストエフスキー研究に一石を投じることができれば幸いである。

本書をまとめるに際しては「ドストエーフスキイの会」や「日本トルストイ協会」、「世界文学会」や「東海大学文明学会」、さらには「世田谷文学館・友の会」で発表だけでなく校正などの面でもお世話になり、「日本ロシア文学会」や「比較文学会」の学会誌や「ユーラシア研究」や「図書新聞」などでの書評からも知的刺激を受けた。

ことに九月二六日に石川近代文学館で行われた「堀田善衞の会」の例会に際しては高志の国文学館をはじめ、金沢の徳田秋聲記念館や室生犀星記念館なども案内して頂き、丸山珪一代表からは貴重な資料のご教示も得て、堀田善衞論の構想が大きく広がった。

今回、本書を出版する群像社の島田進矢氏にはご配慮と貴重なご助言を頂いただけでなく、丁寧な校正もして頂いた。

以前に在籍していた東海大学の図書館にはたいへんお世話になっていたが、その後勤務した桜美林大学の図書館にもいろいろと便宜を図って頂いた。この場を借りてお世話になった多くの方々に感謝の意を記したい。

ただ、コロナ禍や時間的な事情もあり神奈川近代文学館に行くことがかなわなかったのは残念だが、堀田文学については今後も研究を続けるので、機会を改めて訪れることにしたい。

末筆ではあるが最初の読者であり、校正者でもある妻の春子にも謝意を記しておく。

（二〇二一年八月九日、長崎原爆の日に。）

高橋誠一郎

# 初出一覧（本書の各章は主に下記の論文に大幅な改稿を行ったものである。）

## はじめに

エッセイ「堀田善衛のドストエフスキー観」「ロシア文化通信 群」第五八号、群像社、二〇二一年。

## 序章

「芥川龍之介の遺書とトルストイ――「神になることの拒否」」日本トルストイ協会『緑の杖』第一七号、二〇二〇年。

「絶望との対峙――芥川龍之介における『罪と罰』の受容」『世界文学』、二〇二〇年。

## 第一章

エッセイ「堀田善衛の『白痴』観――『若き日の詩人たちの肖像』をめぐって」『ドストエーフスキイ広場』第二八号、ドストエーフスキイの会、二〇一九年。

研究ノート「『運命愛』の思想と小林秀雄――『若き日の詩人たちの肖像』の一考察」『世界文学』一三〇号、二〇一九年。

「『白夜』から『白痴』へ――『若き日の詩人たちの肖像』を読み解く」『ドストエーフスキイ広場』第二九号、ドストエーフスキイの会、二〇二〇年。

「堀田善衛の黒澤明観――黒澤映画《白痴》と映画《用心棒》を中心に」『黒澤明研究会会誌』第四三号、二〇二〇年。

第二章

「堀田善衛の長編小説『時間』における『罪と罰』のテーマ」『ドストエーフスキイ広場』第三〇号、ドストエーフスキイの会、二〇二一年。

「『罪と罰』の受容と日本の知識人の考察――「囚われて」と『記念碑』を中心に」堀田善衛の会、第三四回例会配布資料、二〇二〇年。

第三章

「ドストエフスキーで『零から数えて』と『審判』を読み解く」堀田善衛の会『海龍』、第一六号、二〇二〇年。

研究ノート「狂人にされた原爆パイロット――堀田善衛の『零から数えて』と『審判』をめぐって」『世界文学』第一二二号、二〇一五年。

第四章　書き下ろし

第五章

「人間の共存の根拠を問う――堀田善衛のスピノザ観とドストエフスキー観」『文明研究』第三九号、二〇二一年。

終章

「宮崎駿の堀田善衛観――《風の谷のナウシカ》から《風立ちぬ》へ」『全作家』一二〇号、二〇二一年。

「アニメ映画《風立ちぬ》で『若き日の詩人たちの肖像』を読み解く」「世田谷文学館・友の会」講座配布資料、二〇二一年。

# 関連年表

| 【年】 | 【堀田善衞関連】 | 【文学史および宮崎駿関連】 | 【社会の出来事】 |
| --- | --- | --- | --- |
| 一八九二（明治二五） | | 芥川龍之介、東京に生まれる． | |
| 一九〇二 | | 小林秀雄、東京に生まれる．<br>中野重治、福井県に生まれる． | |
| 一九〇四 | | 堀辰雄、東京に生まれる． | 日露戦争（〜〇五年） |
| 一九一〇 | | 黒澤明、東京に生まれる．<br>『白樺』創刊．<br>トルストイ、没． | 大逆事件<br>日韓併合 |
| 一九一二 | | 武田泰淳、東京に生まれる． | |
| 一九一四（大正三） | | | 第一次世界大戦（〜一八年） |
| 一九一五 | | 芥川「羅生門」（『帝国文学』）、漱石の木曜会に参加． | |
| 一九一六 | | 夏目漱石、没． | |
| 一九一八 | 富山県射水郡伏木町（現・高岡市）の江戸時代から続く廻船問屋で父・堀田勝文、母・くにの三男として生まれる。 | 中村真一郎、東京に生まれる．<br>福永武彦、福岡県に生まれる． | 米騒動が富山県から全国に拡大<br>シベリア出兵 |

| | | | |
|---|---|---|---|
| 一九二二 | | 芥川「将軍」(『改造』)、「藪の中」(『新潮』) | |
| 一九二三 | | 芥川「澄江堂雑記」 | 関東大震災 |
| 一九二五 | | 司馬遼太郎、大阪に生まれる. | 治安維持法、普通選挙法公布 |
| 一九二七(昭和二) | | 芥川「僕の瑞威《スキッツル》」、遺書「或旧友へ送る手記」を残し自殺.<br>小林「芥川龍之介の美神と宿命」(『大調和』) | |
| 一九二九 | | 堀辰雄「芥川龍之介論――藝術家としての彼を論ず」(「東京帝国大学卒業論文」)<br>小林多喜二「蟹工船」<br>小林『様々なる意匠』 | |
| 一九三一 | 石川県金沢市の県立第二中学校に入学。家業が傾いたため、中学時代は親戚の楽器店やアメリカ人宣教師宅に下宿する。音楽家志望だったが、耳の病気にかかり断念。 | | 満州事変 |
| 一九三二 | | 小林「現代文学の不安」(『改造』) | 上海事変<br>満州国成立<br>五・一五事件 |
| 一九三三 | | 小林多喜二が拷問で死亡. | ヒトラー内閣成立 |

| | | | |
|---|---|---|---|
| 一九三三 | | | 日本、国際連盟から脱退<br>滝川事件 |
| 一九三四 | | 小林「文学界の混乱」（『文藝春秋』）、「『罪と罰』についてⅠ」「『白痴』について」（『文藝』） | ワシントン条約破棄を通告 |
| 一九三五 | | 小林「ドストエフスキイの生活」の連載始まる. | 美濃部達吉の天皇機関説が問題となる |
| 一九三六 | 慶応大学法学部政治学科予科の入試のために上京して二・二六事件に遭遇。 | 堀辰雄「風立ちぬ」執筆開始（～三七年） | ロンドン軍縮会議から脱退<br>二・二六事件 |
| 一九三七 | | 小林「『悪霊』について」（未完、『文藝』） | 盧溝橋事件<br>日中戦争本格化<br>南京事件 |
| 一九三八 | | | 国家総動員法公布 |
| 一九三九 | | 小林、『ドストエフスキイの生活』（創元社） | |
| 一九四〇 | 文学部仏蘭西文学科に転科。在学中の学友に白井浩司（仏文学者）、加藤道夫（劇作家）、芥川比呂志（俳優）らがいた。詩の同人誌『荒地』などに参加し、鮎川信夫、田村隆一、中村真一郎、加藤周一らと交友。 | 小林、書評「ヒットラアの『我が闘争』」（『朝日新聞』）、林房雄、石川達三との鼎談「英雄を語る」（『文學界』） | |

| | | | |
|---|---|---|---|
| 一九四一 | | 宮崎駿、宮崎航空機製作所の経営者の二男として東京に生まれる．<br>黒澤が助監督についた山本嘉次郎監督、高峰秀子主演の映画『馬』公開．<br>小林「歴史と文学」（『改造』）で芥川の『将軍』に否定的に言及．<br>小林「カラマアゾフの兄弟」（未完、『文藝』） | 中島飛行機、三鷹町大沢に三鷹研究所を開設<br>国民学校令公布<br>真珠湾攻撃（十二月）、太平洋戦争開戦 |
| 一九四二 | 九月、大学を繰上卒業。国際文化振興会に就職。大学卒業後は、吉田健一を通じて『批評』の同人となり、中村光夫、河上徹太郎、小林秀雄、山本健吉らを知る。 | 小林、座談会「文化総合会議 近代の超克」（『文學界』） | |
| 一九四三 | 「西行論」を『批評』に連載（〜四四年） | | |
| 一九四四 | 東部第四八部隊に召集されるが、骨折による胸部疾患のため召集解除。 | | |
| 一九四五 | 国際文化振興会に戻り、三月十日の東京大空襲を体験。その後、派遣されて中国に行く。上海で中日文化協会に勤めていた武田泰淳と知り合う。十二月、中国国民党宣伝部に留用される。 | | 三月、東京大空襲、八月、広島・長崎に原爆投下、ポツダム宣言受諾 |

| | | | |
|---|---|---|---|
| 一九四六 | | 座談会「コメディ・リテレール―小林秀雄を囲んで」（『近代文學』）<br>黒澤、『わが青春に悔なし』公開． | |
| 一九四七 | 帰国し世界日報社に入社。 | 武田泰淳「審判」（『批評』）<br>坂口安吾、「教祖の文学」で小林秀雄を批判（『新潮』） | 日本国憲法発布 |
| 一九四八 | 世界日報社解散のため退社し、神奈川県逗子市に転居。 | 小林「『罪と罰』についてⅡ」（『創元』） | |
| 一九四九 | | 黒澤、『静かなる決闘』（原題『罪なき罰』）、『野良犬』公開． | ソ連、原爆実験 |
| 一九五〇 | 翻訳『モーパッサン詩集』（酣燈社） | 黒澤、『醜聞（スキャンダル）』、『羅生門』公開． | |
| 一九五一 | 九月、『中央公論・文芸特集』に「広場の孤独」を全編掲載。同月に『文学界』に発表した「漢奸」とともに芥川賞を受賞。<br>翻訳『白昼の悪魔』（アガサ・クリスティー、早川書房） | 黒澤、『白痴』公開． | |
| 一九五二 | 連作小説集『祖国喪失』（文藝春秋新社） | 小林、「『白痴』についてⅡ」（『中央公論』） | |
| 一九五三 | 長編小説『歴史』（新潮社） | 手塚治虫『罪と罰』（東光堂）<br>堀辰雄、没． | 米国、原子力の平和利用政策を発表 |
| 一九五四 | | 本多猪四郎監督『ゴジラ』公開． | 原潜ノーチラス号進水 |

一九五五　長編小説『夜の森』（講談社）、長編『時間』（新潮社）、長編『記念碑』（中央公論社）　黒澤、『生きものの記録』公開。　第五福竜丸、米国の水爆実験で被爆　ラッセル・アインシュタイン宣言

埴谷雄高・野間宏・梅崎春生・武田泰淳・椎名麟三・中村真一郎と「あさって会」結成。

一九五六　ニューデリーで開かれた第一回アジア作家会議に参加。　ソ連、ハンガリー侵攻

長編小説『奇妙な青春』（中央公論社）

一九五七　翻訳『A・B・C殺人事件』（アガサ・クリスティー、東京創元社）

『インドで考えたこと』（岩波新書）

一九五八　第一回アジア・アフリカ作家会議の準備のためソビエト、フランス、アフリカなどを歴訪。

連作短編集『現代怪談集』（東京創元社）

一九五九　評論集『上海にて』（筑摩書房）　安保闘争（〜六〇年）

戯曲「運命」を劇団民芸が上演。

一九六〇　長編『零から数えて』（文藝春秋新社）　小林、「ヒットラーと悪魔」（『文藝春秋』）で『悪霊』に言及。

一九六一　長編『海鳴りの底から』（朝日新聞社）、『発光妖精とモスラ』（中村真一郎・福永武彦との合作小説、筑摩書房）　本多猪四郎監督『モスラ』公開。

| | | | |
|---|---|---|---|
| 一九六二 | 第二回アジア・アフリカ作家会議（カイロ）に参加。 | G・アンデルス、C・イーザリー著、篠原正瑛訳『ヒロシマわが罪と罰 原爆パイロットの苦悩の手紙』 | キューバ危機 |
| 一九六三 | 長編『審判』（岩波書店） | | |
| 一九六四 | | 小林『「白痴」について』（角川書店） | |
| 一九六五 | 長編『スフィンクス』（毎日新聞社） | | 米国、北爆開始（～七三年） |
| 一九六六 | | | 中国で文化大革命 |
| 一九六七 | アジア・アフリカ作家会議（ベイルート）に参加。 | | |
| 一九六八 | 自伝的長編『若き日の詩人たちの肖像』（新潮社）<br>タシケントで開かれたアジア・アフリカ作家会議十周年記念大会の演説でソ連のチェコ侵攻を批判。 | | プラハの春、ソ連・東欧軍、チェコ侵攻 |
| 一九六九 | 連作美術エッセイ『美しきもの見し人は』（新潮社） | | |
| 一九七〇 | アジア・アフリカ作家会議（ニューデリー）に参加。<br>『橋上幻像』（新潮社）、共編・アンソロジー『日本原爆詩集』（太平出版社） | | |
| 一九七一 | 長編エッセイ『方丈記私記』（筑摩書房） | | |
| 一九七二 | 新聞連載小説『19階日本横丁』（朝日新聞社） | | |
| 一九七四 | 『堀田善衞全集』（～七五年、全十六巻、筑摩書房）<br>『ゴヤ 第一部 スペイン・光と影』（新潮社） | | |

| | | |
|---|---|---|
| 一九七五 | 『ゴヤ 第二部 マドリード・砂漠と緑』(新潮社) | 黒澤、『デルス・ウザーラ』公開、座談会で小林の『白痴』観を批判. |
| 一九七六 | 『ゴヤ 第三部 巨人の影に』(新潮社) | 武田泰淳、没. |
| 一九七七 | 『ゴヤ 第四部 運命・暗い絵』(新潮社)<br>五月、ヨーロッパに渡る。以後十年間、一時帰国もしつつ主にスペインに住み、ヨーロッパ各地をまわる。 | 小林『本居宣長』 |
| 一九七八 | タシケントで開かれたアジア・アフリカ作家会議の二十周年記念大会に参加 | |
| 一九七九 | 『ゴヤ』でロータス賞受賞。 | イランでイスラム革命<br>小林、河上徹太郎との対談「歴史について」で『白痴』を「トルソ」と呼ぶ。<br>福永武彦、没. |
| 一九八三 | | 中野重治、没.<br>小林秀雄、没. |
| 一九八四 | 日本アジア・アフリカ作家会議議長を辞任。 | アニメ映画『風の谷のナウシカ』 |
| 一九八五 | 長編『路上の人』(新潮社) | 鈴木敏夫プロデューサー、堀田善衞のマンションにアニメ映画『風の谷のナウシカ』を持参し、「アニメーションを作る人々へ」の原稿を依頼。長編小説『路上の人』の上映権を与えられる. |
| 一九八六 | 『定家明月記私抄』(新潮社) | |

| | | | |
|---|---|---|---|
| 一九八六 | 「アニメーションを作る人々へ」『天空の城ラピュタ GUIDE BOOK』 | アニメ映画『天空の城ラピュタ』<br>黒澤、シナリオ『夢』第一稿脱稿． | チェルノブイリ原発事故 |
| 一九八八 | 『定家明月記私抄 続編』（新潮社）<br>「この十年（続々々）」（雑誌『ちくま』）で小林秀雄の『本居宣長』を批判したことを記す。 | | |
| 一九九〇（平成二） | | 黒澤、『夢』公開． | イラク、クウェート占領 |
| 一九九一 | 『ミシェル 城館の人 第一部 争乱の時代』（集英社） | | 湾岸戦争<br>ユーゴスラヴィアで内戦<br>ソ連邦崩壊 |
| 一九九二 | 『ミシェル 城館の人 第二部 自然 理性 運命』（集英社）<br>『ＮＨＫ人間大学 時代と人間』に講師として出演。<br>司馬遼太郎、宮崎駿との鼎談集『時代の風音』（ユー・ピー・ユー） | アニメ映画『紅の豚』 | |
| 一九九三 | 回想録『めぐりあいし人びと』（集英社）<br>第二次『堀田善衛全集』（全十六巻、筑摩書房） | この年から毎年一月に宮崎駿監督、鈴木敏夫プロデューサーが堀田家に年賀の挨拶． | |
| 一九九四 | 『ミシェル 城館の人 第三部 精神の祝祭』（集英社）<br>第二次『堀田善衛全集』完結。 | 『堀田善衛全集』出版記念パーティーに宮崎駿監督、鈴木敏夫プロデューサーが出席． | |
| 一九九六 | | 司馬遼太郎、没． | |

| | | |
|---|---|---|
| 一九九七 | | 中村真一郎、没. |
| 一九九八 | 日本芸術院賞を受賞。九月五日、脳梗塞で死去。『天上大風——同時代評セレクション一九八六—一九九八』（筑摩書房） | 黒澤明、没. |
| 一九九九 | 『故園風来抄』、『堀田善衛詩集 一九四二〜一九六六』（集英社） | |
| 二〇〇一 | 未発表詩集『別離と邂逅の詩』（集英社） | |
| 二〇〇四 | スタジオジブリが堀田作品『路上の人』、『聖者の行進』、『時代と人間』を復刊、堀田善衛が出演した「NHK人間大学」などの番組をDVD化。 | |
| 二〇〇八 | 県立神奈川近代文学館で「堀田善衛展 スタジオジブリが描く乱世」開催。 | |
| 二〇〇九 | | 「スタジオジブリが描く乱世『路上の人』」展（三鷹の森ジブリ美術館） |
| 二〇一三 | | アニメ映画『風立ちぬ』 |

〔堀田善衛『時代と人間』（DVD版）収録のスタジオジブリ出版部編の年譜などを参考に作成〕

著者
高橋誠一郎
（たかはし せいいちろう）
1949年福島県二本松市に生まれる。東海大学文学部文学研究科（文明専攻）修士課程修了。元東海大学教授。ドストエーフスキイの会、堀田善衞の会、日本ロシア文学会、世界文学会、日本比較文学会、日本トルストイ協会、ユーラシア研究所、黒澤明研究会、日本ペンクラブなどの会員。
著書と編著：『「罪と罰」の受容と「立憲主義」の危機 ――北村透谷から島崎藤村へ』（成文社、2019年）、『黒澤明と小林秀雄 ――「罪と罰」をめぐる静かなる決闘』（成文社、2014年）、『黒澤明で「白痴」を読み解く』（成文社、2011年）、『ロシアの近代化と若きドストエフスキー ――「祖国戦争」からクリミア戦争へ』（成文社、2007年）、『ドストエフスキイ「地下室の手記」を読む』（リチャード・ピース著、池田和彦訳、高橋誠一郎編、のべる出版企画、2006年）、『欧化と国粋 ――日露の「文明開化」とドストエフスキー』（刀水書房、2002年）、『「罪と罰」を読む（新版）――〈知〉の危機とドストエフスキー』（刀水書房、2000年）、『新聞への思い ―― 正岡子規と「坂の上の雲」』（人文書館、2015年）、『司馬遼太郎の平和観 ――「坂の上の雲」を読み直す』（東海教育研究所、2005年）、『この国のあした ――司馬遼太郎の戦争観』（のべる出版企画、2002年）

堀田善衞《ほったよしえ》とドストエフスキー　大審問官の現代性

2021年10月26日　初版第1刷発行

著　者　高橋誠一郎

発行人　島田進矢

発行所　株式会社 群 像 社

神奈川県横浜市南区中里 1-9-31 〒 232-0063

電話／FAX　045-270-5889　郵便振替　00150-4-547777

ホームページ　http://gunzosha.com　E メール info@gunzosha.com

印刷・製本　モリモト印刷

カバーデザイン　寺尾眞紀



ISBN978-4-910100-20-3